소셜 네트워크

소셜네트워크

벤 메즈리치 지음 | 엄현주 옮김

오픈하우스

볼품없고 괴짜인 나의 드림 걸,

토냐에게 바치는 책.

이 책은 수십 명과의 인터뷰, 수백 개의 자료, 그리고 재판 기록을
포함한 수천 페이지의 서류를 토대로 쓰여졌다.

같은 사건을 두고 해석이 분분한 경우가 많았다. 수십 가지 자료
와 정보원을 바탕으로 −직접적인 목격자일 때도 있고 간접적으로 들은 사람
일 경우도 있고− 글을 쓰다 보면 앞뒤가 안 맞는 경우도 있었다. 그럴
때에는 자료와 인터뷰, 그리고 나의 판단에 따라 다큐멘터리 기록에
맞게 장면을 재구성했다. 다른 장면들은 개개인이 기억하는 내용을
가능한 객관적으로 설명하는 방식으로 썼다.

모든 사건들은 가능한 실제 일어난 순서에 따라 적었다. 필요에
따라서는 세부적인 내용이나 설명이 실제와 다르거나 상상해서 적
은 부분이 있고, 등장인물 중 일부의 경우에는 사생활 보호를 위해
그 사람을 묘사하는 부분을 실물과 다르게 하기도 했다. 이 이야기에

등장하는 잘 알려진 인물들 몇몇을 제외하고 다른 사람들의 이름이나 외모에 대한 설명은 실제와 다르다는 것을 밝힌다.

등장인물간의 대화는 화자의 기억을 기반으로 재구성하는 방법을 사용하였다. 오랜 기간 동안 여러 장소에서 여러 차례 나눈 대화의 경우에는 압축하여 재구성하였다. 이 대화 내용들을 일일이 나열하기보다는 실제로 있었을 법한 상황을 재현하였다.

뒤쪽 감사의 글에서 정보원에 대해 자세히 언급하지만 에듀아르도 세버린을 소개시켜준 윌 맥멀린에게 특별한 감사를 표한다. 에듀아르도 세버린이 아니었다면 이 이야기는 완성되지 못했을 것이다. 마크 주커버그는 여러 차례 인터뷰를 요청을 했지만 접촉을 거절했다.

벤 메즈리치 Ben Mezrich

facebook.

1
에듀아르도, 피닉스클럽에 초대받다

아마도 세 잔의 칵테일을 마셨을 때였다. 에듀아르도 자신은 못 느꼈을지 모른다. 술 석 잔을 초고속으로 단숨에 마셔 버렸으니까. 빈 플라스틱 잔은 창문가에 아코디언처럼 쌓여 있었고 그는 언제 그의 마음이 바뀌었는지 전혀 감을 잡지 못하고 있었다. 그러나 확실한 것은 평소에는 누렇게 뜬 그의 얼굴이 불그스레하게 생기를 띄고 있었고, 전신마비 환자 같은 평소의 굳은 자세와는 달리 편하게 창가에 늘어져 기대있는 모습이, 그리고 무엇보다도 그 날 저녁 이곳에 오기 두 시간 전 기숙사 방에서 거울을 보고 연습했을 법한 미소가 드디어 술에 의해 효과를 발휘했다는 것을 보여주고 있었다. 에듀아르도는 더 이상 두렵지 않았다. 적어도 '젠장, 이곳에서 빨리 빠져나가야지' 하는 강력한 충동은 사라졌다.

확실히 사람을 주눅 들게 하는 방이다. 웅장한 크리스털 샹들리에는 대성당의 아치 모양을 한 천장에 매달려 있었다. 벽은 고고한 마호가니 나무와 두꺼운 벨벳의 붉은 양탄자로 덮여 있었다. 계단은 로마시대 지하 통로처럼 복잡하고 비밀스러워 보이는 위층으로 층층이 연결되어 있으며 심지어 에듀아르도가 기대있는 창문조차 바깥의 좁은 정원에서 타고 있는 모닥불의 불꽃이 비쳐지면서 화가 난 불꽃이 중세시대에 지어진 유리창을 핥고 있는 것처럼 보였다.

브라질 중상층 가정에서 자란 에듀아르도는 하버드 입학허가를 받기 전까지 마이애미와 브라질을 오가면서 자랐다. 가난하게 자라지는 않았지만, 전통 있는 가문의 부가 그대로 배어 나오는 이러한 분위기는 생소할 뿐이다. 일단 술을 마셨어도 배 아래쪽 어디엔가에서 불안감이 소용돌이 치고 있는 것이 느껴졌다. 대학 1학년 때로 돌아간 것 같았다. 하버드 교정에 첫 발을 들였을 때, 도대체 여기서 뭘하고 있는 건지, 이런 곳이 그와 어울리기나 한 건지 생각했을 때가 있었다.

그는 벽에 기대고 있던 등을 앞으로 기울여 커다란 동굴 같은 방을 채운 젊은이들을 훑어보기 시작했다. 이번 행사를 위해서 임시로 만들어 놓은 두 개의 바를 떼로 둘러싸고 있었다. 바라고 해 봤자 판자조각을 이어놓은 것 같은 나무 탁자로 대충 만들어서 엄숙한 분위기의 이 방과 전혀 어울리지는 않았지만 아무도 그 점에 신경을 쓰지는 않고 있었다. 그도 그럴 것이 이 떼거리로 모인 젊은이들을 위해 특별히 근교 여자대학에서 모집한, 가슴 아래쪽까지 파진 검정색 티셔츠를 입은 글래머에 금발의 여대생들이 바에서 주문을 받고 있었기 때문이다.

여러모로 볼 때 떼로 모여든 이 청년들이 건물 자체보다 더 무서울 수도 있다. 확실하지는 않지만 에듀아르도의 추측으로는 한 200명 정도의 남학생들이 모두 진한 색의 재킷에 진한 색의 바지를 입고 모여 있었다. 대부분 2학년생, 여러 인종들이 섞여 있었지만 어딘가 공통점이 있었다. 그들 모두 에듀아르도보다 편안한 웃음을 띠고 있었고, 400여 개의 눈동자에는 자신감이 넘쳐났다. 그들은 자기 자신을 누구에게 입증해 보여야 하는 상황에 놓인 적이 없는 것이다. 그들에게는 이 장소, 이 파티가 의례적인 것이고, 그들은 여기에 잘 어울렸다.

에듀아르도는 깊게 숨을 들이쉬다가 매캐한 공기에 눈가를 찌푸렸다. 정원 바깥에 피워놓은 모닥불의 잿가루가 창문 틈새로 들어오고 있었다. 그러나 그는 창가에서 움직이지 않았다. 아직은 때가 아니었다.

대신 그는 가장 가까이 있는 그룹에 관심을 돌리기로 했다. 역시 진한 색의 재킷을 입은 보통 체구의 네 명의 아이들이 모여 있었다. 에듀아르도는 그들 중 누구도 수업시간에 본 기억이 없었다. 두 명은 금발에 사립 중 고등학교를 나온 분위기로, 마치 코네티컷에서 오는 기차에서 금방 내린 것처럼 보였다. 세 번째 아이는 동양계로 다른 애들보다 약간 나이가 있어 보였으나 그것도 확실치는 않았다. 네 번째 아이는 대단히 세련된 흑인이었고 편안한 웃음에서부터 완벽하게 붙여 넘긴 머리까지, 4학년생이 틀림없었다.

에듀아르도는 긴장하기 시작했고, 흑인 아이의 넥타이를 쳐다보았다. 넥타이 재질이나 색깔만으로 충분히 확인이 되었다. 그 아이는 4학년이고 이제는 에듀아르도가 움직여야 할 때가 온 것이다.

에듀아르도는 어깨를 쭉 펴고 창문턱에서 내려왔다. 코네티컷에서 온 것 같은 애들과 동양계 아이에게 가볍게 고개를 끄덕거리며 인사를 하기는 했으나 모든 신경은 나이든 아이, 그리고 그의 검정색에 고유한 문양이 있는 넥타이에 쏠려있었다.

"에듀아르도 세버린입니다." 하고 그는 자기소개를 했다. "만나서 반갑습니다." 하면서 그와 악수한 손을 세차게 흔들어댔다.

그 아이는 자기의 이름을 대런 뭐라고 밝혔으나, 에듀아르도는 그의 이름을 기억하려고 노력하지 않았다. 사실 그의 이름이 그리 중요하지는 않았으니까. 그의 넥타이 하나로 충분했다. 이날 저녁 행사의 궁극적인 목적이 바로 자그마하고 하얀 새 모양이 그려져 있는 그 검정색 넥타이에 있었다. 그 넥타이는 그가 피닉스-SK의 회원이라는 것을 나타낸다. 오늘 저녁 행사를 주관하고, 2학년들 사이에 흩어져 있는 스무 명 정도 되는 피닉스 회원 중 한 명인 것이다.

"세버린. 헤지 펀드를 운영하고 있는 애지?"

에듀아르도의 얼굴이 붉어졌다. 그러나 피닉스 회원이 자신을 알아 봐 주었다는 데에는 속으로는 쾌재를 부르고 있었다. 사실 헤지 펀드를 운영한다는 것은 과장이다. 2학년 여름 방학 때, 형과 함께 투자를 해서 돈을 좀 벌었을 뿐이다. 그러나 굳이 여기서 그 내용을 밝힐 필요는 없다. 피닉스 회원 사이에 자기에 관해 무슨 얘기가 오고 갔건 간에, 그가 기억할 정도라면 어느 정도 승산은 있었다.

그런 생각을 하니 들뜨기 시작했고, 그 4학년생의 관심을 끌기 위해서 적당히 과장되게 이야기를 풀자니 심장이 더욱 세게 뛰기 시작했다. 대학 2년 동안 치렀던 어느 시험보다 중요한, 미래의 운명을 결정짓는 순간인 것이다. 피닉스의 회원이 된다는 것이 앞으로 남은 대학 2년 동안, 또 그 이후 에듀아르도의 장래에 어떤 의미를 가져다줄지 알고 있었다.

최근 기사에 많이 오르내린 예일 대학의 비밀 클럽처럼, 하버드의 파이널 클럽도 캠퍼스에서는 모르는 사람이 없을 정도로 알려져 있다. 캠브리지 여기저기 흩어진 수백 년 된 저택에, 남학생들로만 구성된 여덟 개의 사교 클럽들은 몇 세대에 걸쳐 세계 지도자들을 비롯하여 거물급 금융인들, 은행가들을 배출해낸 곳이다. 그만큼 중요한 것은, 이 여덟 개의 클럽 중 하나에 입회하게 되면 바로 사회적으로 어떤 정체성을 인정받게 된다는 것이다. 각 클럽 별로 다른 성격을 가지고 있다. 가장 오래되고 배타적인 록펠러나 루즈벨트 대통령과 같은 인물들이 회원이었던 포실리안 클럽에서부터 두 명의 대통령과 몇몇 부호를 배출해 낸 사립학교 분위기의 플라이 클럽까지, 각 클럽들은 그들만의 개성과 고유한 파워를 가지고 있었다. 피닉스는 최고 영예의 클럽은 아니었지만 사교적인 측면에서는 최고의 클럽이었다. 마운트 어번가 323호에 자리 잡고 있는 소박해 보이는 클럽 빌딩은 금요일과 토요일 저녁이면 선망의 장소가 된다. 피닉스 클럽의 회원이 되면 100년 넘게 쌓인 인적 네트워크를 얻을 수 있을 뿐 아니라, 주말마다 우편번호 02138로 시작되는 캠브리지 전역의 대학교에서 선별된 멋진 여학생들에게 둘러 쌓여 캠퍼스 최고의 파티를 즐기게 되는 것이다.

재킷을 입은 네 명에게 '헤지 펀드는 사실 취미일 뿐입니다.' 하고 에듀아르도는 겸연쩍은 듯 말했다.

"사실 석유 선물 거래에 초점을 두고 있습니다. 저는 항상 날씨에 관심이 많았습니다. 사실 시장에서는 놓친 허리케인 예측을 몇 차례 했었지요."

에듀아르도는 석유 시장의 트렌드를 예측하여 돈을 번 비법을 설명하면서 재미없는 괴짜로 보이지 않기 위해 노력했다. 그 피닉스 회원은 어떻게 석유 선물 투자로 30만 불을 벌었는지가 궁금한 거지, 그 거래를 가능하게 했던 고루한 기상학에 대한 열정이 궁금한 것은 아니지 않는가. 그러나 에듀아르도는 약간 과시하고 싶기도 했다. 대런이 자기의 '헤지 펀드'를 언급했다는 것은 여기에 초대받은 유일한 이유가 초기 사업가로서의 명성이 있었기 때문이라는 자기의 추측을 확인해주고 있었다.

그는 자기 자신이 그 외에는 별로 내세울 것이 없다는 것을 알고 있었다. 운동을 잘 하는 것도 아니고, 전통 있는 집안 출신도 아니며, 사교성이 뛰어난 것은 더욱 아니었다. 에듀아르도는 몸에 비해 팔이 너무 길었고, 어정쩡하고 항상 긴장한 자세였다. 유일하게 긴장을 푸는 것은 그가 술이 취했을 때 뿐이다. 그럼에도 불구하고, 바로 그 방에 그가 초대되었던 것이다. 물론 다른 아이들은 2학년 가을에 대부분 초대되지만, 그는 3학년이 되어서 다른 2학년생들과 함께 그 방에 서 있게 된 것이다.

사실 전혀 뜻밖이었다. 이틀 전 저녁 에듀아르도가 그의 기숙사 방 책상에서 아마존의 열대 우림지역에 살고 있는 기이한 부족에 관해 스무 장짜리 논문을 쓰고 있을 때, 방문 아래쪽으로 초대장이 들어왔다. 물론 그 초대장이 입회장은 아니었다. 파티에 1차 초대된 200여명 되는 2학년생들 중 한 20여명 정도만 피닉스의 새로운 회원으로 가입할 수 있다. 그래도 에듀아르도는 하버드 입학 허가서를 받았을 때만큼이나 기뻤다. 하버드에 입학한 이후로 줄곧 이 클럽들 중 하나에 가입하고 싶었기 때문이다. 드디어 기회가 생긴 것이다.

이제는 에듀아르도에게 달려있다. 물론, 이 새 문양이 있는 검정색 넥타이를 한 아이들에게 달려있기도 하다. 오늘과 같은 행사는 네 차례에 걸쳐 열리고 이 행사는 단체 인터뷰와도 같은 것이다. 에듀아르도와 다른 학생들이 각자 자기의 기숙사로 돌아가고 나서, 피닉스 회원들이 위층에 있는 비밀 방에 모여 오늘 참석자 한 명 한 명의 운명을 논의할 것이다. 다음 행사에는 처음보다 더 적은 수의 학생들이 초대받을 것이고, 네 차례에 걸친 행사 이후에 200명의 학생들이 20여명 정도의 피닉스 회원으로 남게 되는 것이다.

에듀아르도가 뽑힌다면 그의 인생이 바뀔 것이다. 한여름 동안 기압계 데이터를 분석해서 기압변화가 석유 분포에 어떤 영향을 미치는지 예측한 내용을 조금 더 창의적으로 '부연 설명' 하는 것이 필요했다면 그의 창의력은 그 수준을 훨씬 넘어서고 있었다.

"실제로 중요한 것은 30만 불을 3백만 불로 만드는 방법을 찾아내는 것입니다." 하고 에듀아르도는 씨익 웃었다.

"그것이 헤지 펀드가 갖는 재미지요. 정말 창의력을 발휘할 수 있거든요."

그는 열정을 다해 허풍을 떨어갔다. 재킷을 빼어 입은 그 그룹도 열심히 따라와 주었다. 지난 2년 동안 여러 차례 참석했던 파이널 클럽 예비선별 파티에서 허풍 떠는 실력을 쌓아왔다. 이제 리허설이 아니라 실전인 것이다. 지금 이 순간이 실전이라는 것을 자연스럽게 잊어야 성공할 수 있다. 에듀아르도는 머릿속으로 지금도 여느 때와 마찬가지로 '그리 중요하지 않은 사람들과 있으며, 꿈 꿔 오던 그룹에 가입하고자 하는 것이 아니고, 어느 누구도 나를 평가하고 있지 않다' 라고 상상하려고 애를 썼다. 그는 허풍이 아주 잘 먹혔던 예비선별 파티를 기억했다. 가짜 야자수와 바닥에는 모래가 깔려있었던 카리브해 테마 파티였다. 자신이 그때로 돌아갔다고 생각을 하면서 얼마나 쉽고 부드럽게 얘기가 풀렸었는지 스스로 상기시켰다. 순식간에 긴장이 더욱 풀리면서 자기 자신의 얘기에, 자신의 목소리에 빨려들어갔다.

카리브해 테마 파티 때의 기억이 생생했다. 벽이 울릴 정도로 크게 튼 레게 음악, 금속드럼의 비트가 귀를 따갑게 했었다. 럼으로 만든 펀치와 꽃무늬 비키니를 입은 여자아이들도 생각이 났다.

그때 한쪽 구석에 서있던 곱슬머리 아이도 기억해내었다. 에듀아르도가 얘기하고 있던 곳에서 열 발자국도 채 떨어지지 않은 곳에서 에듀아르도가 승승장구하는 모습을 보면서 자기도 용기를 내어 피닉스 회원에게 다가가 보려는 눈치였다. 그러나 그 아이는 결국 그 코너에서 한 발짝도 움직이지 못했다. 사실 자신감 없고, 스스로 어색해하는 모습이 너무 눈에 띄었고 마치 그 힘이 자기장이 되어서 그 아이 근처의 공간에 막을 치고 다른 사람들을 몰아내고 있는 것처럼 보였다.

에듀아르도는 그때 곱슬머리 아이가 시선에 들어왔고, 그 아이는 결코 피닉스 회원이 될 일이 없을 것이라는 사실에 일말의 동정심을 느꼈다. 그런 아이들은 결코 파이널 클럽 회원이 될 수가 없다. 그런 애가 어떻게 파이널 클럽 예비선별 파티에 올 수 있었는지 조차 의문이었다. 컴퓨터 랩실, 체스클럽, 사교성이 부족한 아이들을 위한 애들에게 맞는 취미생활과 언더그라운드 클럽 등, 그런 아이들에게 어울릴만한 장소는 사실 하버드에 꽤 많았다. 에듀아르도는 그가 피닉스 같은 클럽에 들어가기 위해 알아 두어야 하는 소셜 네트워크의 '소' 자도 모른다고 한 눈에 판단했다. 그때도 그랬고 지금도 에듀아르도는 자신의 꿈을 쫓는데 바빠서 그 구석에 뻘쭘하게 서 있는 아이에게 할애할 시간이 없었다.

물론, 그때나 지금이나 에듀아르도는 그 곱슬머리 아이가 소셜 네트워크의 개념을 완전히 바꿔 놓을 것이라는 것을, 예비선별 파티에서조차 고전을 면치 못하던 그 아이가 어느 파이널 클럽보다 더 크게 에듀아르도의 인생을 바꾸게 될 것이라는 것을 전혀 예상하지 못했다.

2
하버드 교정 HARVARD YARD

새벽 1시 10분. 장식이 엉망이 되어가고 있었다. 벽에 줄줄이 달아 놓은 하얀색과 파란색 종이 리본이 늘어지면서, 그 아래쪽에 있는 커다란 펀치 볼*Punch Bowl*로 금방이라도 떨어질 것 같았다. 뿐만 아니라 종이 리본 사이사이 공간을 꽉 채워 달려있던 요란한 포스터들도 빠른 속도로 바닥으로 떨어지고 있었다. 광택지에 프린터로 뽑은 이 포스터들이 쌓여서 바닥의 베이지 카펫이 보이지 않는 곳도 군데군데 있었다.

자세히 보면 장식들이 망가지는 것은 당연했다. 리본과 컬러 인쇄된 포스터들을 붙여 놓은 테이프가 그대로 노출되어 있었고, 벽을 따라 설치된 라디에이터를 최대로 가동시키면서 그 열로 인해 테이프와 벽 사이에 습기가 차서 테이프가 떨어지고 있었다. 참으로 조악하고 날림으로 준비된 파티장이었다.

물론 뉴잉글랜드주의 10월인 만큼 난방이 필요한 것은 당연했다. 포스터들 위쪽 천장에는 '2003년 알파 입실론 파이*alpha epsilon pi* 환영회'라는 현수막이 따뜻한 메시지를 담고 있었지만, 휑뎅그렁한 강의실 뒷벽의 커다란 유리창에 끼기 시작한 성에를 녹일 수는 없었다. 사실 평소에는 철학이나 역사 강의실로 사용되는 하버드 교정에 위치한 이 낡은 건물의 5층 강의실에 이 정도 이상 장식을 기대하는 것은 무리였다. 낡은 나무의자들과 책상들을 없애고, 밋밋하고 상처투성이 벽을 포스터와 종이 리본으로 가리고, 무엇보다도 모양 사납게 천장에 매달려있는 형광등을 현수막으로 가렸다. 결정적으로 평소에는 강단이 서 있던 곳에 지금은 상당히 비싸 보이는 대형 스피커가 아이팟*iPod*에 연결되어 있었다.

새벽 1시 10분 전, 아이팟에서는 팝송과 컨트리풍의 록 음악이 흘러나오고 있었다. 분명 정신분열증 환자의 플레이리스트이거나 파티 준비위원회 전원의 음악적 취향을 모두 반영하려다 보니 생긴 일종의 절충안 같았다. 어찌되었건 음악이 그리 나쁘지는 않았고, 엔터테인먼트를 담당했던 사람이 용케도 훌륭한 스피커를 구해온 것이 무엇보다도 다행이었다. 작년에는 강의실 구석에 컬러텔레비전을 놓고, 어디서 대여해 온 나이아가라 폭포 DVD를 연결해서 끝없이 반복재생 했었다. 나이아가라 폭포는 알파 입실론 파이와 전혀 무관했지만 폭포수의 소리가 파티와 잘 맞아 떨어지는 것 같았고, 무엇보다도 파티 준비에 비용을 절약할 수 있었다.

작년에 비하면 스피커 시스템하며, 떨어지기 일보 직전의 포스터하며, 훨씬 업그레이드 된 장식이었다. 하지만 파티 자체는 물론 작년이나 마찬가지였다.

에듀아르도는 옥스퍼드 셔츠의 단추를 목젖까지 채우고 그의 긴 다리에 슬림형 바지를 걸친 채 현수막 밑에 서 있었다. 그의 주변에는 비슷하게 옷을 입은 2학년생과 3학년생 네 명이 모여 있었다. 이 네 명이 파티 참석자의 ⅔이었다. 저쪽에 여학생 두세 명이 모여 있었고 그 중 한 명은 추위에 두꺼운 회색 레깅스를 입고 있기는 했지만 그 파티를 위해서 스커트를 챙겨 입는 정성을 보였다.

옛날 영화 '애니멀 하우스'에 나오는 남학생 사교클럽의 파티와는 다른 장면이었다. 사실 하버드 언더그라운드 남학생 사교클럽에서 다른 대학가에서 열리는, 마치 술의 신 박카스가 강림한 것 같은, 그런 향연을 기대하는 것은 무리다. 더군다나 알파 입실론 파이는 언더그라운드 클럽 중에서 그리 잘 나가는 클럽은 아니었다. 유태인 학생들로 이루어진 사교 클럽으로 파티보다는 GPA 총점을 내세우는 클럽이었다. 유대교와도 전혀 상관이 없었다. 유태인들끼리만 교제하고 코셔 음식만을 먹는, 독실한 유대교 신자들은 힐렐하우스*Hillel House*에 가입한다. 힐렐하우스는 캠퍼스에 번듯한 건물을 따로 가지고 있는 남녀공학 클럽이다. 알파 입실론 파이의 회원들은 유태인의 성을 가졌다는 것을 빼고는 별달리 유태인의 특성이 없는 학생들이었다. 물론 여자친구가 유태인이면 부모님들이 기뻐했겠지만, 실제 취향은 동양계 여학생이었다.

에듀아르도는 그 점에 대해서 옆에 있는 클럽 형제들에게 설명하고 있는 중이었다. 이 클럽 철학의 근간이 되기도 하면서 종종 논의되는 내용이었다. "나 같은 남자들이 동양계 여학생들에게 끌리는 것이 아니야." 하며 에듀아르도는 펀치를 마시면서 계속 설명했다.

"동양계 여자아이들이 나 같은 남자에게 끌리는 거지. 잘 빠진 여자친구를 낚을 가능성을 최대화하려면 나한테 관심이 있을만한 여자애들을 후보로 채워야 하고, 그래서 동양계 여자 아이들을 주로 타겟으로 하는 거지."

다른 아이들도 그의 논리를 인정하면서 고개를 끄덕였다. 여느 때 같으면 유태인 남학생과 동양계 여학생들의 상관관계를 수학적으로 입증하는 복잡한 알고리즘을 계산하려 했겠지만 오늘만큼은 그냥 넘어가는 분위기였다. 아마도 비싼 스피커가 찢어져라 크게 울리는 음악 때문에 복잡한 생각을 할 수가 없었기 때문일 것이다.

"하지만 오늘 저녁에는…."

에듀아르도는 스커트에 레깅스를 입은 여학생을 바라보며 인상을 찌푸렸다.

"물이 별로다."

다시 클럽 형제들의 동의가 따랐다. 그렇다고 해서 네 명의 친구 중 어느 누구도 그 상황을 개선할 능력은 없었다. 에듀아르도 오른쪽에 있는 170센티미터의 키에 통통하게 생긴 친구는 하버드 체스 팀 멤버였고 6개 국어를 구사하지만, 막상 여학생들과의 대화 소통에는 전혀 도움이 되지 않았다. 그 옆의 친구는 하버드 교지인 크림슨지에 만화를 연재하고 대부분의 여가시간을 레버렛하우스 식당 위의 학생라운지에서 RPG 게임을 하면서 보낸다. 옆에 서 있는 그의 룸메이트는 키가 183센티미터나 되었지만 대부분 유태인 학생들이 다니던 사립 고등학교에서 농구 대신 펜싱을 선택했다. 그가 펜싱 칼을 쓰는 솜씨는 괜찮았지만, 그 솜씨가 실생활에 도움이 될 리가 만무하듯이 여학생들을 꼬시는 데에도 그다지 도움이 되지는 못했다. 만약 지금이 18세기이고 해적들이 멋진 여학생의 기숙사를 습격했다면 그가 주목을 받을 기회가 있었겠지만, 현실은 그렇지 못했다.

에듀아르도 맞은편에 서 있던 네 번째 남학생도 엑스터에서 펜싱을 했었지만 그의 왼쪽에 서 있는 키 큰 아이만한 체구는 아니었다. 팔다리 균형은 맞았지만, 에듀아르도처럼 빈약하고 운동체질은 아닌 듯 보였다. 긴 바지 대신 카고 반바지에 양말도 없이 슬리퍼를 신고 있었다. 두드러져 보이는 코에, 금발의 곱슬머리 그리고 연한 파란색 눈, 그 눈에는 약간 장난기가 있어 보이기는 했으나 그 눈을 빼고는 전혀 편안해 보이지 않는 외모였다. 눈을 빼면 기다란 얼굴에 전혀 표정이 없었고, 그의 자세나 전반적인 분위기가 지나치게 어색했다. 심지어 그의 사교클럽 형제들과 흥미로운 대화를 나누고 있는 이곳에서 조차 말이다.

그는 2학년생 마크 주커버그였다. 에듀아르도가 피닉스의 예비심사 파티에서 마주쳤던 것뿐 아니라 알파 입실론 파이 행사에서 여러 차례 마주쳤지만 여전히 그에 대해 아는 것은 별로 없다. 하지만 마크는 나름대로 유명했다. 엘리어트 하우스에 살고 있는 컴퓨터 공학과 학생으로, 부모님은 치과의사와 심리학자이고 뉴욕 돕스 페리의 중상류층에서 자랐다. 고등학교 때 유명한 해커였다고 한다. 뚫고 들어가지 못하는 컴퓨터 시스템이 없어서 FBI의 리스트에도 올랐다는 설이 있기도 하다. 그것이 사실이건 아니건 컴퓨터 천재임에는 틀림이 없다. 엑스터에서도 보드게임인 리스크를 컴퓨터 버전으로 만들면서 프로그래밍 실력을 쌓은 후에, 친구와 함께 사용자의 음악 취향을 학습하여 선호하는 음악만으로 구성된 플레이리스트를 제시하는 시냅스라는 MP3 플레이어의 플러그인 소프트웨어를 만들어 명성을 쌓았다. 마크는 시냅스를 인터넷에 무료로 다운로드 받을 수 있게 올려 놓았고, 바로 마크의 프로그램을 사려는 회사들이 줄을 섰다. 소문에 의하면 마이크로소프트*Microsoft*사에서 마크에게 백만 불인가 이백만 불인가를 제시했다고 하던데 놀랍게도 마크는 거절했다고 한다.

에듀아르도는 컴퓨터 전문가도 아니었고, 해킹에 대해서 아는 바도 없었지만 그의 집안에 내려오는 사업가적 기질은 있었다. 때문에 누군가가 백만 달러를 거절했다는 생각 자체가 흥미로우면서도 약간은 간담이 서늘하기도 했다. 그래서 마크의 어색해 보이는 외모에도 불구하고 마크가 수수께끼처럼 느껴졌다. 수수께끼 같은 천재. 마크는 시냅스 이후 하버드에 와서도 코스매치라는 프로그램을 만들었다. 이 프로그램을 통해서 다른 학생이 무슨 수업을 듣는지 알 수 있었다. 에듀아르도도 식당에서 만난 예쁜 여학생들이 어떤 강의를 신청했는지 알아보려고 한두 차례 이 프로그램을 사용해 보았지만 데이트에 성공하지는 못했다. 그래도 프로그램이 꽤 유용해서 많은 학생들이 코스매치를 사용했고, 실제 그 프로그램을 만든 학생은 별 득이 없었는지 모르지만 캠퍼스 내에서는 인기가 있었다.

다른 세 명의 클럽 친구들이 펀치를 더 가지러 자리를 뜨자, 에듀아르도는 이 곱슬머리 2학년생을 조금 더 자세히 볼 기회가 생겼다. 에듀아르도는 사람들의 성격을 꽤 뚫어보는 자신의 능력을 항상 자랑스럽게 생각하고 있었다. 에듀아르도가 어릴 때부터 그의 아버지가 사업에서 성공하기 위한 주요 자질로 가르쳐 준 것이다. 그의 아버지에게는 사업이 전부였다. 그의 조부모는 2차 세계대전 중 유태인 학살을 피해 브라질로 이민을 갔었고, 꽤 부유한 환경에서 자랐지만, 그의 아버지는 때때로 유태인 생존자로서의 근성을 보일 때가 있었다. 그것은 어떤 환경에서도 성공을 이루어내는 사업가 기질이었다. 브라질은 단지 시작일 뿐이었다. 아버지의 사업이 성공하면서 에듀아르도의 이름이 납치명단에 오르게 되자 가족들은 급히 마이애미로 이사해야 했다. 에듀아르도가 열세 살 때였다.

에듀아르도는 중학교 때 새로운 세상을 접하게 되었다. 영어라는 새로운 언어를 배워야 했고 마이애미라는 새로운 문화에도 익숙해져야 했다. 그래서 컴퓨터는 몰랐어도 어색하게 주변을 맴도는 것이 어떤 것인지, 이유가 무엇이든 간에 다른 사람들과 다르다는 것이 어떤 것인지 충분히 이해하고 있었다.

마크 주커버그는 보기에도 확실히 다른 사람과 달랐다. 아마 너무 똑똑해서 다른 사람들과 어울리지 못하는 지도 모른다. 심지어 그와 비슷한 이 친구들 사이에서도. 유태인이어서 그와 비슷한 것이 아니라 공부벌레에 알고리즘 만드는 데 푹 빠져서 금요일 저녁에 별달리 갈 곳도 없고, 리본과 포스터가 붙어있는 이 강의실에서 실제 여자친구도 없으면서 여자친구 만드는 얘기나 하는 그와 비슷한 친구들 사이에서도.

"재미있네요." 하고 마크가 침묵을 깨고 입을 열었다. 전혀 감정이 실리지 않은 어조였다. 어떤 감정을 전달하려고 하는 건지 에듀아르도는 전혀 감을 잡을 수가 없었다.

"응." 하고 에듀아르도는 답했다.

"적어도 올해 파티에는 펀치에 럼이 들어 있잖아. 작년에는 카프리선 오렌지 주스였지? 이번에는 파티 준비에 심혈을 기울였는걸."

마크가 기침을 하면서 가까이 있는 리본으로 손을 뻗었고, 테이프가 벽에서 떨어지면서 리본이 그의 아디다스 슬리퍼로 떨어졌다. 그가 에듀아르도를 쳐다보았다.

"정글에 오신 것을 환영합니다."

에듀아르도는 살짝 웃어 보였지만 워낙 감정 없는 마크의 어조에 농담인지 진담인지 알 수가 없었다. 하지만 그 아이의 파란색 눈 뒤쪽에서, 어디에도 속하지 않는 그만의 기질을 감지할 수 있었다. 이곳처럼 별로 자극될만한 것이 없는 곳에서도 벌어지는 모든 것을 인식하고 있었다. 모든 이들이 생각하는 것처럼 정말로 천재인지도 모른다. 에듀아르도는 갑자기 마크를 좀 더 잘 알고 싶고, 친구가 되고 싶어졌다. 열일곱에 백만 달러 제안을 거절한 아이라면 분명 크게 성공할 것이다.

"몇 분만 있으면 파티가 끝날 것 같은데." 하고 에듀아르도는 말했다.

"난 강쪽 엘리어트 하우스로 갈 거야. 너는 어느 기숙사지?"

"커크랜드요."

마크가 답하면서 강단의 다른 쪽으로 고개를 돌렸다. 에듀아르도는 여전히 펀치 볼 앞에 서있는 친구들을 보았다. 다른 아이들은 쿼드 지역에 기숙사가 있었고, 파티가 끝나면 반대 방향으로 갈 것이다. 이 어색한 천재와 친해질 절호의 기회였다. 에듀아르도도 고개를 끄덕이고 파티에 온 몇 안 되는 손님들 사이로 마크를 따라갔다.

"만약 네가 원한다면…," 강단 옆으로 따라가면서 에듀아르도는 제안했다.

"우리 기숙사에 파티가 있어. 신나는 파티는 아닐 테지만 이것보다는 나을 거야."

마크는 어깨를 으쓱했다. 에듀아르도나 마크나 하버드의 신입생이 아니다. 기숙사에서 열리는 파티가 어느 수준인지는 잘 알고 있다. 관 크기의 작은 방에 50명쯤 되는 남학생이 세 명 남짓한 여학생들을 둘러싸고, 누군가는 불법으로 구해 온 아주 싼 생맥주 기기를 작동시키려고 고생하고 있는 전형적인 모습.

"가보죠 뭐." 하고 마크는 그의 어깨를 돌리며 말했다.

"내일까지 풀어야 되는 대수학 문제가 있기는 한데, 저는 술에 취했을 때 더 잘 풀거든요."

몇 분 후, 마크와 에듀아르도는 강의실에서 나와 시멘트 계단을 통해 조용히 일층으로 향했다. 삐걱거리는 건물 입구의 문을 열고 나무가 가지런히 심어진 하버드 야드로 나왔다. 차가우면서도 깨끗한 바람이 에듀아르도의 얇은 셔츠를 뚫고 들어왔다. 그는 바지 주머니에 손을 집어넣고 하버드 야드를 가로지르는 포장로를 향해 걷기 시작했다. 마크와 그가 살고 있는 강가에 있는 기숙사까지는 10분은 족히 걸렸다.

"젠장, 영하 10도는 되겠는데."

"4도 조금 넘겠는데요." 하고 마크가 대답했다.

"나는 마이애미에서 왔단 말야. 나한테는 영하 10도나 마찬가지야."

"그럼 좀 뛰어야겠네요."

마크는 천천히 뛰기 시작했다. 에듀아르도도 숨을 헐떡거리며 새로 만든 친구를 따라서 뛰었다. 와이드너 도서관의 입구 기둥으로 연결되는 웅장한 돌계단을 지날 때에 그 둘은 나란히 뛰고 있었다. 에듀아르도는 아담 스미스, 존 밀스, 심지어 갈브레이스와 같은 경제학자들의 책을 독파하느라고 많은 저녁을 그 도서관에서 보냈다. 새벽 한 시가 지났지만 도서관은 아직 폐관 전이었다. 도서관의 대리석으로 된 안쪽 로비에서 유리창을 통해 따뜻한 오렌지 빛이 웅장한 돌계단에 기다란 그림자를 남기고 있었다.

"4학년이 되면…," 에듀아르도는 돌계단 아래쪽을 지나서 야드 바깥쪽 캠브리지와 연결되는 철문 쪽으로 향할 때 씩씩거리며 말했다.

"그 책들 사이에서 섹스를 할 거야. 진짜야. 진짜 할 거야."

그것은 졸업 전에 한번은 꼭 치러야 할 오래된 하버드의 전통이었다. 하지만 실제로 그 전통을 치르고 졸업하는 학생은 손에 꼽힐 정도밖에 되지 않았다. 바퀴 달린 트랙이 움직이면서 자동으로 책들이 정리되는 방대한 서고가 미로처럼 지하 여러 층에 늘어져 있어도, 항상 학생이나 직원들이 지나다녔다. 따라서 그 일을 할 만한 인적이 없는 곳을 찾기란 어려운 일이었다. 게다가 그런 전통을 함께 치러줄 여학생을 찾는 것은 더욱 어려운 일이었다.

"천리 길도 한걸음부터." 하고 마크는 말했다.

"먼저 기숙사 방까지 같이 가줄 여자를 찾는 일부터 시작해보는 게 어때요?"

에듀아르도는 인상을 찌푸렸다가 씨익 웃었다. 이 아이의 거슬릴 법한 유머감각이 맘에 들기 시작한 것이다.

"그리 최악은 아니야. 피닉스에 들어갈 거야."

마크는 코너를 돌아 그 대형 도서관 옆을 따라 가면서 에듀아르도를 슬쩍 보았다.

"축하해요."

다시 감정 없는 어조. 그러나 잠깐이나마 마크의 눈빛에서 부러움 이상의, 거의 존경심에 가까운 느낌을 감지할 수 있었다. 에듀아르도가 회원 선발 과정을 통과 할 때마다 많이 본 반응이다. 사실은 그가 피닉스의 회원이 될 가능성이 높아지고 있다는 소식을 여기저기서 듣고 있었다. 벌써 예비선발 파티를 세 번이나 거쳤고, 이제 입회

될 가능성도 상당히 높다. 방금 전 빠져 나온 알파 입실론 파이와 같이 시시한 파티들이 잊혀진 옛일이 될 수 있는 것이다.

"내가 만약 들어가게 되면, 네 이름을 리스트에 올릴게. 내년에. 3학년도 입회할 수 있어."

마크는 다시 멈추었다. 숨을 고르고 있었는지도 모른다. 아마도 그 정보를 처리하고 있었을 것이다. 그의 말투에는 어딘가 컴퓨터 같은 느낌이 있었다. 데이터가 들어가고, 결과치가 나오고.

"그거 …… 흥미 있겠네요."

"다른 회원들을 알게 되면 도움이 될 거야. 회원들 중에 너의 코스 매치 프로그램을 사용한 친구들이 꽤 될 걸."

에듀아르도는 말하는 순간 자기가 바보 같은 소리를 했다 싶었다. 피닉스 회원들이 그깟 컴퓨터 프로그램 때문에 이 어색하기 짝이 없는 아이를 입회시킬 리 만무했다. 컴퓨터 프로그램으로 인기를 얻을 수도, 여학생과 잠자리를 할 수도 없는 일이다. 파티에 가고, 예쁜 여자애들과 어울려야 인기도 얻고 여학생과 가끔은 잠자리도 같이 할 수 있는 법이니까.

에듀아르도의 입회가 결정된 것은 아니지만 어제 저녁에 그 중요한 4차 선별파티 초대장을 받았다. 일주일 후, 다음 주 금요일 저녁에 근처 하이얏트 호텔에서 만찬이 있고, 피닉스에서 파티가 있을 것이다. 신입회원의 입회가 결정되는 마지막 관문이다. 만찬 초대장에는 데이트 동반이라고 되어 있었다. 학과 동기생들에 따르면 같이 온 아가씨들이 얼마나 훌륭하냐에 따라서 입회결정이 좌우 된다고 한다. 같이 온 파트너가 예쁘면 예쁠수록 입회 가능성은 높아진다.

초대장을 받은 후에 도대체 이렇게 짧은 시간 안에 어떻게 데이트를, 그것도 아주 멋진 아가씨와 할 것인지 고민을 하고 있었다. 여학생들이 그의 기숙사방 앞에서 줄을 서서 대기하고 있는 상황은 아니었으니까.

그래서 스스로 해결해야 하는 상황이었다. 오전 아홉 시 엘리어트 기숙사 식당에서 그가 아는 여학생 중 가장 멋진 여학생인 마샤에게 걸어갔다. 그녀는 금발에 가슴이 풍만한, 경제학 전공이지만 심리학 전공학생으로 보이는 여학생이었다. 그녀는 에듀아르도 보다 족히 2인치는 컸고, 80년대에 유행했던 머리 끈을 하고 있었지만 북동부 지역 사립학교 기준으로 볼 때에는 예쁜 편이었다. 즉 이번 행사에는 완벽한 데이트 감이었다.

기대도 안 했는데 마샤는 승낙을 해 주었다. 에듀아르도는 마샤가 자기보다는 파이널 클럽의 만찬에 관심이 있어 승낙을 했다는 것을 바로 알 수 있었다. 다시 한 번 파이널 클럽의 위력을 확인하는 순간이었다. 파이널 클럽은 강력한 사교 네트워크일 뿐 아니라, 그 회원들에게 바로 고유의 자격-가장 멋지고 예쁜 여학생들을 얻을 수 있는 능력-을 부여한다. 에듀아르도는 파티가 끝난 후 마샤가 그와 함께 와이드너 도서관에서 하버드의 전통을 함께 치를 것이라는 착각은 전혀 하지 않았다. 어느 정도 술이 들어가서 그녀를 집까지 바래다 줄 수 있도록 허락한다면 그나마 일이 잘 풀린 경우일 것이다. 물론 문 앞에서 가볍게 키스를 하고 돌려보낸다 할지라도 지난 4개월 동안

데이트 한번 못해 본 기록이 갱신이 되는 것이다.

　도서관 뒤쪽 코너, 오래된 기둥의 기다란 그림자에서 빠져나올 때쯤, 마크는 알 수 없는 시선을 던졌다.

　"원하던 대로 되었나요?"

　도서관 얘기인가? 금방 빠져 나온 파티 얘기인가? 유태인 남학생 사교 클럽? 피닉스?

　한 명은 단추를 꽉 채운 옥스퍼드 셔츠에 다른 한 명은 카고 반바지를 입고 시원찮은 기숙사 파티에 가겠다고 얼어 죽을 각오로 이 하버드 야드를 가로 질러 뛰고 있는 덜 떨어진 모습의 두 괴짜?

　에듀아르도나 마크 같은 학생들에게 대학생활이 이보다 나을 수 있을까?

3
찰스 강에서

새벽 다섯 시. 아치모양의 돌로 만든 윅스교橋와 콘크리트로 만든 복차선 매사추세츠 애비뉴 다리 사이 뱀처럼 구불구불하고 인적이 드문 찰스 강 구역. 잔디색과 파란색이 섞인 습지의 차가운 강물은, 어디가 강이고 어디가 하늘인지 분간할 수 없을 정도로 짙은 회색 안개의 막 아래로 흐르고 있었다.

죽음과 같은 정적. 종이 한 장에 한 문장씩, 300년 만에 완성되는 책처럼 시간이 멈춘 듯한 고요함이 흐르고 있었다. 죽음과 같은 정적-그러나 나지막한 소리, 두 개의 칼과 같은 노가 능숙하게 그 차가운 습지로 들어가 청록색 물길 속에서 회전하여 뒤쪽으로 움직이는, 완벽하면서도 오묘한 기계적인 움직임과 예술의 조화가 빚어내는 소리가 있었다.

얼마 지나지 않아 2인용 카약이 윅스교橋의 그림자 아래에서 빠져 나왔다. 마치 다이아몬드로 날을 세운 칼이 유리창을 자르는 모습처럼, 남근 모양의 유리섬유가 보강된 선체가 구불구불한 강의 한 가운데를 가르면서 이동하고 있었다. 선체의 이동은 너무나 부드러워서 마치 강물의 일부 같았다. 구부러진 모양의 유리섬유로 보강된 선체에는 청록색 강물이 배어 나오는 것 같았고, 너무나 깔끔하게 선체가 앞으로 이동하면서 반류가 거의 생기지 않았다.

　완벽한 조화를 이루며 찰스 강의 표면을 가르는 노질이나, 강을 거슬러 움직이는 선체를 볼 때, 이 우아한 장비를 다루는 두 명의 청년이 수년에 걸쳐 그들의 예술을 완벽하게 완성했다는 것을 한 눈에 알 수 있다.

　이 두 청년은 강둑에서 볼 때에는 로봇처럼 보이기도 했다. 백사장을 연상케 하는 금발에 미국인 전형의 깎은 듯한 얼굴선하며, 둘의 모습은 복제 인간이라 해도 믿을 만큼 똑같았다. 그들의 기술만큼이나 몸도 거의 완벽했다. 회색 하버드 팀 면 셔츠 아래쪽으로 잘 발달된 근육과 길고 유연한 체형, 두 청년은 모두 198cm가 넘는 키였다. 신체적 특징뿐 아니라 투명한 파란 눈동자와 영화배우 주인공 같이 아름다운 얼굴에 신념이 가득 찬 표정까지 더해져서 더욱 눈에 띄었다.

　의학적으로 볼 때 윈클보스 형제는 하나의 난자를 대칭으로 갈라서 생긴 완벽한 '일란성 쌍생아' 이다. 앞에 앉아 있는 타일러 윈클보스는 오른손잡이에 두 형제 중, 조금 더 논리적이고 심각한 성격이다. 뒤에 앉아있는 캐머런 윈클보스는 왼손잡이에 조금 더 창의력이 있고 예술가적 기질을 가졌다.

그러나 지금은 그 두 사람의 성격이 완전히 통합되는 순간이었다. 침묵 속에서 노를 젓고 있다. 손쉽게 찰스강을 가로지르면서 어떤 말도 어떤 신호도 보내지 않는다. 그들의 집중력은 인간의 한계를 넘어선 것처럼 보였다. 수년에 걸쳐 그들이 자란 코네티컷 주 그리니치와 하버드의 다양한 코치들 밑에서 그들의 잠재력을 갈고 닦은 덕분이다. 그들의 땀과 노력은 여러모로 좋은 성과를 가져왔다. 대학교 4학년생인 그들이 올림픽 조정경기 대표 팀에 들어갈 날이 가까워지고 있다는 것도 그 중 하나이다.

이미 하버드에서는 최고의 팀이었다. 작년에 전국 주니어 챔피언의 영예를 안았고, 여러 조정 경기에서 하버드 대학을 승리로 이끌었다. 물론 지금도 아이비리그의 조정 경기에서 각 항목별로 1위 자리를 사수하고 있다.

그러나 지금 노를 저어 이 차가운 강물을 가로지르고 있는 윈클보스 형제에게는 다른 생각이 전혀 없었다. 그들은 네 살 때부터 찰스강의 두 다리 사이를 오고 갔으며, 침묵 속에 젓는 노질은 적어도 앞으로 두 시간 이상 계속 될 것이다. 그들은 둘 다 지쳐서 노를 움직일 수 없을 때까지, 캠퍼스가 잠에서 깨어 회색 안개를 밀치는 노란 태양을 맞을 때까지 계속해서 노질을 할 것이다.

세 시간 뒤, 포츠하이머 하우스의 식당. 타일러는 여기저기 상처가 난 식탁 머리 쪽에 앉아있는 캐머런 옆에 앉으면서도 강물이 그의 밑에서 움직이는 것 같이 느껴졌다. 밝고 규모가 큰 포츠하이머 하우스 식당은 직사각형의 현대적인 공간이었고, 십여 개의 기다란 식탁이 있었다. 아침 식사가 한창이라 대부분의 식탁에는 학생들이 앉아있었다.

포츠하이머 하우스는 하버드 대학교 기숙사 중 가장 최근에 지어진 건물이다. 물론 300년 이상의 전통을 가진 캠퍼스에서 '최근에' 지어졌다는 것은 상대적으로 그렇다는 이야기지만. 그리고 가장 많은 학생이 살고 있는 기숙사이기도 하다. 2학년부터 4학년까지 150여 명의 학부생들이 이곳에서 지낸다. 1학년생들은 하버드 야드에서 지낸다. 1학년 말에 추첨제를 통해서 하버드에서 남은 시간 동안 어느 기숙사에서 지내게 될지 정해진다. 포츠하이머 하우스는 모든 학생들이 원하는 기숙사는 아니다. '쿼드Quad' 한 가운데에 위치해 있기 때문이다. 사방이 작고 예쁜 건물로 둘러싸여 있고 가운데에는 잔디가 펼쳐진 쿼드는 정확하게 말해서 외지 한 가운데에 위치해 있다. 쿼드는 하버드 대학이 캠브리지 지역까지 확장하면서 생긴 곳이다. 명목상으로는 학생 수가 많아지는데 대한 대책이었지만, 사실은 그동안 대학에서 쌓은 상당의 부를 처리하는 방법 중 하나였다.

그렇다고 쿼드가 시베리아 유배지는 아니었지만, 1학년 말에 쿼드로 보내지는 학생들은 일종의 강제 노동 수용소에 보내지는 것 같은 느낌이었다. 학부 강의가 있는 하버드 야드에서 족히 20분은 걸어야 쿼드에 있는 기숙사에 도착할 수가 있다. 타일러와 캐머런에게 쿼드의 기숙사 배정은 다른 학생들 보다 더욱 가혹한 형벌이었다. 쿼드에서 하버드 야드를 지나서 또 10분 이상을 걸어야 강가의 하버드 보트하우스에 도착할 수 있었기 때문이다. 엘리어트, 커크랜드, 레버렛, 매더, 로엘, 아담스, 던스터, 혹은 퀸시 같이 잘 알려진 기숙사들은 보트하우스 바로 옆 강가에 위치해있다.

그곳에서는 기숙사 하나하나가 고유한 이름과 개성을 가지고 있지만, 여기에서는 그냥 쿼드 기숙사 중 하나일 뿐이다.

타일러는 빨간색 플라스틱 접시가 넘칠 정도로 아침식사를 가져온 캐머런을 슬쩍 보았다. 산더미같이 쌓인 스크램블 에그, 아침식사용 볶은 감자 한 더미, 버터 바른 토스트, 그리고 과일……. SUV 차량 한 대, 아니 198 센티미터 장신의 조정경기 선수를 움직이는 데 이 정도의 탄수화물은 필요하다. 타일러는 캐머런이 정신없이 달걀을 먹는 것을 보고 동생도 자기만큼이나 힘을 썼다는 것을 알았다. 지난 몇 주 동안 전 속력으로 달렸다. 강에서 뿐만 아니라 수업시간에도. 이제 서서히 지치기 시작하는 것이다. 새벽 네 시에 일어나서 강에 나가 조정 연습하고 수업과 과제물, 그리고 다시 조정 연습에 웨이트 트레이닝, 달리기 등의 체력 단련 훈련까지. 운동하는 대학생의 삶은 고달팠다. 어떤 날은 노 젓기, 먹기, 그리고 시간 나면 자는 것으로 하루의 일과를 채우는 것 같았다.

타일러는 캐머런과 스크램블 에그에서 눈길을 떼고 맞은편에 앉아있는 아이를 보았다. 교지인 크림슨지에 가려서 잘 보이지도 않는 디비아 나렌드였다. 두 손으로 쥐고 있는 교지 아래에는 범접할 수 없는 오트밀이 있었다. 디비아가 신문을 놓고 바로 오트밀을 먹지 않으면 캐머런이 그것도 먹어 치울 것이라고 타일러는 확신했다. 타일러가 캐머런이 지금 먹고 있는 아침 식사량의 두 배 정도를 이미 먹어치웠기 망정이지 그렇지 않았으면 이 자리에 앉자마자 타일러 자신이 디비아의 오트밀을 먹었을 것이다.

디비아는 쌍둥이처럼 운동선수는 아니었지만 그들의 열정과 근면성실함을 높이 샀다. 타일러가 지금까지 만난 학생 중 꽤 똑똑한 아이로 그 동안 쌍둥이들과 열심히 비밀 프로젝트를 진행해 왔다. 재미삼아 시작한 벤처사업인데 그들의 인생이 바빠지는 지금, 그 중요도가 더욱 커지고 있다.

타일러는 헛기침을 하고 디비아가 신문을 내려놓기를 기다렸다. 디비아는 손가락을 들어 잠깐만 시간을 더 달라는 신호를 보냈다. 타일러는 불만스러운 표정으로 눈동자를 돌리면서 디비아 뒤의 테이블로 시선을 옮겼다. 여학생 몇몇이 그와 캐머런을 쳐다보고 있었다. 타일러가 쳐다보자 바로 다른 곳으로 눈길을 돌렸다.

항상 있는 일이기 때문에 타일러는 꽤 익숙해졌다. 그와 캐머런은 보기 드문 일란성 쌍둥이다. 일종의 기형적인 면도 있으니까. 그렇지만 여기 하버드에서 그들이 관심을 받는 이유는 그 외에도 많았다. 그들은 올림픽 대표선수가 되는 과정을 걷고 있었고, 최고의 스포츠 스타라는 일종의 지위를 누리고 있었다.

물론 타일러는 전환기가 언제였는지 잘 알고 있었다. 타일러와 그의 동생이 3학년 때 포실리안 클럽의 회원이 된 것이다. 3학년 때 회원이 된 것은 상당히 이례적인 일이다. 가장 오랜 전통을 자랑하는 포실리안 클럽이 가장 영예스럽고 비밀스러운 조직이라는 것뿐만 아니라 회원수가 가장 적고 극소수의 신입회원을 받기 때문이다. 2학년이 아닌 1년이 늦은 3학년에 입회 결정이 난 것은 극히 드문 일이다.

타일러는 자신들의 배경 때문에 클럽에서 1년 더 기다렸다고 확신했다. 포실리안 회원들은 백여 년 하버드 전통에 못지않은 전통 있는 가문의 자손들이다. 타일러와 캐머런의 아버지가 굉장한 부자기는 했지만, 성공적으로 컨설팅 회사를 차려서 자수성가한 경우이다. 부가 있는 집안이기는 했지만 대대로 부가 내려오는 가문은 아니었다. 플라이나 피닉스에서는 그 정도면 충분했겠지만 포실리안에서는 그 이상이 필요했다.

포실리안은 사실 피닉스 같이 사교클럽은 아니었다. 여자는 클럽 안의 출입이 금지되어 있고, 회원의 결혼식 날에나 신부에게 빌딩을 구경시켜줄 수 있고, 25주년 동창회에 부인을 데려 올 수 있는 것, 그것이 다였다. 클럽 건물 옆의 유명한 바이시클 룸─파티 전 준비 장소─만이 비회원과 여자들의 출입이 허용된 곳이었다.

포실리안은 캠퍼스의 다른 클럽들처럼 파티나, 여자들을 꼬시는 것과는 전혀 상관이 없는 곳이었다. 포실리안의 회원이 되면 미래를 보장 받고, 식당에서나 강의실에서, 하버드 야드를 걸어 다닐 때 시선을 끄는, 일종의 사회적 지위를 부여 받게 된다. 포실리안은 사교 클럽이 아닌 심각하고 중요한 사업 조직과도 같은 곳이었다.

이 점은 타일러가 맘에 들어 하는 점이기도 했다. 심각하고 중요한 내용의 사업. 그래서 오늘 그와 캐머런이 평소보다 한 시간이나 늦게 아침식사를 먹으면서 식당에서 디비아와 만나고 있지 않은가.

'젠장맞을 심각한 사업.'

타일러는 옆 테이블의 얼굴이 붉어진 여학생들로부터 시선을 떼고 그의 동생이 반쯤 먹다 둔 사과를 집어 들었다. 캐머런이 뭐라고 하기도 전에 그는 사과를 높이 던져 디비아의 오트밀 그릇에 떨어뜨렸다. 오트밀이 튀면서 희멀건 죽 덩어리가 신문을 적셨다.

디비아는 잠시 멈추었다가 조심스럽게 망가진 신문을 접어서 오트밀 그릇 옆에 두었다.

"왜 그런 쓰레기 같은 신문을 읽는 거야?" 하고 타일러가 씨익 웃으면서 물었다.

"완전 시간 낭비야."

"나는 나의 동창들이 뭘 하고 있는지 궁금하다고." 하고 디비아가 답했다.

"학생회에 몸을 담고 있는 것이 중요해. 언젠가 정말로 이 회사를 차린다면 이 '쓰레기 같은 신문' 이 우리에겐 굉장히 중요해 질 거야. 안 그래?"

타일러는 어깨를 으쓱대며 무시하는 듯 했지만, 디비아가 맞다는 것을 알고 있었다. 디비아는 대부분 옳은 말만 하는 편이다. 그래서 처음부터 타일러와 캐머런이 디비아와 동업하기로 한 것이다. 그들은 2002년 12월 이후로 일주일에 한 번, 때로는 더 자주 이런 미팅을 가져왔다. 이제 2년째 되어간다.

"빅터를 대신할 사람을 찾지 못한다면 아무것도 시작할 수 없어."
하고 캐머런이 입안에 달걀을 잔뜩 집어넣은 채 말했다.

"그건 확실해."

"걔 정말 안 한데?" 하고 타일러가 물었다.

"응" 하고 디비아가 답했다.

"지금도 하는 일이 너무 많아서 여기에 시간을 더 할애할 수는 없
다는 거지. 새로운 프로그래머가 필요한데 빅터 만한 애를 찾기는 어
려울 거야."

타일러는 한숨을 내쉬었다. 24개월이 지났건만 처음 시작했을 때
와 별로 진전이 없는 듯 보였다. 빅터는 훌륭한 자산이었다. 그들이
무엇을 만들려 하는지 이해하는 컴퓨터 천재. 그렇지만 사이트를 완
성시키지 못하고 빠져버린 것이다.

타일러나 캐머런, 디비아 중 한 명이라도 이 사이트를 만들어서
운영할만한 컴퓨터 실력이 있었으면, 이미 커다란 성공을 거두었을
것이다. 굉장한 아이디어였으니까. 처음 디비아가 내놓은 발상이었
지만, 그와 캐머런이 천재의 정수라고 할 수 있는 대단한 아이디어로
발전시켰다.

하버드 커넥션 *Harvard Connection*이라는 프로젝트였다. 캠퍼스의 생
활을 크게 바꾸어 놓을 웹사이트였다. 제대로 돌아가게 프로그램 할
수 있는 사람만 있다면 말이다. 핵심 아이디어는 간단했다. 하버드
의 사교생활을 온라인화 하는 것. 타일러나 캐머런처럼 조정연습,

식사, 수면으로 하루 24시간이 다 채워지는 남학생들이 옆 테이블에 앉아서 눈길을 주는 여학생들과 같은 그런 여학생을 만날 수 있게 해주는 사이트이다. 물론 실생활에서는 캠퍼스를 돌아다니면서 시간 낭비를 하게 되고 비효율적인 과정이 필요하지만, 이 웹사이트는 그렇지 않다.

타일러와 캐머런은 하버드의 엘리트 학생으로서 하버드의 사교생활에 어떤 문제점이 있는지 통찰할 수 있는 위치에 있었다. 자기들과 같은 남학생들은 캠퍼스의 인기 남학생이 되기 위해 여러 가지 활동을 하느라 너무 바빠서 정작 여학생들을 만날 기회가 없는 것이다. 사교적으로 어울릴 수 있는 웹사이트를 만들면 그런 문제가 해결되고 여자와 남자가 만날 수 있는 자연스러운 장이 될 것이다.

하버드 커넥션을 통해서 침체된 사교생활에 활력을 불어넣을 것이다. 지금은 조정경기면 조정경기만, 야구나 미식축구를 하면 그것만 해야 했다. 만나는 여학생이라고는 강가에 있는 아이들이나 야구장, 혹은 축구 연습장에 찾아오는 애들뿐이었다. 쿼드에 살면 쿼드에 사는 여학생들이 전부였다. 물론 원자폭탄의 위력을 가진 수소폭탄을 터뜨릴 수도 있다. 즉 "저 하버드 다닙니다." 라고 하버드 남학생 카드를 써서 근처의 관심 있는 여학생들을 찾아낼 수 도 있다. 그렇지만 하버드 커넥션과 같은 사이트면 그 반경을 훨씬 넓힐 수 있다.

간단하고 완벽하게 니즈를 충족시키는 웹사이트. 이 사이트는 데이트와 커넥션, 두 개의 분야로 구성이 될 것이다. 타일러와 캐머런은 하버드에서 성공하면 다른 대학교에도 전파하려는 비전을 가지고 있었다. 아이비 스쿨전체에 각 학교별 버전을 만들 수도 있다. 아이비 스쿨이라면 각 학교마다 'H폭탄'과 같은 카드가 있을 테니까.

이 사업계획에 딱 한 가지 결함이라면 컴퓨터 천재의 도움 없이는 이 사이트를 만들 방법이 도무지 없다는 것이다. 고등학교 때 HTML을 배우기는 했지만 이 정도 사이트를 만들 수준은 아니었다. 실제로 이러한 소셜 사이트를 만들기 위해서는 오히려 사교성이 전혀 없는 괴짜 컴퓨터 프로그래머가 필요했다. 웬만한 프로그래머가 아니라 그들이 이루어내려는 것을 이해하는 사람이 필요했다. 하버드 커넥션은 하버드 학생들이 실제 사교생활처럼 자주 사용하게 될 것이다. 샤워하고, 면도하고, 전화하는 일상생활의 일부로 누가 자기를 알아보고 있는지를 알아보기 위해서 커넥션에 연결하는 것이다.

"빅터가 컴퓨터 공학과 학생으로 몇몇 후보를 알아봐주기로 했어."하고 디비아가 젖은 신문을 말리려고 오트밀 그릇 위로 신문을 흔들면서 말했다.

"우리가 사람을 찾는다는 소식을 흘리고 사람들을 만나보기 시작해야 할 거야."

"포실리안에 물어볼게."하고 캐머런이 덧붙였.

"포실리안 회원 중에 컴퓨터를 하는 사람은 없겠지만, 어린 동생이 있을 수도 있으니까."

참나 원. 이러다 다음에는 이과대 건물에 광고문을 붙이고 컴퓨터실 근처를 돌아다녀야 하는 거 아닌가 하고 타일러는 생각했다. 타일러는 갑갑하기는 했지만 디비아가 신문을 말리는 모습을 보면서 웃지 않을 수 없었다. 부모님 두 분 모두 의사이시고 뉴욕 퀸즈의 교외에 위치한 베이사이드에서 자란 인도계 디비아는 세련된 녀석이었다. 형을 따라 하버드에 온 그는 항상 깔끔하게 차려 입고 단정한 머리에 언행이 바른 아이였다. 아무도 그가 전자기타의 귀재라는 것을, 그것도 헤비메탈 리프 테크닉에 있어서는 최고 경지에 올랐다는 것을 상상도 못할 것이다. 심지어 다 본 신문도 깔끔하게 정리하고 싶어 하지 않는가?

타일러가 디비아가 신문과 씨름하는 모습을 보다가 우연히 뒤쪽 테이블에 앉아 있는 여학생들에게로 시선이 옮겨졌다. 그 중 가장 키가 큰, 갈색 머리에 아름다운 갈색 눈동자, 일부러 조심스럽게 찢은 표시가 나는 하버드 운동 티셔츠 아래에 탱크탑을 걸쳐 입은, 한 여학생이 그를 바라보면서 햇빛에 그을린 어깨를 일부러 드러내고 미소를 지었다. 타일러도 미소로 답해주었다.

디비아가 헛기침을 했다.

"저 여자애가 HTML 프로그래밍에 관심이 있어 보이지는 않는데."

"물어봐서 손해 볼 것은 없지." 하고 그 갈색머리 여학생에게 윙크를 보내면서 답했다. 그리고는 자리에서 일어났다. 회의는 짧게 끝났다. 새로운 빅터를 찾기 전까지 그들이 할 수 있는 것은 별로 없었다. 타일러는 여학생들 쪽으로 걸어가다가 그의 인도계 친구와 오트밀이 묻은 그의 신문을 쳐다보고 웃으면서 덧붙였다.

"컴퓨터 프로그래머를 그 거지같은 크림슨지에서 찾을 수 없다는 것만은 확실해."

4
닭고기 먹는 닭

에듀아르도는 커다란 강의실 자동문을 가능한 조용히 열고 대형
강의실 뒤쪽으로 살며시 들어갔다. 강의는 한창 진행 중이었다. 극
장식 강의실 아래 강단에는 공장에서나 쓸법한 커다란 스포트라이
트가 조명을 비추고 있었고, 두꺼운 모직 점퍼를 입은 통통한 교수가
참나무로 만들어진 강단 뒤에서 열변을 토하고 있었다. 그는 에너지
가 넘쳐나 보였고 그의 볼은 열정으로 붉어졌다. 막대기 같은 그의
팔을 위 아래로 흔들고 몇 분 간격으로 강단을 내리쳐서 높은 강의실
천장에 매달려 있는 스피커가 튀는 소리를 냈다. 그리고는 어깨너머
3m 높이의 칠판에 걸려있는 여러 색상이 칠해져 있는 지도를 가리
켰다. 그 지도는 마치 톨킨의 책이나 루즈벨트 대통령 당시 군사 작
전실을 연상케 했다.

에듀아르도는 이 강의가 무슨 과목인지 뭐에 대한 내용인지 전혀 몰랐다. 처음 보는 교수님이었지만 그 점은 그리 놀랄 만한 일은 아니었다. 하버드에는 교수님이나 조교, 강사 등이 워낙 많아서 그 모두를 다 기억하고 있을 수는 없다. 강의실 크기나 300석 되는 자리가 거의 찬 것으로 보아서 핵심과목임에 틀림없다. 에듀아르도나 마크 같은 학생들이 하버드 캠퍼스 생활에서 필요악으로 여기는 핵심과목만이 이 정도 규모였기 때문이다. 하버드에서 핵심과목은 단순히 필수과목 이상의 의미를 지닌다. 전인교육을 실시하고자 하는 대학교의 철학을 반영하여 모든 학생들이 적어도 수강 시간의 1/4 이상을 할애해야하는 과목들인 것이다. 핵심과목은 외국 문화, 역사학, 문학, 도덕적 추론, 정량적 추론, 과학 및 사회학 분석 등으로 구분된다. 취지는 좋았지만 실제로 그 고고한 목적을 달성하지는 못했다. 그도 그럴 것이 실제로 관심이 있어서 이 과목들을 신청한 것이 아니었기 때문에 깊이 있게 학문적으로 파고드는 역사학이나 예술학 과목 보다는 민속학이나 신화 –대부분 강의 시간 동안 잠을 잔 학생들 사이에서는 '괴짜 공부벌레들을 위한 그리스 신화'라고 불리기도 했던– 과목들을 들었다. 그 밖에도 '시인을 위한 물리학'이라고 별명이 붙은 물리학 개론, 실생활과는 전혀 상관없는 기이한 인류학 과목 등이 있었다. 핵심과목 제도 덕분에 하버드 졸업생이라면 아마존 열대 우림지역에서 여전히 석기시대의 방식으로 살고 있는 '지독한 종족', 야노마모에 대한 강의를 한번쯤은 듣게 된다. 정치나 수학에 대한 식견이 없는 하버드 졸업생은 있을지언정, 야노마모에 대해서 모르는 졸업생은 없다. 하버드 졸업생이라면 그들이 얼마나 지독한 종족인지, 하버드 스퀘어에서 스케이트보드를 타는 아이들보다 훨씬 다양한 신체부위에 피어싱을 하고 서로 기다란 막대로 싸운다는 것을 알고 있다.

에두아르도는 대강의실 뒤쪽에서 열띤 강의를 펼치고 있는 교수의 모습을 바라보면서 천장에 매달린 스피커를 통해 울리듯 들리는 그의 강연 내용에 가끔씩 귀를 기울였다. 이 핵심 과목은 역사학이나 철학과목 같았다. 교수 뒤에 걸려있는 지도는 조금 자세히 보면 한 300년 전 언제쯤의 유럽의 지도 같지만 실제 강의 내용이 무엇인지는 확실히 알 수 없었다. 어쨌든 야노마모 부족과 관련된 내용은 아닌 것 같았지만, 하버드의 강의라는 것이 또 모르는 일이다.

사실 오늘 아침에 '전인교육'을 몸소 체험하고자 여기에 온 것은 아니다. 오늘은 전혀 다른 이유 때문에 강의실을 찾았다.

그는 강단으로 비쳐지는 강한 스포트라이트를 한 손으로 가리면서 강의실을 둘러보았다. 가만 생각해보면 그 스포트라이트는 전혀 잘못된 방향으로 설치되어 있었다. 다른 손으로는 커다란 파란색 타월로 싼 꽤 큰 상자를 옆구리에 끼고 있었다. 그 상자는 무거웠고, 에두아르도는 학생들을 훑어보면서 그 상자를 흔들지 않으려고 대단히 조심했다.

몇 분 후에야 강의실 뒤에서 세 번째 줄에 혼자 앉아 있는 마크를 찾을 수 있었다. 마크는 슬리퍼를 신은 발을 앞의 빈 좌석에 올려놓고 무릎에는 공책을 펴 놓고 있었지만, 아무런 내용도 받아 적고 있지는 않는 듯 했다. 사실, 깨어있는 것 같지도 않았다. 항상 덮어쓰고 다니는 후드 재킷의 큰 모자를 쓰고 손은 청바지 주머니에 찔러 넣고 눈을 감고 있었다.

에듀아르도는 씩 웃었다. 몇 주 되지는 않았지만 그와 마크는 많이 친해졌다. 다른 기숙사에 살고, 전공도 다르지만 그 둘 사이에는 비슷한 점이 많다고 에듀아르도는 느꼈다. 마치 친구가 될 운명이었던 것 같은 이상한 느낌마저 들기 시작했다. 얼마 안 되는 시간이지만 마크가 정말 좋아졌고, 단순히 유태인이라는 동질감 때문이 아니라, 정말 친동생처럼 여기게 되었고, 마크도 자기와 같은 느낌일 것이라고 확신했다.

에듀아르도는 여전히 웃으면서 조용히 마크가 앉아 있는 줄까지 교실 복도를 타고 내려갔다. 경제학 세미나를 같이 들었던 것 같은 졸고 있는 3학년 학생의 쭉 뻗은 다리를 넘어, 가방에 숨겨둔 MP3 플레이어를 듣느라 바쁜 여학생들을 지나 마크 옆의 빈자리에 앉았다. 그리고 무릎 앞 강의실 바닥에 조심스럽게 상자를 내려놓았다. 마크는 눈을 뜨고 에듀아르도를 바라 보다, 천천히 바닥에 놓인 상자로 눈길을 옮겼다.

"진짜? 말도 안돼!"

"진짜!" 하고 에듀아르도는 대답했다.

"설마 이게……."

"응, 맞아. 그거야."

마크는 조용히 휘파람을 불고 앞으로 몸을 구부려 타월 모서리를 들어 올렸다.

　그러자 골판지 상자 안에 들어있던 산 닭이 목청이 터져라 울기 시작했다. 닭털이 빠져 나와 한 4m 정도 날았다가 떨어졌다. 앞자리와 뒷자리에 앉아 있던 아이들은 마크와 에듀아르도를 황당한 표정으로 바라보았고, 곧 강의실 전체가 그들을 바라보았다. 황당함과 재미있다는 표정들이 섞여 있었다.

　에듀아르도의 얼굴이 빨개졌고, 바로 타월을 끌어다가 상자 위에 덮었다. 닭은 다시 조용해졌다. 에듀아르도는 강단을 보았다. 교수는 여전히 영국인이며 바이킹이며 그 당시 살았던 사람들에 대해 정신없이 떠들고 있었다. 쩡쩡 울리는 스피커 소리 때문에 이 소동을 눈치 채지 못한 것이다. 천만 다행이었다.

　"좋은데."

　마크가 상자를 바라보고 웃으며 말했다.

　"형의 새로운 친구가 아주 맘에 들어. 형보다 대화를 잘하는 것 같아."

　"좋기는 뭐가 좋아." 하고 마크의 농담을 무시했다.

　"이 닭이 얼마나 골치 덩어리인데. 얼마나 나를 곤란하게 만든다고!"

　마크는 계속 웃기만 했다. 솔직히 다른 사람들이 볼 때에는 웃기는 일이 아닐 수 없다. 이 닭은 에듀아르도가 피닉스 입회를 위해 치르는 수습 시험 중 일부이다. 그는 이 닭을 낮이나 밤이나, 식당, 강의실, 도서관, 그가 가는 곳이면 어디건 항상 데리고 다니도록 지시

받았다. 이 빌어먹을 닭하고 잠까지 같이 자야 했다. 에듀아르도는 지난 5일 동안 이 닭을 살리는 데 정성을 쏟았다.

처음 며칠은 순조로웠다. 닭은 환경에 잘 적응하는 듯 했고, 교수들은 그렇게 관찰력이 뛰어난 편이 아니었다. 학생수가 적은 강의 시간은 감기 핑계를 대고 결강했다. 식당이나 기숙사에서는 문제가 없었다. 대부분 학생들은 파이널 클럽의 입회과정에 대해서는 알고 있었고, 때문에 에듀아르도에게 뭐라고 하는 아이는 없었다. 이에 대해 뭐라고 해야 하는 위치에 있는 사람들도 눈감아 주었다. 파이널 클럽의 정식회원이 된다는 것이 대단히 중요한 일이라는 것을 모두가 알고 있었다.

그러나 지난 이틀 동안 상황이 복잡해졌다.

48시간 전, 에듀아르도가 요령껏 강의를 빼먹거나 표시 안 나게 수업을 듣느라 바쁜 하루를 보내고 엘리어트 하우스로 닭과 함께 돌아왔을 때였다. 알고 보니 기숙사 같은 층 방 끝에 포실리안 클럽 회원이 두 명 있었던 것이다. 에듀아르도는 그들을 몇 번 만나보기는 했지만 워낙 생활 패턴이 달라서 친해질 기회는 없었다. 이 두 학생이 자기가 닭을 가지고 있는 것을 보고 무슨 생각을 할 지 전혀 개의치 않았다. 그래서 저녁에 식당에서 훔쳐온 닭튀김 조각을 자기 닭에게 먹이면서 별로 가리고 먹여야겠다는 생각 같은 것은 하지 않았다.

그리고 24시간이 지나서, 하버드 크림슨지에 특보가 났을 때야 에듀아르도는 무슨 일이 났는지 알게 되었다. 그날 저녁 에듀아르도가 닭에게 닭튀김을 먹이는 것을 목격한 포실리안의 아이들이 유나이티드 가금류 협회라고 불리는 동물 보호협회에 익명으로 이메일을 보낸 것이다. 보낸 사람의 이메일 주소가 '제니퍼'로 되어있는 메일에는 피닉스 클럽에서 신입회원 의식의 일환으로 산 닭을 고문해서 죽이도록 한다는 내용이었다. 유나이티드 가금류 협회는 즉시 하버드 교무처에 연락을 했고, 총장인 래리 서머스에게 직접 항의를 했다.

이미 특별 조사가 실시되고 있었다. 피닉스 클럽은 힘없는 가금류에게 자기 동족을 먹도록 강요한 것을 포함, 동물학대에 대한 혐의를 변호해야 할 입장이었다.

사실 포실리안 아이들이 친 장난치고는 꽤 재미있는 장난이었지만 피닉스 클럽에서는 커다란 골칫거리가 아닐 수 없었다. 다행히도 아직 피닉스 수뇌부에서 이 문제의 발단이 에듀아르도라는 것을 알아내지는 못했다. 에듀아르도는 그들이 알아낸다 하더라도 유머감각 있게 넘어가 주기를 바랐다.

물론 에듀아르도에게 닭을 고문해서 죽이라는 지시가 내려진 것은 아니었다. 정반대로 이 닭을 건강하게 기르라는 것이 주문이었다. 닭에게 닭고기를 먹인 것은 실수였다. 닭이 어떤 음식을 먹는지 도대체 어떻게 안단 말인가? 매뉴얼이 주어졌던 것도 아닌데. 에듀아르도는 마이애미의 유태인 사립학교를 다녔다. 닭고기 수프가 맛있다는 것을 빼고, 유태인이 닭에 대해서 아는 것이 뭐가 있겠는가?

이 소동으로 며칠만 지나면 곧 수습 시험을 마치고 정식 피닉스 회원이 될 것이라는 사실이 잊혀질 정도로 마음이 심란했다. 만약 이 닭 소동으로 쫓겨나지만 않는다면, 곧 에듀아르도의 사교생활은 지금과 전혀 달라질 것이다. 매 주말마다 클럽에서 파티를 하게 되는 것이다. 벌써 그 효과가 나타나기 시작했다.

그는 아직 불안해하는 닭을 진정시키려고 손을 상자 위에서 놓은 채 마크 쪽으로 몸을 기대었다.

"얘가 다시 난동 부리기 전에 나가야 해. 오늘 저녁 약속 잊지 말라는 얘기하려고 왔지."하고 속삭였다.

마크는 눈썹을 치켜 올리며 에듀아르도를 보았고 웃으며 고개를 끄덕였다. 그저께 저녁 피닉스 칵테일 파티에서 한 여학생을 만났다. 그 귀엽고 날씬한 동양계 아가씨의 이름은 엔지였다. 엔지에게 그녀의 여자친구를 데리고 나오라고 설득했고, 드디어 오늘 저녁에 그래프톤 스트리트 그릴에서 마크와 함께 넷이서 한잔하기로 한 것이다. 한 달 전까지만 해도, 그런 일은 상상도 못할 일이었다.

"그 친구 이름이 뭐라고 했지?" 마크가 물었다.

"모니카"

"예뻐?"

사실 모니카가 예쁜지 아닌지 에듀아르도는 전혀 알지 못했다. 한 번도 본 적이 없기 때문이다. 그렇지만 에듀아르도 생각에는 마크나 자기나 그렇게 까다롭게 굴 처지는 아니었다. 지금까지 여학생들이 줄줄이 따랐던 것도 아니었고, 자기가 피닉스 회원이 될 것이기 때문에 이제서야 여학생들을 만날 기회가 생기는 것이다. 그는 자기의 기회를 친구와 함께 나누고 싶었다. 아직 피닉스에 입회시킬 위치는 아니지만 여자 한두 명은 소개시켜 줄 수 있는 것이다.

마크가 어깨를 으쓱했고, 에듀아르도는 조심스럽게 상자를 들면서 자리에서 일어났다. 걸어 나오면서 마크의 복장을 슬쩍 확인했다. 아디다스 슬리퍼에 청바지, 그리고 후드 면 티셔츠. 그리고 에듀아르도 자기 자신의 복장을 가다듬었다. 진한 감색 재킷에 묻은 닭털을 떼고 타이를 고쳐 매었다. 그에게 타이와 재킷은 교복과도 같았다. 투자클럽 모임이 있는 날에는 양복을 입기도 했다.

"여덟 시에 그리로 와."

강의실을 빠져 나가면서 마크에게 말했다.

"아 그리고 마크……."

"응?"

"웬만하면 간만에 괜찮은 옷 좀 걸치고 나와라."

5
2003년 10월 마지막 주

'위대한 부 뒤에는 위대한 범죄가 있다' 라는 명언을 남긴 발자크가 역사적인 2003년 10월 마지막 주 저녁에 살아 있었다면, 그래서 마크 주커버그가 커크랜드 기숙사 방으로 들어가는 모습을 보았다면 그의 명언을 수정했을 것이다. 왜냐하면 그 역사적인 순간, 현대사의 가장 거대한 부를 창출하게 될 그 순간에는 대학생들의 장난기 섞인 가벼운 범죄도 없었기 때문이다.

마크가 폐쇄 공포증을 일으킬 만큼 작고 검소한 기숙사 방에 들어가자마자 바로 컴퓨터 앞에 앉은 모습을 발자크가 보았다면, 이 아이가 화가 났고, 이미 벡스 맥주를 몇 병 마신 상태라는 것을 확실히 알아차렸을 것이다. 마크는 평소와 같이 아디다스 슬리퍼와 후드가 달린 면 스웨터를 입고 있었다. 마크가 슬리퍼 외의 신발은 싫어한다는 것은 잘 알려져 있는 사실이다. 그래서 언젠가는 슬리퍼만 신어도 되는 그런 위치에 오를 것이라고 결심했는지도 모른다.

마크는 손가락으로 노트북 자판을 가볍게 쳐서 컴퓨터의 대기모드를 풀고는 맥주를 벌컥벌컥 마셨다. 맥주의 쌉싸래한 맛이 그의 몸을 타고 내려왔다.

고등학교 때부터 마크의 생각은 그의 손을 통해서 더욱 명확하게 전달되었다. 제3자의 입장에서 볼 때에 그와 컴퓨터의 관계는 마크가 바깥세상에서 겪은 어떤 인간관계 보다 훨씬 순조로웠다. 그는 그 초록색 화면을 통해서 비친 자신의 모습에 더욱 만족스러워 했다. 아마도 무의식적으로 통제를 원하고 있었기 때문인지도 모른다. 컴퓨터라면 마크가 원하는 대로 통제할 수 있었다. 어쩌면 그 이상일 수도 있다. 수년간의 연습을 통해 형성된 공생 관계 때문일 수도 있다. 마크의 손가락이 그 자판을 두드리는 모습이란. 여기가 바로 마크가 속한 곳이다. 어떨 때에는 이곳 외에 마크가 갈 수 있는 곳은 없다고 생각될 때도 있었다.

그날 저녁 8시가 조금 지나서 마크는 모니터의 밝은 화면을 쳐다보면서 새로운 블로그 페이지를 열었다. 지난 며칠 동안 생각해오던 것인데 알 수 없는 기운에 이끌려 마크는 천천히 그 블로그의 타이틀을 쳐 나갔다.

묘 하버드 페이스 매쉬 Harvard Face Mash / 프로세스 The Process

한 몇 분 동안 그 단어들을 뚫어지게 쳐다보면서 그가 정말 이 일을 시작할 지 고심했다. 그리고 맥주 한 모금을 더 마신 다음 키보드로 돌아갔다.

🕐 8:13pm: ****는 나쁜 년이다. 걔를 잊어버리기 위해서 무엇인가 해야 한다. 뭔가 바쁘게 다른 일을 해야 한다. 이제 좋은 아이디어가 생겼으니 문제없다.

마크의 머리 한 구석에서도 자신을 거절했다고 무조건 여자애를 탓하는 것은 옳지 않다는 것을 알고 있었다. 고등학교, 대학교를 거치면서 대부분 여자애들이 마크를 대했던 것과 다를 것이 없지 않는가? 완전 공부벌레처럼 생긴 에듀아르도도 여자를 꾀는 데에는 마크 주커버그 보다 소질이 있었다. 그리고 이제 에듀아르도가 피닉스 회원이 되면, 글쎄 이제는 마크의 이런 상황을 어떻게든 수정해야 할 시점이다. 그는 그에게 어느 정도의 통제권을 쥐어 줄, 모두에게 그가 무엇을 할 수 있는지 입증할 만할 것을 만들어야 했다.

아마 한 잔 더 마셨던 것 같다. 그리고 노트북 컴퓨터 옆의 데스크탑 컴퓨터로 관심을 돌렸다. 자판 몇 개를 두드리자 데스크탑이 살아서 소리를 냈다. 그는 바로 인터넷을 통해 학교 네트워크에 연결했다. 자판을 몇 번 두드리자 이제 준비 끝. 노트북 컴퓨터에다 블로그를 계속해서 작성해 나갔다.

🕐 9:48 pm: 솔직히 말해 약간 취했다. 화요일 저녁이고 10시도 채 안된 시간이지

만 술에 취해서는 안 된다는 법이 있나? 지금 커크랜드 페이스북을 내 데스크탑에 열어 놓고 있다. 몇몇 학생의 사진은 정말 못 봐줄 정도이다.

마크는 그의 데스크탑 컴퓨터 화면에 펼쳐진 사진들을 보면서 씨익 웃었다. 사진 중에는 아는 남학생도 몇 명 있었고, 여학생 중에도 아는 아이들이 있었다. 하지만 대부분은 식당이나 강의실 주변에서 스쳐 지나갔을 수는 있어도 아는 얼굴들은 아니었다. 그 아이들도 마크를 전혀 모를 것이다. 몇몇 여자아이들은 일부러 마크를 모른 체하기도 했었을 것이다.

💻 이 사진들을 가축들 사진 옆에 붙여서 어느 인물이 더 나은지 투표를 하고 싶을 정도이다.

중간 중간, 마크는 친구들과 누가 밥 먹고 왔는지, 수업에서 돌아왔는지, 한 잔 했는지에 대해 이메일을 주고받았다. 그의 친구들은 대부분 이메일로 대화를 했다. 더 이상 전화를 사용하지 않았다. 에듀아르도를 제외하고는, 그의 친구들 대부분 마크만큼이나 컴퓨터에 미쳐 있었다. 그는 자신의 블로그로 다시 돌아갔다.

💻 사실 좋은 생각인지, 재미있는 생각인지 모르겠지만, 빌리가 페이스북에서 두 명을 뽑아 비교하자는 제안을 했다. 비교 대상은 가축. 올슨씨, 좋은 생각이야!

정말로 마크와 같은 아이에게는 대단히 좋은 생각처럼 보였을지 모른다. 커크랜드 기숙사의 페이스북은 학생들의 사진을 모아놓은 다른 모든 학교 페이스북과 마찬가지로 업데이트가 되지 않는다. 단 과대학 별로 알파벳순으로 정리되어 있었다.

며칠 동안 마크의 상상력을 사로잡았던 아이디어, 어떤 웹사이트에 대한 아이디어가 이제 실제로 구현이 되는 것이다. 마크에게는 그 웹사이트를 만드는 데 필요한 수학적 논리, 웹사이트 구상의 핵심에 있는 프로그램, 컴퓨터 공학의 진수 등이 멋진 일처럼 느껴졌다. 단순히 프로그램을 작성하는 문제가 아니다. 제대로 된 알고리즘을 생성해야 했다. 그의 친구들이 인정하는 것 보다 훨씬 복잡한 내용이 될 것이다. 물론 얼굴만 반지르르하고 머리에 든 것 없는 여자들이나 남학생들은 전혀 이해할 수 없겠지만…….

🕐 11:09pm: 그래, 해보자. 가축이 이 비교작업에 적합한지 모르겠지만,(가축들이 어떻게 나올지는 누구도 알 수 없는 거니까……) 두 명을 비교하는 것은 괜찮을 법하다. 꼭 튜링 테스트 같지 않은가? 사진을 평가하는 것은 Hotornot.com처럼 후보자가 얼마나 멋진지를 숫자로 나타내는 것 보다 간접적이기도 하다. 사진이 아주 많이 필요하다. 불행히도 하버드 대학 전교생의 사진을 모아놓은 페이스북이 없으니까 각 기숙사 별로 찾아내야 한다. 그러면 1학년 때 사진은 없는 것이다. 제기랄.

이때 마크는 자신이 선을 넘으려고 하고 있다는 것을 알았다. 그렇지만, 그는 정해진 선을 지키는 성격은 결코 아니었다. 선을 지키는 것은 재킷에 넥타이를 매고 파이널 클럽에 들어가는, 다른 사람과 함께 정해진 테두리 안에서 노는 에듀아르도 스타일이다. 마크가 테두리를 좋아하지 않는다는 것을 보여주는 사례는 꽤 있었다. 마크는 테두리가 있으면, 그 테두리를 끊고 나가서 노는 것을 좋아하는 스타일이었다.

🕐 12:58pm: 해킹 시작. 커크랜드 하우스 먼저. 친절하게 아파치 컨피규레이션 프로그램(역자주: 월드와이드웹 서버용 소프트웨어)에 인덱스까지 해서 완전히 오픈해 놓았다. 간단한 wget(역자주: 특정 웹 사이트 내용을 모두 파일로 받아주는 컴퓨터 프로그램)만 쓰면 커크랜드 페이스북 파일 전체를 다운로드 받을 수 있다. 애들 장난 수준이다.

마크에게는 정말 그렇게 간단했다. 몇 분만 있으면 커크랜드 페이스북의 모든 사진들이 대학교 서버에서 그의 노트북 컴퓨터로 다운로드 된다. 물론, 어떻게 보면 절도이다. 마크가 그 사진들의 소유권을 가진 것도 아니고, 대학에서 개인 컴퓨터에 다운로드 받으라고 서버에 올려놓은 것도 아니었다. 하지만 정보가 취득 가능하다면, 정보를 취득할 권한이 있는 것 아닌가? 이렇게 쉽게 얻을 수 있는 것을, 마크가 가져서는 안 된다고 하는 것이 잘못된 것 아닌가?

🕐 1:03am: 다음은 엘리어트 하우스. 역시 오픈되어있지만, 아파치에 인덱스는 없다. 검색을 해보니 데이터베이스에 있는 모든 이미지 파일이 한 페이지에 담아진

다. 그 페이지를 모질라Mozilla를 통해서 저장하면 모든 이미지가 한꺼번에 저장된다. 좋았어. 다음 기숙사로…….

그는 해킹의 파라다이스에 빠져 있었다. 사실 하버드 대학의 컴퓨터 시스템은 마크에게는 애들 장난 수준이었다. 마크는 하버드의 시스템을 만든 어느 누구보다 똑똑했고, 하버드 교무처나 하버드의 보안시스템 담당자 보다 훨씬 똑똑했으니까. 사실 그들에게 시스템에 어떤 허점이 있는지 한 수 가르쳐 주고 있는 것이다. 그는 좋은 일을 하는 것이다. 물론, 당사자들에게는 그렇게 보이지 않겠지만. 하지만 마크는 그의 블로그에 자기가 어떻게 시스템을 뚫었는지 일일이 기록하고 있었다. 웹사이트를 열 때, 그 블로그를 게재해서 모든 사람들이 볼 수 있게 할 것이다. 미친 짓처럼 보이겠지만, 그것은 단지 빙산의 일각일 뿐이다.

🕐 1:06am: 로엘 하우스에는 보안시스템이 있었다. 페이스북에 들어가려면 사용자 ID와 비밀번호가 필요했다. 페이스북에서 메인 fas 파일 사용자 데이터베이스를 읽어올 수는 없을 것이고 따라서 학생들의 비밀번호는 알 수 없다. 그렇다고 기숙사에서 각 학생들의 fas 비밀번호를 물을 리도 없다. 그러니까 ID와 비밀번호는 뭔가 다른 조합일 것이다. 로엘 기숙사에 사는 사람들이 공통으로 할 수 있는 사용자ID와 비밀번호 조합일 수도 있지만, 그렇게 되면 로엘 하우스에 있는 학생들에게 서로서로의 사용자 ID와 비밀번호를 알려주는 꼴이다. 웹 마스터가 사용자에게 어떤 식으로 권한을 주는지, 알려주고 싶지는 않을 것이다. 따라서 그것

은 아닐 것이다. 그렇다면, 기숙사의 웹 마스터가 알 수 있으면서 학생들마다 고유하게 가지고 있는 것은? 학생 ID? 빙고! 로엘 기숙사 학생의 이름과 학생 ID를 넣었더니 페이스북에 들어갈 수 있었다. 그런데 또 문제가 있다. 사진들이 여기저기 흩어져 있다. Perl 스크립트를 써서 문제를 해결하는 것이 좋을 것 같다. 역시, 좋은 생각이었다.

암호 해독가가 동굴에 숨어서 나치의 암호를 풀었던 것 같은, 해킹의 정석이었다. 마크의 컴퓨터에 사진이 쌓이고 있었다. 이제 곧 기숙사 사진 데이터베이스의 절반 정도가 그의 손에 들어오게 된다. 1학년을 제외한 모든 여학생들, 예쁘거나 밉거나, 금발, 갈색 혹은 빨간 머리, 큰 가슴을 가졌거나 아니거나, 키가 크거나 작거나, 그 모두의 모습이 그의 손에, 그의 노트북 컴퓨터에, 작은 바이트와 비트로 저장된다.

🕐 1:31am: 아담스 기숙사에는 보안시스템이 없었지만 검색 결과가 한 페이지 당 20개로 제한되어 있었다. 로엘 기숙사에 썼던 스크립트를 쪼개서 쓰면 문제 해결.

알파벳순으로 각 기숙사의 사진을 전부 다운받고 있었다.

🕐 1:42am: 퀸시 기숙사는 온라인 페이스북이 없다. 안타까운 걸……. 내가 할 수 있는 일이 없다.

🕐 1:43am: 던스터 하우스는 좀 다르다. 퍼블릭 디렉토리만 없는 것이 아니라 디렉

토리 자체가 없었다. 검색을 돌려야 하고, 검색 결과가 20개 이상이면 아무것도 나오지 않았다. 간신히 검색 결과를 얻으면, 이미지 대신 php로 연결이 되어있고, php는 다른 곳으로 루트가 걸려 있었다. 이상하다. 어려울 수도 있겠다. 일단 넘어가고.

퀸시 기숙사는 바로 뚫고 들어갈 수 없었다. 시간이 조금 걸리겠다고 마크는 생각했다. 하지만 그가 뚫지 못하는 시스템은 없다. 하버드는 세계적인 대학이기는 하지만 컴퓨터에 관해서는 마크 주커버그의 상대가 못 되었다.

🕐 1:52am: 레버렛 하우스는 좀 나았다. 역시 따로 검색을 해야 했지만, 전체 학생들의 사진이 있는 페이지로 가는 링크를 딸 수 있었다. 링크 하나에 한 학생의 사진만 연결이 되어 있었지만, 그렇다고 내가 500페이지를 눌러서 일일이 다운받을 수는 없다. 이맥스 EMACS로 Perl Practical Extraction and Reporting Language 스크립트를 수정해야겠다. 이번에는 디렉토리를 보고 regexe를 써서 해당 링크를 찾은 후 각 페이지에 자동으로 가도록 해야겠다. 필요한 페이지의 사진을 모두 다운로드 받을 것이다. 스크립트 컴파일만 몇 차례 하면……. 벡스 맥주 한 병 더!

마크는 이 해킹 놀이에 푹 빠져서 얼마나 오랜 시간 이 일을 하고 있는지, 지금이 몇 시인지, 얼마나 늦었는지 상관하지 않았다. 마치 해가 쨍한 대낮으로 착각하고 있는 듯 했다. 마크와 같은 아이들에게 시간은 번호 매겨진 숫자에 불과했다. 위대한 엔지니어들, 해커들은 다른 사람들처럼 시간에 매여서 살지 않는다.

🕐 2:08am: 매더의 시스템은 레버렛 기숙사와 같다. 다른 점이라면 디렉토리를 학급 단위로 구분 지어 둔 것이다. 페이스북에 1학년생이 없다. 별로야~.

그렇게 밤은 깊어갔고, 새벽 4시 즈음, 이제 웬만한 사진은 다 다운로드 되었다. 기숙사의 데이터베이스에서 수천 장을 다운로드 받았으니까. 제임스 본드 본거지가 되어버린 그의 커크랜드 하우스에서 원격으로 접근할 수 없는 기숙사의 시스템이 몇 개 있었다. 그곳은 하우스 내부의 IP주소가 있어야 접근이 가능했다. 물론 마크는 어떻게 하면 그 IP를 얻을 수 있는지 알고 있다. 다만 조금 노력이 필요할 뿐이다. 며칠 내로 필요한 모든 것을 얻을 수 있다.

이 데이터를 다 받고 알고리즘만 작성하면 된다. 복잡한 수학 프로그램으로 웹사이트 만들고 프로그램을 만들고……. 길어도 이틀 정도면 끝날 것이다.

마크는 이 사이트를 Facemash.com으로 이름 붙이려고 한다. 멋진 작품이 될 것이다.

🖳 아마 다른 대학교로 확장시킬 벤처로써의 가치는 무시한 채 하버드 대학에서는 법적인 문제를 들어 차단하려고 할 것이다. 한가지 확실한 것은, 이 사이트를 만든 내가 나쁜 놈이라는 점. 하지만, 어쩌겠나. 누군가는 해야 할 일인데…….

마크는 남은 벡스를 마저 마시면서 사이트 첫 페이지의 소개글을
썼다. 물론 회심의 미소를 지으며.

> 우리가 이 학교에 얼굴로 입학허가를 받은 것인가? 그렇지 않다. 하지만, 얼굴로
> 평가 받을 것인가? 그렇다.

엄청나게 훌륭한 사이트가 될 것이다.

6
그날 저녁

제대로 된 컴퓨터 해커라면 그 추웠던 저녁 하버드에서 무슨 일이 일어났는지 이미 짐작하고 있을 것이다. 마크가 페이스매쉬 *Facemash.com*를 만드는 과정을 기록한 블로그를 보면 다음 과정이 무엇이 될 지는 충분히 알 수 있다. 다른 이유가 있었을 수도 있다. 하지만 우리는 마크가 몇몇 기숙사의 페이스북 시스템을 해킹하는데 있어 문제가 있었다는 것을 안다. 물론 세부사항까지 알 수는 없지만 다음과 같이 진행이 되었을 거라고 상상해 볼 수는 있다.

늦은 밤, 하버드의 어느 기숙사. 컴퓨터 보안에 대해 잘 알고 어떻게 뚫을 수 있는지 아는 아이가 한 명 있다. 그는 재미있고 젊은 혈기가 들끓는 대학 생활에 끼지 못한 아이이다. 남들과 같은 정상적인 대학생활을 동경했을지도 모르는 아이. 아니면 단순히 자기가 할 수 있다는 것을, 자기가 다른 누구보다 더 똑똑하다는 것을 입증하고 싶었던 아이. 그 아이가 벨벳 소파 뒤 어둠 속에 쭈그려 앉아 있다. 그의 손가락과 슬리퍼 아래의 카펫은 부드러운 질감의 진홍색이었지만, 나머지는 20평방인치 크기의 동굴 같았으며 나머지는 실루엣 같은 그림자뿐이다.

혼자뿐이라고 생각한 방에 다른 그림자가 있다. 그것은 기숙사 정원을 향해있는 창문과 벽에 기대고 있는 두 명의 학생이다. 소파 뒤에서는 그들이 몇 학년인지 알 수가 없다. 하지만, 마크는 그들도 자기처럼 허가 없이 여기 들어와 있다는 것은 확실히 알고 있다. 여기 3층은 금지구역은 아니지만 열쇠가 있어야 들어올 수 있는 곳이다. 마크에게는 열쇠가 없었지만 시간을 절묘하게 맞추어 3층 문 앞에서 관리 아저씨가 카펫과 유리창 청소를 끝내고 걸레 등을 챙겨 나갈 때 교과서를 문 사이에 끼워 둔다.

그 남학생과 여학생은, 그냥 운이 좋았던 것이다. 문이 열린 것을 보고 호기심에 들어왔다. 상상할 수 있듯이 마크는 다행히 소파 뒤에 숨을 수 있었다. 그렇다고 그 커플이 그 아이를 발견하지는 못했을 것이다. 둘은 나름 다른 일로 바빠 보였으니까.

그 때 남학생이 여학생을 벽에 붙이고 가죽점퍼의 지퍼를 열고, 그녀의 셔츠를 쇄골까지 올린다. 남학생의 손은 그녀의 군살 없는 배를 타고 움직였고, 그녀는 등을 구부리며 목을 뒤로 젖힌다. 그의 입술이 그녀의 목에 닿는다. 그녀는 그 자리에서 모든 것을 그에게 다 줄 것처럼 하다가, 무슨 이유에서인지 -다행히도- 갑자기 마음을 바꾼다. 갑자기 그를 밀어내고는 깔깔깔 웃어대는 것이다.

그리고는 그의 손을 잡아끌고 방을 가로질러 간다. 소파 옆을 지나갔지만 마크가 있는 방향을 보지는 않는다. 문을 밀어 열어젖힐 즈음에는 남학생의 손이 여학생의 허리에 있고, 거의 그녀를 반쯤 든 채로 나가고 있다. 문이 닫히면서 교과서를 쳤고, 마크는 교과서가 빠져나가 혹시라도 그 방안에 밤새 갇히는 것은 아닌가 하고 잠시나마 걱정을 한다. 다행히도 교과서는 그대로 있다. 이제 드디어 그 아이 혼자다.

이제 마크가 소파 뒤에서 나와, 커플이 들어오기 전에 하던 일을 계속하는 모습을 다시 상상해보자.

무릎을 반쯤 구부리고 검은 벽, 특히 바닥의 몰딩 아래쪽을 훑어 가기 시작한다. 몇 분쯤 후에 그가 찾던 것을 찾아내고 미소를 지으며 왼쪽 어깨에 메고 있던 가방을 내려놓는다. 그리고 가방을 열어 작은 소니 노트북 컴퓨터를 꺼낸다. 이미 노트북에는 이더넷 선이 연결되어 있다. 전문가답게 덜렁거리는 이더넷 선의 반대쪽을 능숙하게 잡아서, 몰딩 몇 인치 위쪽 벽에 있는 포트에 꽂는다.

빠른 동작으로 컴퓨터 자판을 두드려 몇 시간 전에 만든 프로그램을 돌리고, 노트북 컴퓨터의 화면이 깜박거리는 것을 바라본다. 정보가 패킷*packet* 형태로 케이블을 통해 전송되는 것을 상상할 수 있을 것이다. 기숙사가 은밀히 품고 있던 전자 영혼으로부터 추려진 순수한 에너지의 작은 맥박을.

노트북 컴퓨터가 거의 소리 없이 배를 채우고 있는 몇 초 동안, 마크는 누가 들어오지 않나 주변을 살핀다. 물론 그 아이의 심장이 마구 뛰고 있다. 등에는 식은땀이 흘러내리고 있다. 물론 이번이 처음은 아니겠지만 매번 아드레날린이 심하게 분비된다. 제임스 본드 같은 느낌일 것이다. 그 아이의 마음 깊숙이 어디선가는 자신이 불법을 저지르고 있다는 것, 적어도 교칙을 위반하고 있다는 것을 인지하고 있었을 것이다. 하지만 그렇다고 살인을 저지르는 것은 아니지 않는가. 해킹은 사실 가게에서 물건 훔치는 수준도 아니다.

은행에서 돈을 훔치는 것도 아니고, 국방부의 웹사이트를 해킹하는 것도 아니다. 전력회사의 전력시스템을 망가뜨리는 것도 아니고, 옛날 여자 친구의 이메일을 추적하는 것도 아니다. 자기같이 고도의 훈련이 된 해커가 하는 일 치고는 그리 심각한 내용이 아닌 것이다.

기숙사의 데이터베이스에서 사진 몇 장 빼내는 것, 그게 다다. 엄밀히 말하지만 몇 장 보다는 조금 많은, 사실은 전체를 빼내는 것이기는 하지만. 그리고 암호가 있어야 접근할 수 있는 개인 데이터베이스이기도 하다. 이 건물의 IP 주소와 사용자 ID, 암호가 일치해야 하는. 그렇게 따지자면 완전 무죄라고 주장할 수는 없지만, 대의를 위한 일이다.

몇 분만 지나면 된다, 대의를 위해서. 모두가 알고 있는 정보의 자유, 그것이 그가 진정으로 믿는 도덕적 기준이다. 해커 헌장의 연장으로 볼 수도 있다. 벽이 있으면 무너뜨리는 방법을 찾든, 담을 타든, 벽을 넘어라. 담장이 있으면, 담장을 부수고 들어가라. 그 벽을 만든 자들, '기득권층', 그들이 나쁜 놈들인 것이다. 그 아이는 선의의 싸움을 하는 좋은 사람이다.

　정보는 '공유하라고 있는 것'이다.

　사진은 '보라고 있는 것'이다.

　일 분 후, 작은 전자음이 노트북의 작업이 끝났다는 것을 알린다. 마크는 이더넷 선을 벽에서 빼고, 노트북을 그의 가방에 집어넣었다. 이제 이 기숙사는 처리되었고, 두 개의 기숙사만 남았다. '007영화' 주제가가 그의 머릿속에서 들리는 것이 느껴진다. 왼쪽 어깨에 배낭을 메고 문 쪽으로 빠른 걸음을 옮긴다. 교과서를 집어 들자 뒤에서 문이 닫히는 소리가 들린다.

　마크는 좀 전의 그 여학생이 뿌리고 있던 향수 냄새가 여전히 남아있는 것을 느낀다.

7
페이스매쉬

    72시간이 지나서야 마크는 그가 한 일이 어떤 파장을 불러일으켰는지 정확히 알게 되었다. 술 취했던 저녁의 기분은 이제 가라앉았지만, 그 때 시작한 일은 계속해 나갔다. 여전히 수업에 들어가고, 핵심 과목을 공부하고, 에듀아르도와 그의 친구들과 함께 식당에서 놀면서 평소의 생활도 계속해 나갔다. 나중에 학보 기자들에게 사실 페이스매쉬에 대해서는 해야 할 일, 풀어야 할 수학 문제, 컴퓨터 문제일 뿐이었다고 말했다. 그리고 놀라울 정도로 완벽하고 훌륭하게 페이스매쉬를 만든 이후에 그의 몇몇 친구들에게 한번 보라고 이메일을 보냈다. 의견이나 피드백, 혹은 칭찬을 기대하면서. 그리고는 수업과 관련해서 모임에 가려고 기숙사를 나왔고, 그 모임은 생각보다 길어졌다.

모임이 끝나고 커크랜드 기숙사로 돌아왔다. 여느 때와 마찬가지로 배낭을 내려놓고 이메일 확인하고, 식당에 가려고 했다. 하지만 뜻밖에도 노트북 컴퓨터의 화면이 멈춰 있었다.

그제서야 문득 생각이 들었다. 노트북이 Facemash.com의 서버로 사용되고 있기 때문에 과부화가 걸린 것이라는 생각이 들었다. 그럴 리가 없는데…….

"맙소사!"

그가 모임에 나가기 전에 몇몇 친구들에게만 Facemash.com의 링크를 보냈었다. 근데 그 메일이 다른 친구들한테 재전송되고, 재전송에 재전송이 된 것이다. 프로그램 접속 기록을 보니, 여러 학생 클럽의 메일 리스트를 포함, 수십여 개의 그룹 메일리스트에 그 링크가 보내졌다. 누군가는 수백 명이 넘는 정치학 클럽 전체 메일로 링크를 보냈다. 또 누군가는 라틴 여성의 문제를 다루는 푸에르자 라티나 클럽에 보내고, 또 그 클럽 누군가가 하버드 흑인여성협회로 재전송했다. 크림슨지에도 보내졌고, 기숙사별 게시판에 링크가 걸리기도 했다.

페이스매쉬 천지였다. 두 명의 학부 여학생 얼굴 중 누가 더 예쁜지 투표를 하면, 복잡한 알고리즘을 걸쳐서 결국 전체 캠퍼스에서 가장 멋진 여학생이 누구인지 찾아내는 이 웹사이트가 신종바이러스처럼 캠퍼스 전체에 퍼진 것이다. 2시간도 채 되지 않았는데 벌써 2만2천 번의 투표가 기록되었다.

'제기랄.' 사태가 심상치 않았다. 링크를 배포할 생각은 아니었다. 친구들의 의견을 물어서 웹사이트를 수정할 계획이었다. 그리고 사진을 허락 없이 다운로드 받은 것에도 어떤 법적인 문제가 있는지 알아보려고도 했다. 실제 웹사이트를 상용 오픈 하지 않을 수도 있었다. 하지만 이제는 너무 늦었다. 인터넷은 연필이 아니라 볼펜이었다. 일단 올리면 지울 수가 없는 것이다.

페이스매쉬는 이미 사용되고 있다.

마크는 바로 책상으로 달려가 컴퓨터의 자판을 두드려 자기가 개발한 프로그램에 로그인을 했다. 몇 분 안에 그 빌어먹을 사이트를 닫았다. 마침내 그의 노트북 화면이 꺼지는 것을 보고 자리에 앉았다. 손가락을 떨면서. 골치 아픈 문제에 휩싸인 것 같은 느낌이었다.

8
마크의 존재를 알다

밖에서 보면 4층짜리 힐스 빌딩은 대학교 도서관이라기보다는 심하게 부딪혀 박살난 우주정거장처럼 보였다. 시멘트와 돌로 된 돌출 기둥에 유리와 철재로 반짝거리는 정문. 학교 정원에 있는 대부분 건물처럼 도서관도 최근에 지어진 건물이었다. 이 도서관이 아이비가 많은 전통적인 분위기의 교내에서 워낙 떨어져 있었기 때문에 아무렇게나 지어도 되겠다는 건축가들의 생각이 있었는지도 모르겠다. 이 미래형 괴물 같은 건물은 근처의 MIT에나 더 잘 어울릴 법했다.

지금 타일러는 그 우주선 3층의 뒤쪽 코너에 파묻혀 있다. 190센티미터가 넘는 장신이, 아트 데코 스타일의 가구라기보다는 일종의 고문 장비 같이 생긴 일체형 책상과 의자에 앉아 있다. 그는 사실 그자리가 불편했기 때문에 거기 앉아 있었다. 월요일 아침 7시도 되지 않은 이 시간, 방금 전 마친 조정 연습 이후 스스로 정신을 차리기 위해 극단의 선택을 해야 했던 것이다.

책상에는 두꺼운 경제학 교과서가 펼쳐져 있고, 그 옆에는 가까운 포츠하이머 기숙사 식당에서 가지고 온 빨간색 플라스틱 접시가 놓여 있다. 반쯤 먹다 남은 볼로냐 샌드위치가 아직도 냅킨 포장도 벗겨지지 않은 채 있다. 아침을 먹은 지 채 30분도 지나지 않았지만 타일러는 여전히 배가 고팠다. 교과서 때문에 도서관에는 왔지만 경제학 115 강의 시간에 들어가기 전에, 볼로냐 샌드위치만이 그를 잠들지 않게 할 유일한 수단이었다. 없어진 볼로냐 샌드위치 반쪽은 그의 입안에 있었다. 너무 열심히 씹느라 디비아가 뒤쪽에서 다가오는 것도 듣지 못했다.

난데없이 디비아가 그의 어깨 너머로 크림슨지를 내 던졌다. 학보가 식판에 떨어지면서 나머지 볼로냐 샌드위치가 바닥에 떨어졌다.

"내가 크림슨지 같은 데에서 컴퓨터 프로그래머를 찾는 게 아니라고 했었냐?" 하고 디비아는 거의 소리치듯이 인사를 했다. 타일러는 반쯤 씹힌 볼로냐가 입 밖으로 빠져 나온 채로 그를 올려다보았다.

"야, 뭐야?"

"샌드위치 건은 미안. 하지만 헤드라인 좀 보라고."

타일러는 학보를 쥐고 뒤쪽에 묻은 케첩을 털어냈다. 디비아를 쳐다보았다가, 이 인도계 친구가 가리키는 기사로 눈길을 돌렸다. 헤드라인에서 기사 첫 줄을 훑어 내리면서 타일러의 눈썹이 올라갔다.

"그러네. 꽤 괜찮은데."

디비아도 웃으며 고개를 끄떡였다. 타일러는 의자에 기대어 고개를 빼고 주변을 돌아보았다. 3미터쯤 떨어진 곳에 같은 일체형 의자와 책상 밖으로 삐져나와 있는 캐머런의 긴 다리가 보였다.

"캐머런, 일어나서 이리 좀 와 봐!"

다른 학생들이 쳐다봤으나, 타일러를 보고는 다시 하던 공부로 돌아갔다. 캐머런이 그 의자와 책상에서 빠져 나오는 데에는 한참 시간이 걸렸다. 간신히 빠져 나와 디비아 옆으로 왔다. 캐머런의 뒷머리카락은 뻗쳐있고 눈은 충혈이 되어 초점이 없어 보였다. 아침 강바람이 보통 드센 것이 아니었고, 체력단련 훈련도 여느 때보다 힘들었다. 하지만 타일러는 그 동생만큼 힘들어 보이지 않았다. 적어도 디비아가 보여준 기사를 본 이후에는.

타일러가 캐머런에게 학보를 건넸다. 캐머런은 고개를 끄덕이며 기사를 읽었다.

"어제 저녁 때 포실리안에서 애들이 얘기하는 것 들었어. 샘 켄싱톤은 꽤 화가 났더라고. 걔 여자 친구 제니 테일러가 3등 이었거든. 제니의 룸메이트인 켈리가 2등인데⋯⋯."

"그리고, 걔의 다른 룸메이트인 지니가 1등이었지"하고 디비아가 거들었다.

"별로 새로운 뉴스도 아니잖아."

타일러는 웃을 수밖에 없었다. 제니와 켈리, 지니는 캠퍼스에서 가장 끝내주는 2학년 여학생 3인방이었다. 무작위로 배정이 되었다고는 하지만, 그들은 1학년 때에도 한방을 썼었다. 아무도 무작위 배정이라는 말을 믿지 않았다. 특히 누군가가 그들이 1학년 때 썼던 기숙사 방 전화번호가 전화기 번호판에 쓰여 있는 알파벳하고 매칭을 하면 '3-FUCK'이라는 점을 발견하고 난 이후에는 더욱더 그랬다. 하버드 기숙사 배정 사무실은 그런 요괴한 장난질로 유명했다. 비슷한 이름을 가진 학생들을 한 방에 배정하는 일. 타일러가 1학년 때, 버거와 프라이라는 성을 가진 학생들이 한 방에 배정이 되었고, 블랙과 화이트라는 성을 가진 학생들이 쓴 방이 적어도 두 방은 되었을 것이다. 그리고 제니, 켈리, 지니, 캠퍼스에서 가장 예쁜 여학생들이 전화번호가 3-FUCK인 방에 배정받는 일 등. 누군가 책임을 져야할 일이라는 생각이 들었다.

그러나 기숙사 배정 문제가 크림슨지 기사의 주제는 아니었다. 이 세 명의 금발의 미녀들을 웹사이트에서 Top 3로 순위를 매겼다는 것이다. 크림슨지에 따르면 사진을 보고 학생들이 여자애들의 순위를 매기는 페이스매쉬라는 사이트가 커다란 반향을 불러 일으켰다고 한다.

"사이트가 금방 닫혔다고 하네."

크림슨지를 가리키면서 디비아가 말했다.

"여기 보면 그 사이트를 만든 애가 스스로 닫았다고 해. 그 애는 맨 처음 그 사이트를 만들었을 때 사람들이 화를 낼 것이라고는 생각지 못했대. 블로그이기는 해도 여자애들을 가축에 비교했으니까."

타일러가 의자에 기대면서 물었다.

"누가 화가 나?"

"여자애들. 많은 여자애들. 캠퍼스의 여성 단체들이 수십 장의 항의 편지를 보냈고, 학교 당국도 화가 났다지. 너무 많은 사람들이 동시에 접속해서 학교 네트워크가 마비상태였나 봐. 교수들이 이메일을 확인할 수도 없었나 봐. 엄청나게 큰일이었지."

타일러는 가볍게 휘파람을 불었다.

"와~"

"그지, 와~지? 20분 만에 접속수가 2만 건이었다는데. 이 사이트를 만든 애는 곤란하게 된 거지. 각 기숙사의 데이터베이스에서 사진들을 다 훔쳐 왔던 것 같아. 해킹해서 완전 다 다운 받은 거지. 걔하고 친구 몇몇 하고 교징위에 불려갈 거야."

타일러는 교징위(교무처 징계 위원회)에 대해서 잘 알고 있었다. 교징위는 학장과 학생 고문, 때로는 대학 대표 변호사와 교학실 부장급으로 구성된다. 전에 포실리안 친구 중 한 명이 역사학 시험에서 커닝을 했다는 혐의를 받은 적이 있다. 그 학생은 두 명의 학장과 강사 앞에서 조사를 받았다. 교징위는 파워가 대단했다. 징계 처벌을 내릴 수도 있고, 심지어 퇴학 조치를 내릴 권한도 있었다. 물론 이 경우에는 그 정도까지 처벌이 내려지지는 않을 것이라고 타일러는 생각했다.

페이스매쉬를 만든 아이는 근신 처분 정도를 받을 것이다. 하지만 그의 명성은 완전히 망가진다. 캠퍼스에 있는 여학생들이 결코 그를 좋게 생각하지 않을 테니까. 얘기를 들어보면 어차피 그 아이가 카사노바과는 아니었던 것 같지만. 여자를 가축에 비교해? 꾸준히 여자들과 잠자리를 같이 하는 아이라면 그런 얘기를 할 리가 없다.

"이번이 첫 번째 웹사이트가 아니라는데?"

캐머런이 기사를 넘겨보면서 말했다.

"코스매치를 만든 애라는데. 기억나, 타일러? 온라인으로 강의를 선택하는 온라인 스케줄 사이트. 그리고 고등학교 때에는 굉장한 해커였대."

타일러는 에너지가 몸속에서 솟아오르는 것을 느꼈다. 캐머런이 하는 얘기 모두가 마음에 들었다. 이 웹사이트는 망쳤지만, 훌륭한 프로그래머임에는 틀림이 없고, 확실히 자유분방한 아이다. 우리가 찾던 바로 그 사람일 지도 모른다.

"얘랑 얘기를 해봐야겠어."

디비아가 고개를 끄덕였다.

"벌써 빅터한테 전화했지. 컴퓨터 공학 수업을 같이 듣는다네. 근데 약간 이상하다고 미리 경고하더라."

"이상해? 어떻게?" 하고 캐머런이 물었다.

"있잖아, 사교 자폐증을 앓는 것 같은."

타일러는 캐머런을 보았다. 디비아가 무슨 얘기를 하는 지 확실히 알고 있었다. '자폐증'은 옳은 표현이 아니다. '사교 면에서 어색한'이라는 표현이면 충분할 것이다. 하버드에는 그런 아이들이 꽤 있었다. 하버드에 입학하려면 성적은 모두 A에 다양한 스포츠 팀 주장을 하는 팔방미인이든가, 아니면 바이올린 천재라든지 수상경력이 뛰어난 시인같이 한 가지 분야에 정말 출중해서 세계적인 수준이든가,

둘 중에 하나이다.

타일러는 자기와 자기 동생은 팔방미인과라고 생각하고 싶었다. 하지만, 그들이 정말로 훌륭한 조정선수라는 이유 때문에 입학하게 된 것을 인정하지 않을 수는 없다.

이 아이는 정말로 컴퓨터에 출중한 것이다. 절대 어느 스포츠 팀의 주장이었을 법한 인물은 아니니까.

"걔 이름이 뭐야?"

벌써 여러 가지 생각이 앞서는 가운데 타일러가 물었다.

"마크 주커버그." 하고 디비아가 답했다.

"이메일 보내봐."

크림슨지를 손으로 두드리며 말했다.

"역사의 획을 긋는데 동참하고 싶은지 알아보자고."

9
커넥션

　오전 11시, 아름다운 햇살이 비치는 와이드너 도서관 계단에서 바라보면 하버드 야드는 지난 300년 동안 변한 것이 없는 듯 했다. 깔끔하게 정돈된 잔디밭 사이사이로 작은 나무들이 양쪽으로 줄지어 서있는 좁은 산책로. 담쟁이덩굴로 뒤덮인 오래된 석조 벽돌 건물. 낡아 가는 건물 벽을 따라 핏줄처럼 구불구불, 복잡하게 얽혀있는 나무줄기. 에듀아르도는 돌계단 위에서 저 멀리 메모리얼 교회의 꼭대기까지는 볼 수 있었다. 하지만 역사와 전통을 자랑하는 이 캠퍼스의 위엄에 누를 끼치는 그 너머 우주시대의 과학관이나 상자모양의 캐너데이 기숙사와 같은 신축 건물들은 보이지 않았다. 이 장엄한 경치는 수세기 동안 계속 되었다. 물론 에듀아르도는 그 수 세기 동안 그의 옆에 앉아 있는 아이가 겪은 고초와 같은 고초를 겪은 학생은 아무도 없었을 것이라고 생각했다.

그는 마크를 보았다. 마크는 대형 석조 건물의 커다란 기둥 그림 자에 반쯤 가려진 채, 돌계단에 다리를 꼬고 앉아 있었다. 정장에 넥타이를 매고 있었고, 평소와 다름없이 불편해 보였지만, 불편한 이유가 평소와 다른 복장 때문만은 아닌 것 같았다.

"별로 유쾌한 일은 아니야, 그치?"

에두아르도는 야드 쪽으로 관심을 돌리며 말했다.

길을 따라 급하게 가고 있는 예쁜 1학년생 두 명을 쳐다보았다. 두 명 모두 크림슨 스카프를 하고 있었으며, 한 명은 뒷머리를 돌돌 말아 올려 백옥 같은 목덜미를 살짝 드러냈다.

"꼭 대장검사 받은 기분이야."

마크가 답했다.

그도 여자아이들이 야드를 가로지르는 모습을 쳐다보고 있었다. 마크도 에두아르도와 같은 생각을 하고 있었다. '쟤들도 페이스매쉬를 들어보았거나 크림슨지에 난 기사를 봤겠구나. 아니면 온라인 게시판에 난 페이스매쉬 관련 내용을 보았겠지. 어쩌면 한 시간 전에 마크가 교정위원 앞에 앉아서 상황을 설명해야 했다는 것도 알고 있겠군.' 이번 교정위에는 학장이 세 명이나 포함되어 있었고, 컴퓨터 전문가도 있었다. 그리고 본의 아니게 소란을 피운 점에 대해서 수차례 사과를 해야 했다.

웃기는 일은 -학장은 원래 유머감각이 떨어지는 듯 했지만- 마크는 왜 들 그렇게 화가 났는지 전혀 이해를 못한다는 것이다. 대학교 컴퓨터를 해킹했고, 사진을 다운로드 받기는 했다. 그 점이 잘못된 것은 마크도 알고 있고, 그 점에 대해서는 당연히 사과를 했다. 그런데, 자신에게 빗발치는 여러 캠퍼스 여성단체의 비난은 이해가 가지 않았다. 여성단체뿐 아니라 여학생들도 비난의 이메일, 편지를 보냈으며, 심지어 남자친구를 통해서 비난을 전달하는 경우도 있었다. 식당에서나 강의실에서나, 심지어 도서관 서고에서도, 마크에게 비난이 쏟아졌다.

교징위에서는 해킹에 대해서 사과를 하면서도, 자기 덕분에 학교 컴퓨터 시스템의 보안체제에 문제점을 부각시켰다는 점을 지적했다. 그의 해킹이 나쁜 결과만 초래한 것은 아니라고 주장하고, 학교 시스템의 문제점을 해결하겠다고 주장했다.

또한 마크는 그 사이트가 퍼져나간 것을 알자마자 사이트를 스스로 폐쇄시켰다는 점도 적절히 설명했다. 페이스매쉬를 캠퍼스 전체에 배포할 계획은 아니었으며 베타 테스트가 실수로 여러 곳으로 퍼진 경우라고 주장했다. 이 웹사이트를 이용해 어떤 악의적인 행동을 할 의도가 전혀 없었다는 점도 열심히 설명했다.

솔직히 마크가 사교 면으로 부족한 모습이, 그리고 페이스매쉬에 대한 반응을 제대로 이해하지 못하고 있다는 점 자체가 그에게는 최대의 변호였다. 교징위의 학장들은 마크를 보고, 또 그의 어리버리한 언행을 보고 사실 그가 나쁜 아이가 아니라고 생각했다. 다만 다른 학생들과는 생각하는 방식이 다르다고 이해하고 있었다. 그는 남학생들이 여학생들의 외모를 보고 투표하는 것이 여학생들을 자극

할 것이라는 것을 전혀 모르고 있었다. 사실 정규교육제도가 생긴 이후, 마크나 에듀아르도, 그리고 모든 남학생들이 학교의 여학생들을 외모 순으로 순위를 매기는 일은 언제나 있었던 일이다. 에듀아르도는 언젠가는 네안데르탈인이 여자아이들의 순위를 매긴 동굴 벽화가 발견될 것이라고 확신했다. 그런 리스트를 만드는 것은 인간의 본능이다.

다만 마크는 그가 생각하는 내용들, 공부벌레들 사이에서 나누는 이야기들이 일반인들에게는 잘 받아들여지지 않는다는 것을 전혀 모르고 있는 듯 했다. 여자아이의 사진을 가축 사진과 비교하면 사람들이 기분 나빠할 것이라는 것조차.

마크 때문에 화가 난 사람들이 많은 것은 사실이었다. 하지만 다행히도 학장들은 그에게 징계나 퇴학 처분을 내리지는 않았다. 일종의 근신 처분을 내렸다. '향후 2년 동안 문제를 일으키지 말 것, 그렇지 않을 경우에는…….' 하고 그렇지 않을 경우의 처벌 내용을 구체화하지도 않았다. 가볍게 꾸짖는 수준이었다.

이 사건 때문에 마크가 학부를 마치는 데 지장은 없을 것이다. 그러나 학교 내에 퍼진 그의 명성은 여전히 문제였다. 사건 전에 여자친구 사귀기가 쉽지 않았다면, 지금은 절대로 불가능하게 되어 버렸다.

하지만, 마크 주커버그는 유명인이 되었다. 그렇게 된 데에는 크림슨지가 한 몫을 단단히 했다. 학보에서는 페이스매쉬에 대한 기사 후속으로 페이스매쉬의 인기를 언급하면서 그 짧은 시간에 그 정도

의 사이트 접속이 있었다는 것은 사진을 공유하는 온라인 커뮤니티
에 대한 관심을 나타낸 것이라는 사설을 냈다. 마크가 커다란 반향을
일으킨 것은 틀림이 없었다.

그 두 명의 1학년 여학생이 시야에서 사라지자 마크는 그의 뒷주
머니에서 접힌 종이쪽지를 꺼내어 에듀아르도에게 건넸다.

"이거 보여주고 싶었어. 어떻게 생각해?"

에듀아르도는 쪽지를 펼쳤다. 그것은 마크의 컴퓨터에서 출력한
이메일이었다.

> ✉ 마크, 네 이메일 주소는 친구에게 받았어. 어쨌든 나하고 나의 팀이 php, sol
> 그리고 java를 쓸 줄 아는 웹 개발자를 찾고 있어. 캠퍼스를 떠들썩하게 할 사이
> 트를 개발 중인데 네가 관심이 있는지 알아보려고 이렇게 메일을 쓴다. 직접 만
> 나서 얘기를 해보고 싶다면 언제 시간이 되는지 이메일이나 전화로 알려줘. 보람
> 있는 경험이 될 거야. 특히 네게 기업가 정신이 있다면 말이야. 네가 답을 하면
> 좀 더 자세한 얘기를 하지. 그럼.

디비아 나렌드라가 보낸 이메일이었고, 타일러 윈클보스가 참조
인으로 되어있었다. 에듀아르도는 그 이메일을 다시 읽으면서 내용
을 곰곰이 생각했다. 몇몇 아이들이 비밀 웹사이트 같은 것을 만들고
있고, 크림슨지에 난 마크의 기사와 페이스매쉬에 대해서 보았을 것
이다. 그리고 그들이 만들고 있는 웹사이트를 마크가 개발해 줄 수
있을 것이라고 생각한 것이다. 그들이 마크를 아는 것은 아니다. 다

만 그의 명성, 갑자기 생긴 악명 때문에 그에게 연락한 것이다.

"얘들 알아?" 하고 마크가 물었다.

"디비아라는 아이는 몰라. 하지만 윈클보스 쌍둥이는 알지. 4학년 생이야. 쿼드에 살고, 조정경기 선수들이야."

마크는 고개를 끄덕였다. 물론 마크도 윈클보스 쌍둥이를 알았다. 개인적으로 친분이 있는 것은 아니지만, 그들을 모르기란 쉽지 않다. 190센티미터의 쌍둥이가 눈에 띄지 않을 리가 없지 않은가. 하지만 에듀아르도나 마크나 그들과 얘기를 나눠본 적은 없다. 어울리는 친구들이 다르니까. 타일러와 캐머런은 포실리안 회원이다. 운동선수는 운동선수들과 어울려 논다.

"걔네랑 얘기해 볼 거야?"

"안 해볼 이유야 없지."

에듀아르도는 어깨를 으쓱했다. 이메일을 다시 한 번 훑어보았다. 사실 별로 느낌이 좋지는 않았다. 윈클보스나 디비아라는 아이들은 모르지만, 마크는 잘 알고 있다. 마크가 그 아이들과 어울릴 수 있을 것 같지는 않았다. 마크와 오랜 친구가 되려면 서로 이해할만한 공감대가 있어야 한다. 윈클보스 같은 아이들은 에듀아르도나 마크와 같이 인기 없는 공부벌레 괴짜들을 이해하지 못한다.

물론 에듀아르도는 이제 피닉스 회원들과 지내면서 좀 나아지고 있다. 이제 일주일이나 이주일 내에 수습 시험만 마치면 확실한 파이널 클럽 회원이 된다. 하지만 피닉스의 회원과 포실리언의 회원은 차원이 다르다. 피닉스는 여자애들과 얘기하는 법, 술 마시는 법, 그리고 여자들과 잠자리를 같이하는 법을 배우는 곳이라면 포실리안은 세계를 지배하는 법을 배우는 곳이다.

"나 같으면 무시하겠어." 하고 에듀아르도가 말했다.

"너한테 그들이 필요한 것은 아니잖아."

마크는 이메일을 되받아 들고 그의 주머니에 넣었다. 그리고는 그의 신발 끈을 느슨하게 풀기 시작했다.

"나도 모르겠어."

마크가 대답했다. 하지만 에듀아르도는 마크가 이미 그들을 만나기로 결심했다는 것을 눈치챘다. 마크의 마음속 어디에선가 윈클보스와 같은 애들하고 어울리는 것을 동경하고 있었는지도 모른다. 어쩌면 마크에게는 페이스매쉬와 같이 또 하나의 재밋거리로 느껴졌는지도 모른다.

"흥미로울 것 같아."

10
마크와 타일러의 만남

타일러와 캐머런이 커크랜드 식당의 테이블과 테이블 사이로 거의 뛰다시피 가고 있을 때였다. 그들을 향해 다가오고 있는 황소같이 생긴 4학년생이 타일러의 눈에 들어왔다. 손은 마치 태클을 할 것처럼 아래로 늘어뜨리고 있었으며 축 쳐진 턱 아래의 살하며, 타일러는 웃지 않을 수 없었다. 강가에 있는 기숙사에서 다른 아이들의 눈에 띄지 않고 누구를 만난다는 것은 불가능했다. 그나 캐머런이나 포실리안 회원들과 조정팀원들을 포함하여 커크랜드에 친구가 꽤 많았다. 데이비스 멀로니도 예외는 아니었다. 특히 150kg에 가까운 육중한 체구에 대학 미식축구 팀의 센터를 맡고 있는 그를 피하는 것은 어려운 일이었다.

타일러는 왼쪽으로 피하는 척하다가 오른쪽으로 몸을 움직이려

했으나 너무 늦었다. 데이비스가 타일러의 허리를 잡고 번쩍 들었다. 타일러의 몸이 한 5초 동안 공중에 떠있었던 것 같다. 마침내 타일러를 내려놓고 쌍둥이 형제와 악수를 하고 숱이 많은 눈썹을 치켜올리며 물었다.

"강가의 기숙사 식당에서 만나다니. 쿼드에서 여기까지 어쩐 행차이신가?"

타일러는 캐머런을 쳐다보았다. 형제는 당분간은 그 컴퓨터 아이랑 만나는 것을 알리지 않는 것이 낫겠다고 생각했다. 웹사이트 개발 자체가 완전히 비밀은 아니었다. 친구들은 그 계획을 알고 있었고, 포실리안에서도 알고 있는 친구들이 몇몇 되었다. 하지만 이 마크 주커버그라는 아이는 지금 캠퍼스의 요주의 인물이다. 그들의 웹사이트가 지금 당장 크림슨지에 날 만큼 준비가 된 것도 아니지 않는가.

마크를 아직 만난 것은 아니지만 마크가 자기들의 사이트에 관심이 있고 창립 팀 멤버가 되고자 한다는 것은 느낄 수 있었다. 디비아와 빅터 구아가 마크와 몇 차례 이메일을 주고받았고, 그들에 따르면 마크는 진심으로 이 일에 관심이 있었다. 그의 최근 이메일을 보면 여기까지 올만한 이유가 충분한 듯 보였다.

✉ 얼굴을 보고 얘기했으면 해. 하지만 페이스매쉬의 여파 때문에 오늘은 좀 그렇고, 내일은 어떨까? 너희들 프로젝트에 대해서 조금 더 얘기를 들었으면 하는데.

하지만 커크랜드 기숙사에서 저녁식사를 같이 한다고 전격적으로 파트너가 된 것은 아니다. 어떤 내용이 구체화되기도 전에 페이스매쉬의 그 문제아와 함께 작업을 한다고 대대적으로 알릴 이유는 없다. 그래도 커크랜드에서 다른 친구들을 만나지 않을 것이라고 예상했던 것은 바보 같은 생각이었다. 데이비스의 여자 친구는 캐머런의 옛날 여자 친구와 같이 방을 쓰고 있었다. 어쨌든 미식축구 팀과 조정 팀 선수들은 비슷한 스케줄을 갖고 있었고 항상 여기저기서 만나게 된다.

"여기 오늘 저녁 메뉴가 슬러피 조(역자주: 햄버거 번에 갈아서 양념한 고기를 올려 만든 샌드위치. 쿠바 하바나의 레스토랑 이름이라고 함)라고 해서 한번 와봤지."

타일러가 대답했다.

"우리가 제일 좋아하는 메뉴잖아."

데이비스가 웃었다. 그는 덩치 큰 하버드 운동 팀 티셔츠를 입은 아이들이 잔뜩 앉아있는 창문 근처의 테이블을 가리켰다.

"우리랑 같이 먹자. 밥 먹고 스파이에서 한잔할거야. 그리고 그래프톤으로 갈 수도 있고. 웨슬리 대학의 여학생들이 '퍽 트럭*Fuck Truck*' 으로 올 거야. 재미있겠지?"

타일러는 못 마땅하다는 듯이 눈동자를 굴렸다. '퍽 트럭' 이라는 것은 하버드 애들이 부르는 이름이다. 하버드와 자유분방한 남녀공학 캠퍼스 사이를 다니면서 학생들을 실어 나르는 소형 셔틀버스이다. 주말에는 더욱 자주 다닌다. 하버드에 다니면서 웬만큼 놀아본 졸업생이라면 학교 다니면서 적어도 한번쯤은 '퍽 트럭' 에 타 본적이 있을 것이다. 타일러는 눈을 감고, 소형 버스의 비닐 자동차 시트에 찌들어 있던 술과 향수가 뒤섞인 냄새를 기억했다. 하지만 오늘 저녁에는 '퍽 트럭'이나 그 내용물에 전혀 관심이 가지를 않는다.

"미안한데 오늘 저녁은 안되겠다. 다음에."

그는 덩치 좋은 친구의 등을 두드리고, 테이블에 앉아있는 친구들에게 손을 흔들고는 식당을 가로질러갔다. 그러면서 '퍽 트럭'이 사실은 지금 하고 있는 프로젝트의 아날로그 버전이라는 생각을 했다. 하버드 커넥션에는 남학생과 여학생을 빠르고 멋지게 연결해줄 '전자버젼의 퍽 트럭 *e-Fuck Truck*' 기능을 포함시킬 것이다. 버스 뒷좌석에 앉아서 멀리 갈 필요가 없다. 노트북 컴퓨터에 클릭 한번이면 된다. 원하는 상대방을 한 번에 쇼핑할 수 있는 기능.

캐머런은 식당 구석에 있는 직사각형 모양의 테이블을 가리켰다. 테이블 중간에 한 아이가 그들을 향해 손을 흔들고 있었다. 삐쩍 마른 체구에 갈색과 금발이 섞인 곱슬머리는 정신없이 헝클어져 있었다. 바깥 기온이 영하 1도인데도 불구하고 지퍼가 달린 카고 반바지를 입고 있었다. 햇볕을 쪼인지 아주 오래된 사람처럼 뺨은 아이보리 색깔이었다.

그 테이블에는 키가 작고 갈색 머리에 턱 수염을 깎지 않은 또 다른 아이가 함께 앉아 있었다. 아마 그 아이의 룸메이트인 듯 했다. 하지만 그들이 가까이 가자 자리를 떴다. 타일러가 먼저 테이블에 도착해서 손을 내밀었다.

"타일러 윈클보스야. 내 동생 캐머런. 미안하지만 디비아는 오지 못했어. 오늘 빠질 수 없는 세미나가 있어서."

마치 죽은 물고기와 악수하는 느낌이었다. 타일러는 그의 맞은편에 앉았고, 캐머런은 타일러 오른 쪽에 앉았다. 마크가 먼저 말을 시작할 분위기는 아니어서 타일러가 시작했다.

"하버드 커넥션이라고 이름을 붙일 거야." 하면서 시작했다. 그리고 바로 그들이 만들려고 하는 웹사이트에 대해서 자세히 설명했다. 처음에는 가능한 간단하게 설명하려고 했다. 하버드의 남학생과 여학생들이 정보를 공유하고, 맘에 드는 상대방을 찾는 온라인 미팅장소. 두 개의 부문으로 나누어서 하나는 데이트용, 다른 하나는 네트워크용. 학생들은 자기의 사진과 개인 신상정보를 올리고 서로 링크를 찾아가는 사이트. 그리고는 그 사이트가 고안된 배경에 대해서 설명했다. 사람들을 만나는 것이, 완벽한 이상형을 찾는 것이 얼마나 비효율적인 일인지. 하지만 하버드 커넥션을 이용하면 단순히 주변에 있어서가 아니라, 자신들의 성격에 맞는, 혹은 자기들이 사이트에 올려놓은 자기의 정보에 맞는 상대방을 찾을 수 있다는 점.

마크의 얼굴 표정에는 변화가 없었으나 설명은 바로 알아듣는 듯했다. 여학생들을 만날 수 있는 웹사이트라는 점을 마음에 들어 했고 프로그래밍 자체는 그에게는 그리 어려운 작업이 아닐 거라고 했다. 이전 프로그래머가 얼마나 프로그램을 마쳤는지 물었고, 캐머런은 필요한 패스워드를 줄 터이니 지금까지 한 작업을 마크가 직접 보는 것이 어떻겠냐고 제안했다. 아예 다운로드 해서 마크의 컴퓨터에서 직접 작업해도 좋다고 했다. 캐머런은 10시간에서 15시간 정도의 작업이 남아있을 것이라고 했다. 마크 같은 프로그래머에게는 문제될 것이 없을 것이라고 하면서. 캐머런이 좀 더 자세히 설명하는 동안 타일러는 의자에 기대어 마크를 유심히 살펴보았다.

캐머런의 설명을 들으면서 마크의 관심이 더욱 커져가고 있다는 것을 알 수 있었다. 대화내용이 컴퓨터 관련으로 옮겨가자 어색해 보이던 태도가 점점 사라졌다. 지금까지 얘기해 봤던 다른 컴퓨터 공학도 애들과는 달리, 마크는 타일러나 그의 동생과 비전과 열정을 같이 하는 것처럼 보였다. 그래서 캐머런이 얘기를 마치자마자 바로 끼어들었다.

"이 사이트가 성공하면, 돈을 벌 수 있을 거야." 하고 말했다.

"하지만, 돈보다는 우리에게는 멋진 일을 해내었다는 성취감이 있겠지. 우리는 네가 이 프로젝트의 구심점이 되어 주었으면 해. 그래서 다음번에 크림슨지에서 너의 기사를 다룰 때에는 너에 대한 비난이 아니라 칭찬하는 내용이 될 거야."

타일러가 볼 때에는 아주 간단한 제안이었다. 프로젝트의 파트너로서 돈을 벌면 모두에게 좋은 것이다. 그렇지만 돈을 벌 때까지는 이 웹사이트를 통해서 마크의 이미지를 복구 할 수 있는 것이다. 보통 웹사이트 오픈 때 컴퓨터 프로그래머들이 뒷전에 밀려나지만, 이번에는 마크가 많은 이들의 관심을 한 몸에 받을 수 있다. 따라서 필요한 데로 그의 사회적인 명성을 회복하는 데 활용할 수 있는 것이다.

혼자 식당 구석에서 머쓱해 하면서 밥을 먹는 아이, 아마 자기 모습이 그리 편하지만은 않은 아이, 타일러는 이런 아이들에게는 매력적인 제안이라는 것을 알고 있었다. 사이트를 만들고 그 덕분에 조금 유명해지면, 혹시 누가 아는가, 이 아이가 전혀 다른 사람이 될지. 사교성도 생기고 이 볼품없는 괴짜의 모습에서 벗어나게 해줄 수도 있고, 컴퓨터실에서는 사귈 수 없는 여학생들을 사귈 수 있게 될 수도 있다.

타일러는 이 아이를 전혀 몰랐지만, 그러한 제안을 거절할 이가 누가 있겠는가?

만남이 끝날 때 즈음에, 마크가 이미 결심을 했다는 것을 알 수 있었다. 헤어지면서 악수를 할 때에는 처음처럼 죽은 생선뼈의 느낌보다는 활발한 엔지니어의 느낌이었다. 타일러는 드디어 자기들이 하려는 일을 이해하는 사람과 만나게 된 것을 기쁘게 생각하면서 자리를 떴다.

너무 기쁜 마음에 미식축구 팀과 스파이에서 한 잔 하기로 했다. 하버드 커넥션이 구현될 날이 가까워진 것이다. 축하해야 할 일이다.

'퍽 트럭'만큼 적절한 축하행사가 또 있을까?

11
페이스북

　오픈 식당은 은백색의 크롬과 유리로 인테리어가 되어 있었다. 평소 컨디션이 좋은 날에는 진한 볶은 마늘과 파마산 치즈 냄새가 약간 강하다 싶어도 군침을 돌게 만들지만 오늘은 영 아니었다. 에듀아르도는 머리가 깨질 듯 아팠고 마치 표백제가 들어간 것처럼 눈이 따가웠다. 냄새 때문에 숨을 쉴 수가 없었고 그가 앉아있던 테이블 밑으로 들어가 웅크리고 누어 기절하고 싶은 심정이었다. 그러나 그는 앞에 있는 냉수를 마시고 작은 메뉴에 적혀있는 글자들을 읽어보려고 노력했다.

　그가 이런 상태인 것이 이 식당의 잘못은 아니다. '캠브리지, 1'이라는 이 식당은 그가 하버드 스퀘어에서 가장 좋아하는 식당 중 하나이고, 평소 같으면 토핑이 잔뜩 쌓인 두꺼운 피자를 찾았을 것이다.

현대적인 디자인의 이 작은 식당 '캠브리지, 1'은 두 블록 떨어진 처치가Church Street에서부터 냄새를 맡을 수 있을 정도이고 항상 손님들로 북적였다. 앉을 수 있는 모든 자리뿐 아니라 오픈 키친 옆의 작은 바의 테이블까지 항상 꽉 차는 데에는 그럴만한 이유가 있었다. 하지만 지금 에듀아르도에게는 피자가 전혀 눈에 들어오지 않았다. 먹는 생각만 해도 간신히 유지해오고 있는 신체적 균형이 깨질 것 같았고, 당장 기숙사에 돌아가서 이불을 뒤집어쓰고 며칠 동안 잠적하고 싶은 심정을 억누르고 있었다.

사실 그래도 큰 문제는 없었다. 2주의 겨울방학이 끝나가는 1월 첫째 주이고 아직 학기는 시작하지도 않았다. 사실 에듀아르도는 그저께 마이애미에서 돌아왔다. 보스턴 로간 공항에 도착해서 바로 피닉스 클럽으로 갔다. 가족들과 오랜만에 많은 시간을 보내면서 생긴 묘한 긴장감을 풀기 위해서였다.

마음을 비울 만한 경험이 필요했고 문제없이 피닉스에서 그 경험을 찾을 수 있었다. 새로운 회원들이 몇몇 있었고 그들은 고단수였다. 마치 클럽 입회식 파티에서 망가진 수준까지 다시 가보려 하는 듯 했다. 클럽 입회식은 단지 열흘 전이었다.

에듀아르도는 괴로운 와중에도 그날 저녁을 생각하며 회심의 미소를 지었다. 그의 인생에 있어서 가장 미친 듯이 논 날이었다. 처음에는 조용히 시작했다. 그와 다른 신입회원들은 턱시도를 입고, 말쑥하게 차려 입은 군인들처럼 하버드 스퀘어를 행진하고 다녔다. 그 이후 마운트 어번가의 맨션으로 돌아가서 클럽하우스의 위층 거실에 모였다.

입회식은 고전적인 보트 경기로 시작했다. 신입 회원들은 두 팀으로 나뉘어서 당구대 앞에 두 줄로 섰다. 각 줄의 첫 번째 아이에게 잭 다니엘 한 병씩이 주어졌고 클럽 회원 한 명이 호루라기를 불면서 경기가 시작되었다. 신입 회원 각자 마실 수 있는 만큼 마시고 그 줄의 다음 아이에게 병을 넘기는 것이었다.

불행히도 에듀아르도 팀이 이 경기에서 졌다. 벌칙으로, 똑같은 경기를 보드카로 치러야 했다. 이번에는 더 큰 병이었다.

그 이후로는 기억이 잘 나지 않는다. 턱시도를 입은 채 전부 강으로 뛰어들었던 것 같기도 하고, 12월의 모진 바람이 그 얇은 턱시도 재킷과 그의 비싼 하얀색 셔츠 사이로 스며들어 오던 기억, 그래, 무척 추웠던 것은 확실히 기억이 났다. 그리고 다른 신입회원들이 또 경기를 할 거라고, 이번에는 수영경기를 할 거라고 했던 것도 기억이 났다. 찰스강을 가로질러 갔다가 돌아오는 것이었다.

에듀아르도는 그 생각만으로도 기절할 것 같았다. 찰스강은 더럽기로 유명하다. 게다가 12월이면 중간 중간 얼음도 있다. 맨 정신에 수영해도 겁나는 상황에 이렇게 취해서…….

그래도 에듀아르도에게는 선택의 여지가 없었다. 피닉스 클럽이 너무 중요했기 때문에 여기서 포기할 수는 없었다. 그래서 다른 신입 회원들과 함께 양말과 신발을 벗고, 물가에 서서 강물에 뛰어들려는 순간, 다행히도 그때 피닉스 클럽 형제들이 깔깔대고 웃으면서 어둠 속에서 나왔다. 그 날 저녁 수영대회는 없었다. 계속해서 축하주가 돌았을 뿐이다. 몇 시간 후에 입회식은 끝났고, 에듀아르도는 공식적으로 피닉스의 회원이 되었다.

이제는 클럽의 위층과 회의실을 자유롭게 돌아다닐 수 있었고, 앞으로 그의 사교생활의 대부분을 보내게 될 그 맨션의 구석구석을 훑어 볼 수 있었다. 어제 저녁에는 아무도 살지 않는 맨션 클럽 위층에 침실이 있다는 것을 우연히 발견하기도 했다. 그 방이 왜 여기 있는지 곰곰 생각해 보았다. 그리고 클럽의 친구들과 해가 뜰 때까지 술을 마실 생각을 하니 속이 메스꺼워 졌다. 특히 지금 에듀아르도의 상태를 볼 때에 그것이 가능하기나 할 지…….

그 끔찍한 생각에 자리를 박차고 나가려고 문을 향해 움직이던 찰나에 마크가 사람들을 뚫고 들어오는 모습이 보였다. 머리에 후드티를 뒤집어쓰고 있었고 뭔가 결심을 한 듯이 눈빛이 반짝반짝 빛나고 있었다. 에듀아르도는 적어도 몇 분은 더 버티기로 했다. 마크의 눈이 그렇게 반짝반짝 하는 경우는 드물었기 때문이다. 뭔가 '흥미로운' 일이 있는 것이다. 그렇기 때문에 항상 점심식사를 하는 기숙사 식당이 아니라 이태리 식당에서 만나자고 한 것이리라.

마크는 에듀아르도가 자리를 다시 잡는 동안 에듀아르도 앞에 앉았다. 하지만 마크는 바로 음식을 주문할 분위기가 아니었다. 마크는 금방이라도 얘기를 하지 않으면 안 되겠다는 표정이었다.

"나 뭔가 해낸 것 같아."

마크는 바로 이야기의 본론으로 들어갔다.

지난 한 달 동안, 페이스매쉬 사건 직후, 페이스매쉬 웹사이트 자체는 아니지만, 사람들이 페이스매쉬에 엄청난 관심을 보였다는 사실 자체에서 착안해서, 어떤 아이디어를 구체화하는 작업을 했다는 것이다. 마크는 단순히 예쁜 여자아이들의 사진을 올려놓는 것이 관심사가 아니었다. 예쁜 여자아이들 사진을 볼 수 있는 사이트는 얼마든지 있었다. 그러나 페이스매쉬에 관심이 많이 쏠렸던 이유는 같은 하버드에, 어쩌면 자기가 개인적으로 알거나 지나가면서 봤을 수도 있는 여자아이들의 사진이 있었기 때문이다. 그렇게 많은 사람들이 사이트에 가서 투표를 했다는 것은, 학교친구들이 비공식적인 온라인 환경에서 어떻게 지내는지 확인해보고자 하는 욕구가 있다는 것을 의미했다.

그렇다면 온라인으로 친구들이 어떻게 지내는지 확인하고 싶은 욕구를 만족시켜주는 웹사이트를 만들면 어떨까? 친구들의 사진도 있고, 프로필도 있는 온라인 커뮤니티. 클릭만으로 친구들을 살펴볼 수 있는 일종의 소셜 네트워크이지만 권한이 있어야 아는 사람들의 사이트를 방문할 수 있는. 실생활과 다를 것은 없다. 실생활에서 벌어지는 사교생활을 온라인으로 옮기는 것이다.

페이스매쉬와는 달리 사람들이 직접 사진을 올려놓는 웹사이트를 만들고 싶었다. 사진뿐만 아니라 자기의 프로필도 만들어 놓는 것이다. 어디서 자랐고, 몇 살이며, 관심사는 무엇인지, 지금 듣고 있는 과목은 무엇인지 적어 놓는 프로필. 그리고 프로필에 이 사이트를 통해서 얻고자 하는 것이 연애인지 우정인지 등등도 포함시킬 수 있다. 게다가 친구들을 자기 사이트로 초대할 수 있는 권한을 주고자 했다.

자기의 사교계에 다른 친구들을 입회시키는 것이다.

"간단하게 페이스북*Facebook*이라고 부를 생각이야."

마크가 말했다. 에듀아르도는 눈을 깜박였다. 갑자기 숙취가 달아난 듯 했다. 듣자마자 꽤 멋진 아이디어라고 생각했다. 뭔가 들어본 듯한 부분이 있었지만, 대작이 될 것 같았다. 이미 프렌드스터 *Friendster*라고 비슷한 사이트가 있기는 한데 사이트가 잘 만들어지지 않았고, 사용자도 얼마 되지 않는다. 특히 하버드 애들 중에는 사용자가 많지 않다. 몇 달 전에 애론 그린스펀이라는 아이가 정보 공유 전자게시판을 만들어 배포하면서 아이들에게 하버드 이메일과 ID를 비밀번호로 사용하도록 해서 문제가 된 적이 있다. 그 이후 그린스펀이라는 아이는 사교 기능이 포함된 하우스시스템 *houseSYSTEM*이라는 것을 만들었었다. 그로스만이라는 아이가 그의 사이트에 통합 기숙사 페이스북을 붙여놓았으나 마크가 확인해 본 결과 아무도 관심을 가지지는 않았다.

프렌드스터는 마크의 아이디어처럼 권한이 제한되는 것은 아니었다. 그리고 그로스만의 사이트는 사진이나 프로파일을 공유하는 목적이 아니었다. 마크의 아이디어는 달랐다. 자신의 실생활에 있는 소셜 네트워크를 웹으로 옮기는 것이다.

"학교에서도 일종의 온라인 페이스북을 만들고 있지 않나?

에듀아르도는 크림슨지에 났던 페이스매쉬 관련 기사에서 학교 당국이 전교생이 사용하는 사진공유 사이트를 만들 계획이 있다고 읽은 기억이 있었다. 학교 사진 등을 모아놓은 일종의 사진 보관 사이트가 이미 있는 학교가 있기도 했다.

"그렇기는 하지만, 그 사이트는 쌍방향이 아니야. 내가 얘기하는 것하고는 다르지. 그리고 페이스북이라는 이름은 사진이 있는 명부라는 뜻으로 일반 명사잖아. 사실 그 이름 자체가 어디에 쓰인다고 해도 문제가 될 리는 없을 거야."

쌍방향, 쌍방향 소셜 네트워크. 너무나 설득력 있게 들렸지만, 일이 많을 것 같았고, 에듀아르도는 컴퓨터 전문가도 아니었다. 마크의 영역이다. 마크가 그런 웹사이트를 만들고 싶으면 그냥 만들면 되는 것이다.

이미 마크는 어떤 사이트로 만들 것인지 많은 생각을 한 것 같았다. 적어도 그의 머릿속에서는 이미 거의 개발된 것이나 같았고, 페이스매쉬 수준이 아니라 다른 아이들이 무슨 수업을 듣는지 찾아보았던 아이디어도 포함되어 있었다. 물론 프렌드스터의 아이디어도 들어가 있다. 마크도 이미 써보았고 사실 누구나 한 번쯤은 써 본 사이트 아닌가?

마크는 이 모든 것을 다 통합해서 한 차원 높게 개발하려고 하는 것이다. 에듀아르도는 이 천재의 영감이 언제 발동한 건지 궁금했다. 마크가 돕스 페리에 있는 집에서 겨울 방학을 지내면서? 기숙사에서 혼자 컴퓨터 화면을 바라보고 있다가? 수업 시간 중에?

한 가지 확실한 것은 윈클보스 쌍둥이하고 어울리면서 그런 영감을 받은 것은 아니라는 점이다. 마크는 그날 저녁 만남에 대해서 상세히 설명했고, 윈클보스 쌍둥이가 마크에게 만들어 달라고 한 웹사이트에 대해서도 설명했다. 마크가 설명한 바에 따르면 윈클보스 쌍둥이들이 만들려고 하는 사이트는 웹사이트를 통한 데이트가 주목적으로, 남학생들이 꼬실 여자 상대를 찾도록 도와주는 일종의 배운 것들을 위한 맞선장일 뿐이었다.

마크는 윈클보스 쌍둥이를 위해서 웹사이트를 개발해주지는 않았다. 마크가 그들의 웹사이트를 보고 생각해 보았으나, 자신의 시간을 낭비할 가치가 없었다. 사실, 사람들이 웹사이트에 관심을 가지게 하는 방법에 대해서는 잘 나가지 못하는 자기 친구들도 디비아나 윈클보스보다 나은 것 같다고 하면서 그들의 아이디어를 무시했다. 어쨌든 마크는 학과도 바쁘고, 몇몇 포실리안 애들 눈에 들자고 데이트 사이트에 시간 낭비하고 싶지 않았다. 이메일과 전화통화가 있었던 것은 알고 있었지만, 에듀아르도는 마크가 왜 그 사이트를 만들어주지 않았는지 정확한 이유는 알지 못했다. 아마도 포실리안 애들의 성격이나 마크의 성격상 그랬을 수도 있겠지 하고 생각했다.

에듀아르도는 윈클보스 쌍둥이가 자기 친구를 전혀 잘못 생각했을 거라고 확신했다. 아마 마크가 자기들의 웹사이트 개발을 이미지 '쇄신'을 할 좋은 기회라고 생각하고 시작할 소심한 괴짜 컴퓨터광 쯤으로 봤을 것이다. 하지만 마크의 입장에서는 쇄신할 것이 없었다. 페이스매쉬 때문에 곤란을 겪기는 했지만, 마크가 보여주고자 했던 것-자기가 어느 누구보다 똑똑하다는 것-을 입증했기 때문이다. 하버드의 컴퓨터 시스템을 뚫었고, 교징위도 문제없이 넘겼다.

아마 마크는 자기가 윈클보스 쌍둥이보다 한 수 위라고 생각하고 있을 것이다. 그들이 누구라고 감히 마크의 능력을 이용해 먹으려 하는가? 그들이 비록 세상을 지배할 수 있다고 생각한다 해도 사교계를 지배할 수는 있지만, 웹사이트와 컴퓨터 세계에서는 마크가 최고였다.

"훌륭한 생각이야." 에듀아르도가 말했다. 이제는 북적거리는 레스토랑은 눈에 들어오지 않고 마크의 새로운 프로젝트에 대한 열정만이 보였다. 에듀아르도도 동참하고 싶었다. 마크도 원하는 것이 틀림이 없다. 그렇지 않았으면 자기가 아닌 마크의 룸메이트 중 한 명에게 갔을 것이다. 마크의 룸메이트 중 더스틴 모스코비츠도 마크만큼이나 컴퓨터 프로그램을 잘 다루는 컴퓨터 천재이다. 왜 그 친구에게 가지 않았을까? 뭔가 이유가 있을 것이다.

"훌륭한 생각이긴 한데, 온라인 서비스를 하려면 서버를 빌리는 사업자금이 필요해."

그래서였다. 마크는 자기 사이트를 운영하는데 돈이 필요했던 것이었다. 에듀아르도의 집안은 돈이 많았고, 에듀아르도 스스로도 투자를 통해 번 30만 불이 있었다. 하지만 에듀아르도는 그 이상의 무엇인가가 있기를 바랐다.

마크가 만들고자 하는 사이트는 소셜 네트워크 사이트이다. 마크에게는 사교 생활에 필요한 기술도 없었거니와 경험도 없었다. 에듀아르도는 얼마 전 피닉스의 회원이 되었다. 이제 서서히 소셜 네트워크를 형성해 나가고 있고, 여자애들도 만나기 시작했다. 언젠가는 여자와 잠자리를 같이 할 수도 있을 것이다. 마크의 친구 중 에듀아르도 외에 다른 누구에게 도움을 청할 수 있단 말인가? 마크의 친구 중에는 에듀아르도가 가장 사교적이었다.

"나도 참여할게" 하고 테이블 위로 마크와 악수하면서 에듀아르도 가 말했다. 자금과 조언을 제공할 수 있다. 마크가 할 수 없는 방향으 로 이 프로젝트를 발전시킬 수도 있다. 마크는 사업가 정신이 뛰어난 친구는 아니다. 고등학교 때 마이크로소프트에서 제시한 수백만 불 을 거절한 아이가 아닌가!

에듀아르도는 사업의 세계에서 자랐다. 이 아이디어로 성공해서 그의 아버지에게 자신이 얼마나 사업에 대해 많이 배웠는지 보여드 릴 수도 있다. 하버드 투자클럽의 회장직도 좋지만, 인기 있는 웹사 이트를 만드는 것은 또 차원이 다르다.

"얼마나 필요할 것 같아?" 하고 에듀아르도가 물었다.

"처음에는 천 불 정도. 나는 지금 천 불도 없거든. 만약 형이 천 불 을 대주면 당장 시작할 수 있어."

에듀아르도는 고개를 끄덕였다. 그는 마크가 부자가 아니라는 것 을 알고 있었다. 에듀아르도는 20분 내로 천 불을 준비할 수 있다. 가까운 은행에 한 번 다녀오면 되는 거니까.

"회사를 70대 30으로 나누자." 하고 마크가 갑자기 제안했다.

"내가 70퍼센트를 갖고, 형이 30퍼센트를 가져. 형이 회사의 CFO 가 되면 되겠다."

에듀아르도는 다시 고개를 끄덕였다. 공평하게 느껴졌다. 어쨌든 모두 마크의 아이디어니까. 에듀아르도는 자금을 대고 사업상의 의

사결정을 내린다. 어쩌면 돈 한 푼 벌지 못할 수도 있지만, 그냥 버리기에는 너무나 좋은 아이디어로 느껴졌다.

캠퍼스에 있는 학생들 누구나 웹사이트를 만들려고 하고 있었다. 윈클보스나 그로스만이나. 에듀아르도가 아는 아이들 중에도 자신들의 기숙사 방에서 온라인 사업을 시작하려는 애들이 수십 명이나 된다. 많은 아이들의 사이트에는 윈클보스의 사이트처럼 사교적인 측면이 포함되어 있었지만, 마크의 아이디어처럼 멋지게 들리는 아이디어는 없었다. 간단하고, 매력적이고, 그리고 권한이 주어지는.

페이스북은 웹사이트의 성공요건을 골고루 갖추고 있었다. 간단한 아이디어에 매력적인 기능, 그리고 특권을 얻은 것 같은 느낌. 파이널 클럽이 온라인화 되는 것이다. 피닉스와 같은 사교의 장이지만 자기의 기숙사에서 개인적으로 입회할 수 있다. 그리고 이번에는 마크 주커버그가 입회 후보자 중 한 명이 아니라, 그가 회장이 될 것이다.

"대단히 흥미롭겠어." 하고 에듀아르도는 웃었다.

마크도 함께 미소를 지었다.

12
2004년 1월 14일

매사추세츠 애비뉴에는 꼭대기에 커다란 멧돼지의 조각이 새겨져 있는, 아치모양의 굉장히 크고 불길해 보이는 석문이 있다. 그 석문을 지나면 맞은편에 검정색의 커다란 문이 나온다. 그 검은 문을 보고 조금이라도 호기심을 가지지 않는 1학년생은 없다. 건물 자체는 그다지 특징이 있는 건물은 아니다. 1층에 요란하지 않은 옷 가게가 있는 4층짜리 붉은 벽돌 건물. 그러나 매사추세츠 애비뉴 1324호에 위치한 이 건물은 비밀스레 얽혀 있는 하버드 대학교의 역사와 전설과 신화의 발상지이다.

타일러 윈클보스와 그의 동생 캐머런, 그리고 그들의 가장 친한 친구 디비아가 그 검은 문 바로 안쪽에 위치한 바이시클 룸이라고 불리는 직사각형 모양의 작은 응접실, 초록색 L자 모양의 가죽의자에 앉아 있다. 100년이 넘은 이 건물. 타일러와 캐머런만 있었으면 다른 층에 갔겠지만, 디비아는 초록색 카펫이 깔린 그 구불구불하고 좁은 목조 계단 위쪽으로는 올라갈 수 없다. 지금까지 한 번도 초대 받은 적이 없으며, 앞으로도 그럴 것이다.

포실리안은 규칙이 엄한 모임이다. 포실리안은 200년 넘게 사회 최고 계층인 파이널 클럽 정상의 자리를 지키며, 미합중국의 최고의 인재들을 산출해 왔다. 예일 대학의 스컬 앤 본즈와 비슷한, 미국 최고의 엘리트 클럽이자 가장 비밀스러운 조직이기도 하다. 1791년에 창설되어 1794년 졸업생들의 졸업 파티에 준비되었던 통돼지 구이에서 그 이름이 유래되었다고 한다. 그 돼지는 회원 중 한 명이 애완용으로 수업시간까지 데리고 들어와 교수님이 가까이 오면 창틀 밑에 숨기고 하던 돼지였다고 한다. 포실리안은 가장 오래된 남자들만의 네트워크였다.

회원들이 '오래된 외양간'이라고 부르는 클럽하우스는 역사와 전설이 많은 곳이다. 다른 루즈벨트 자손 남자들도 그랬듯이 테디 루즈벨트도 포실리안이었다. 프랭클린 루즈벨트 전 대통령은 포실리안에 입회 거절당했고, 그것이 '그의 인생에 있어서 가장 실망스러운 순간'이었다고 했다. 포실리안의 모토인 'dum vivimus, vivamus'는 '우리가 사는 동안은 사는 것처럼 살자'라는 뜻으로 대학 생활에서만 적용되는 것이 아니라, 졸업 이후 실제 세상에 나가서도 적용되는 것이었다. 포실리안 회원들은 세상의 주인이 될 사람들이었고, 캠퍼스에 전해 내려오는 신화에 따르면 포실리안 회원이 30세까지

100만 불을 벌지 못하면, 클럽에서 100만 불을 제공해서 그 명성을 유지한다는 얘기가 있다.

그것이 사실이건 아니건 타일러나 캐머런, 디비아는 그들이 어떻게 100만 불을 벌 것인가를 논의하러 모인 것은 아니다. 그들은 갑자기 멀어진 성공의 기회를 한탄하러 모인 것이다. 지금 상황이 이렇게 된 것은 모두 마크 주커버그 때문이었다.

커크랜드 기숙사 식당에서 좋은 만남을 가진 이후에 두 달이 지났고, 그 동안 마크는 하버드 커넥션을 만드는 자신들과의 동업관계가 잘 진전되고 있다고 했다. 지금까지 만들어진 컴퓨터 프로그램을 검토해 보았고 자기가 나머지를 프로그램 해서 사이트를 오픈할 준비가 되어있다고 했다.

마크와 윈클보스, 그리고 디비아 사이에 52차례의 이메일이 오고 갔으며 6차례의 전화 통화가 있었다. 그 아이는 매번 첫 번째 만남 때처럼 이 프로젝트에 열정을 보였다. 그는 윈클보스 쌍둥이들에게 업무일지 형식으로 이메일을 보냈고, 프로그램이 생각보다 늦게 진행되고 있지만 진도는 나가고 있는 것처럼 보이는 이메일을 보내왔다.

메일 내용의 대부분은 프로그램은 끝마쳤고, 모두 작동하는 것 같다거나 학과 숙제가 있어서 끝나고 다시 보겠다거나 추수감사절에 집에 다녀오면서 배터리를 안 가지고 왔다는 식이었다.

하지만 7주가 지나 실제 프로그램을 보내지도 않고, 기존 사이트에 새로운 기능이 추가되지도 않은 것을 확인한 타일러는 조금씩 걱정이 되기 시작했다. 너무 시간이 오래 걸리는 것이다. 명절 끝나고 바로 이 사이트를 오픈 할 수 있을 줄 알았었다. 그래서 캐머런을 시켜 마크에게 가능한 빨리 작업을 끝마쳐 줄 수 있는지 묻는 이메일을 보냈다. 마크는 바로 답을 보내왔으나, 그의 답은 시간을 더 달라는 것이었다.

> ✉ '그 동안 연락을 못해서 미안해. 이번 주에 일이 너무 많아. 프로그램 프로젝트
> 가 3개나 되고 월요일까지 기말 논문을 내야하고 금요일에 퀴즈가 몇 개 있어
> 서……'

그러나 이메일에는 여전히 사이트 개발을 열심히 하고 있다고 했다.

> ✉ '사이트는 전부는 아니지만 약간 변경했어. 내 컴퓨터에서는 그게 더 잘 돌아가
> 는 것 같아. 아직 라이브 사이트에 올리지는 않았어.'

그리고 타일러가 약간 걱정할만한 내용이 있었다. 지금까지 마크가 항상 긍정적인 반응을 보였던 것을 고려하면 이상하게 생각되는 내용이었다.

> ✉ '이런 사이트를 운영하려면 어느 정도 방문자가 있어야 하는데 지금 있는 기능
> 만으로는 충분하지 않을 것 같아. 그리고 지금 이대로 사이트를 오픈하면 우리가

원하는 만큼 트래픽이 발생한다고 해도 지금 사용하는 ISP의 대역이 충분할지 걱정이야. 대대적인 최적화 작업을 하지 않으면 금방 과부하가 걸릴 것 같아. 최적화 작업을 하는 데에만 며칠 더 걸릴 것 같아.'

마크가 사이트의 기능이 충분하지 않다고 한 것은 처음이었다. 그때까지 마크는 그들의 아이디어가 훌륭한 것처럼 느끼는 것 같았고, 성공할 것이라고 동의했었다.

마크의 반응이 의심쩍어진 타일러는 마크에게 만나자고 압력을 넣었다. 타일러는 지금쯤 사이트를 오픈했기를 바랐고, 하루하루 자기들의 아이디어와 비슷한 다른 사이트가 오픈 될 것 같아 초조했다. 타일러와 캐머런은 4학년이었다. 가능한 빠른 시일 내에 이 프로젝트가 결실을 보기를 바랐지만 마크는 계속해서 수업 과제가 너무 많아서 만날 시간이 없다고 했다.

윈클보스 형제와 디비아가 1901년에 포실리안 클럽에서 기부한 포실리안 게이트를 지나서 지금 앉아있는 이 바이시클 룸에 오기 몇 시간 전에 드디어 마크와의 만남이 이루어졌다. 역시 커크랜드 식당이었다.

전에 만났던 것과 같은 식당 뒷쪽 테이블에서 타일러와 캐머런, 디비아가 마크를 다시 만났을 때, 처음에는 지난번과 같은 분위기였다. 마크는 그들의 아이디어에 대해서 칭찬했고 하버드 커넥션이 꿍장히 성공할 것 같다고 했다. 하지만, 얘기의 방향이 조금씩 벗어나는 듯싶더니 지금 당장은 이 작업에 시간을 낼 수가 없다고 했다. 지금 그가 따로 하는 프로젝트가 있어서 시간을 할애할 수가 없다는 것이다. 타일러는 컴퓨터 수업 관련한 프로젝트려니 하고 추측을 했지만, 마크는 굉장히 모호하게 대답을 회피했다.

그는 또한 하버드 커넥션에 관련해서 전에는 언급하지 않았던 문제점을 언급했다. '프런트-엔드'에 작업이 필요한데, 자기는 잘 못하는 부분이라고 했다. 타일러는 첫 번째 페이지의 디자인을 얘기하는 것이라고 추측했지만, 마크가 만들었던 페이스매쉬 사이트를 보면, 그의 디자인 솜씨는 굉장히 훌륭했었기에 의아해했다.

마크는 계속해서 명확하지 않은 이야기를 늘어놓았다. 사이트를 오픈하기 위해서 해야 하는 남은 작업들이 '지루한' 작업이어서 동기부여가 되지 않는다든가 사이트가 전반적으로 '기능'이 부족하며 서버 크기가 더 커야 한다는 등의 얘기를 반복적으로 하고 있었다. 타일러는 마크가 그들의 의욕에 바람을 빼고 있다는 생각이 갑자기 들었다. 전에는 그렇게 열정적이더니 지금은 흥미롭지 않다고 하는 것이다.

타일러는 혹시 이 아이가 너무 일이 많아서 지친 것은 아닌가 생각했다. 수업도 많고, 공부도 열심히 하고 있었다. 빅터를 봐서 엔지니어들이 그런 성향이 있는 것을 안다. 항상 지쳐있고, 비판적이고. 하지만 마크의 변명은 설득력이 없었다. 서버 문제라고? 서버야 더 구하면 된다. '프런트-엔드' 문제라고? 잘은 모르지만 마크 정도의 실력이면 할 수 없는 작업이 아니라고 생각했다. 그냥 혼자 보낼 시간이 필요한 건지도 모른다. '시간이 지나면 다시 일을 시작할 수도 있다. 2월이 되면 그의 열정이 되살아 날 수도 있다'고 타일러는 속으로 중얼거렸다.

하지만, 굉장히 짜증나는 일이었다. 타일러와 캐머런, 디비아는 마크와 만나고 난 이후 말 그대로 우울해졌다. 몇 주 동안이나 그들에게 순조롭게 일이 진행되고 있다고 해왔던 마크가 이제 와서 오픈할 준비도 안 되어있고, 해결해야 할 문제가 많아서 흥미가 떨어졌다고 한다. 학교 수업 외에 달리 이유를 설명하지도 않았고, 형식상의 사과만 있었고 시간은 두 달이 훌쩍 지나가 버린 것이다.

실망 이상이었다. 타일러는 지금쯤이면 사이트가 벌써 오픈 되었을 것으로 생각했었기 때문이다. 그 어색하고 사교성 없는 컴퓨터광이 자신들의 프로젝트에 대해서 제대로 이해하고 그 가능성에 대해 믿고 있다고 생각했었다. 이미 자기들이 해 놓은 것을 검토해 보았고, 금방 끝낼 수 있다고 했었다. 웬만큼 능력 있는 컴퓨터 프로그래머라면 10시간에서 15시간이면 충분한 작업이라고 했는데, 지금은 '프런트-엔드'가 어쩌고 서버 용량이 저쩌고 하고 있다. 말이 되지 않았다. 타일러는 마크를 한 몇 주 괴롭히지 말고 방치해 보는 것이 최선의 방법일 수도 있다고 생각했다. 그러면 예전의 그 아이로 돌아올 것이라고.

"만약 몇 주 내에 다 마치지 않으면?" 하고 디비아가 바이시클 룸의 소파에 앉으면서 물었다. 검정색 문 바깥쪽 매사추세츠 애비뉴를 지나는 차 소리가 들렸다. 타일러와 캐머런은 이층에 올라가면 지나가는 차량을 볼 수 있었다. 물론 밖에서는 안쪽이 안 보이도록 고안

된 유리창을 통해서 말이다. 하지만 타일러는 다른 사람들을 몰래 숨어보는 데에는 취미가 없었다. 그는 일이 있으면 참여하고, 그 활동의 일부가 되어 일을 진행시켜 나가는 스타일이었다. 뒷전에서 세상이 움직이는 것을 바라보는 데에는 전혀 취미가 없었다.

타일러는 어깨를 올렸다 내렸다. 성급한 판단을 내리기는 싫었지만, 마크 주커버그가 그가 생각했던 기업가 스타일이 아닐 수도 있다는 생각을 했다. 다른 컴퓨터에 미친 애들처럼 사업가적인 마인드는 없을 수도 있다.

"만약 그렇다면"

타일러는 마지못해 인정하는 듯이 말했다.

"다른 프로그래머를 찾아봐야지 뭐. 큰 그림을 볼 줄 아는 아이로 말이야."

어쩌면 마크 주커버그가 전혀 자신들의 비전을 이해 못 했었을 수도 있는 것이다.

13
thefacebook.com

에듀아르도가 커크랜드 하우스의 식당으로 가는 계단 앞에서 족히 20분은 기다렸을 쯤 마크가 나타났다. 그의 슬리퍼가 보이지 않을 정도로 빨리 걷고 있었고, 노란색 점퍼의 후드가 머리 뒤에서 펄럭거리면서 허리케인 바람 속의 후광처럼 보였다. 에듀아르도는 두 팔을 깍지 끼고 그의 친구가 다가오는 것을 바라보았다.

"여기서 9시에 만나기로 한 걸로 아는데."

에듀아르도가 심기가 불편한 말투로 마크를 쏘아붙이자 마크는 손을 내 저으며 그를 가로 막았다.

"지금은 얘기 못해."

마크는 그의 반바지 주머니에서 키를 찾아서 문가로 갔다.

에듀아르도는 친구의 헝클어진 머리와, 그 머리보다 더 정신없어

보이는 눈을 보았다.

"너 잠 안 잤구나?"

마크는 대답하지 않았다. 사실 말하지 않아도 마크가 지난 한 주 동안 거의 잠을 자지 못했다는 것을 알 수 있었다. 24시간 내내 아침 부터 저녁까지 일을 했다. 피곤한 정도를 지나친 것 같았다. 지금 이 순간 마크에게 다른 것은 중요하지 않았다. 그는 엔지니어로서 그 어 느 때보다 집중력을 발휘하고 있었다. 결코 다른 어떤 곳에도 집중력 을 방해 받을 수는 없었다.

"왜 얘기를 못해?"하고 에듀아르도는 따지듯 물었으나 마크는 그 를 계속 무시했다. 문이 열리자 바로 안으로 들어갔다. 바닥에 돌돌 말려 있던 청바지에 그의 슬리퍼가 걸려서 잠깐 균형을 잃고 넘어질 뻔 했다. 어지러뜨려진 책장과 작은 컬러텔레비전 옆을 간신히 피하 고는 다시 방을 가로질러 책상 앞에 앉았다.

데스크탑 컴퓨터는 켜져 있었고, 프로그램이 열려 있었다. 마크가 바로 일을 시작했다. 그는 에듀아르도가 문에서 그 쪽으로 걸어오는 것도 느끼지 못하는 듯 했다. 마크는 손가락에 귀신이라도 들린 것처 럼 자판을 미친 듯이 두드려 대었다.

마지막 작업을 한다고 에듀아르도는 생각했다. 세 시까지 디버그 작업은 끝났고, 다른 디자인과 프로그램은 진작 끝났으니까. 남은 작업은 마크가 거의 하루 종일 고민했던 그 한 가지 기능뿐이었다.

그는 사이트의 디자인을 가능한 간단하고 깨끗하게 유지하면서도 사용자의 관심을 유발할 수 있을만한 활기 있는 사이트로 만들기 위해서 고민했다. 단순히 상대에 대한 호기심을 충족시키는 것만으로는 충분하지 않았다. 호기심을 양방향으로 해소할 수 있는 것, 혹은 간단히 말해서 대학가의 일상사를 그대로 온라인에 옮겨 놓는 것이었다. 대학교의 사교 생활들, 사람들이 클럽이나 바에 가는 이유, 혹은 강의실이나 식당에 가는 이유를 모방하는 것이었다. 사람들을 만나고, 사회적으로 관계를 맺고 대화를 나누는 것. 마크가 생각하는 사이트는 소셜 네트워크의 근본적인 엔진이며 인간생활의 기본적인 욕구를 추구하고 있었다.

"괜찮아 보이는데."

에듀아르도는 마크의 어깨너머로 화면을 보면서 말했다. 마크는 고개를 끄떡였으나 에듀아르도에게 답한 것은 아닌 듯 싶었다.

"아니 내 말은 훌륭해. 훌륭해 보여. 반응이 좋을 것 같아."

마크는 손가락으로 머리카락을 쓸어내리면서 의자에 기대앉았다. 사이트 안쪽의 한 페이지가 열려 있었다. 프로필 페이지 샘플이었다. 사람들이 등록하고 개인 정보를 입력한 이후에 보게 되는 페이지. 맨 위쪽에 사진이 있었다. 어떤 사진이건 본인이 원하는 사진을 올릴 수 있다. 그리고 오른쪽에는 몇몇 정보가 뜬다. 학년, 전공, 졸업한 고등학교, 고향, 소속된 클럽, 가장 좋아하는 명언 등. 그리고는 친구 리스트가 있다. 자기 사이트에 가입할 수 있는 친구들을 초청하거나, 자기가 친구로 올라가 있는 친구들의 이름이 있는 리스트이다. 다른 사람들의 프로필을 열어 보면, 자기가 그 사람의 프로필을 열어 봤다는 통보가 당사자에게 전달되는 기능. 그리고 큰 폰트 사이즈로 '성별', '원하는 것', 그리고 '애인유무', '관심사' 등이 프로 필에 포함되어 있었다.

그 부분이 천재성이 발휘된 부분이다. 그 추가부분이 이 사이트를 성공으로 이끌 것이다. '원하는 것, 애인 유무, 관심사.' 대학 생활에서 가장 중요한 프로필 내용인 것이다. 한마디로 말해서 이 세 가지가 대학 생활의 정의이며 파티에서부터 강의실, 그리고 기숙사까지 학생들을 움직이게 하는 주요 동인인 것이다.

온라인에서도 마찬가지이다. 소셜 네트워크를 움직이는 요인은 실생활과 다를 바 없다. 바로 섹스. 전 세계에서 가장 독보적인 대학인 하버드에서도 사실 섹스가 가장 중요했다. 섹스를 하느냐와 못 하느냐의 차이. 그래서 학생들이 파이널 클럽에 가입하고 싶어 하고, 여학생을 찾아 다른 강의를 신청하며, 식당에서는 어느 특정한 자리에 앉으려 하는 것이다. 대학 생활은 모두 섹스와 관련해서 움직인다. 그리고 더페이스북*TheFacebook*도 처음에는 그렇게 기저에 섹스가 깔려있던 것이다.

마크가 자판을 조금 더 두드리자 'thefacebook.com'의 초기화면이 나타났다. 에듀아르도는 상단 좌측에 파란색의 점선으로 둘러쌓인 '등록'과 '로그인' 버튼을 보았다. 너무나 간단하고 깔끔한 모습이었다. 번쩍거리는 것도 없고, 신경 쓰이게 하는 벨소리도 없었다. 요란하거나 기죽이는 사이트가 아니라 간단하고 깔끔한 사이트였다.

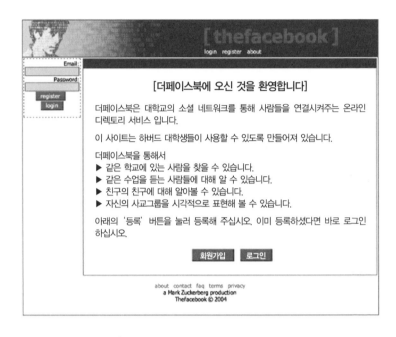

"로그인 해봐." 하고 에듀아르도가 뒤에 서서 화면 가득히 그림자를 비추면서 말했다. "Harvard.edu로 끝나는 하버드 대학 이메일 주소를 넣고, 자기가 원하는 암호를 넣으면 되는 거지?"

"맞아."

에듀아르도의 생각으로는 하버드 대학의 이메일 주소가 중요한 요소였다. 하버드 대학생만이 사이트에 가입할 수 있다는 사실. 이러한 배타성이 이 사이트의 인기를 더 할 것이다. 또한, 자기의 정보가 폐쇄된 사설 시스템에만 보존된다는 생각을 할 수 있을 것이다. 프라이버시는 대단히 중요한 요소였다. 사람들은 자신의 정보를 어떤 웹사이트에 남기거나 남기지 않을 것을 스스로 결정하고 싶어 했다. 마찬가지로 자기가 비밀번호를 정하는 것도 필수적인 요소였다. 애론 그린스펀의 사이트에서는 사용자가 로그인 할 때 하버드 ID에 시스템 비밀번호를 쓰게 해서 크게 문제가 되기도 했었다. 마크가 교징위에 불려가 곤욕을 치른 이후, 애론 그린스펀과 이메일을 주고받기도 했다. 윈클보스 쌍둥이가 그들의 하버드 커넥션 데이트 사이트 작업에 마크를 영입하고자 했던 것처럼, 그린스펀도 마크와 작업을 같이 하고 싶어 했다. 하지만 마크는 다른 사람과 같이 일할 필요가 없었다. 마크가 그리는 세상은 마크의 머릿속에 있었으며 그게 지금 눈앞에서 펼쳐지고 있다.

"아래쪽에 저건 뭐야?"

에듀아르도는 앞쪽으로 몸을 기울이면서 작은 폰트로 쓰여진 줄을 애써 읽었다.

'마크 주커버그 프로덕션.'

이 문장은 매 페이지 화면 아래쪽에 나타나며 모든 사람들이 마크의 의해 개발된 사이트임을 알게 되는 것이다.

이 점이 마음에 걸렸는지 에듀아르도는 아무 말도 하지 않았다. 말할 필요도 없었다. 마크가 그 사이트를 위해서 너무나 열심히 해왔으니까. 거의 먹지도 자지도 않고 밤낮으로 이 작업에 매달려 왔다. 강의시간도 거의 절반 이상 결강한 듯했다. 때문에 학부성적인 GPA가 떨어질 위기에 있다. 쓸모없는 핵심 과목 중 아우구스투스 시대의 예술이라는 과목을 듣고 있었는데, 너무 수업을 많이 빠져서 중간시험을 아예 빼먹을 뻔하기도 했다. 마크에게는 그런 쓸데없는 과목을 공부할 시간이 없었다. 그래서 그 상황을 그만의 독특한 방법으로 해결했다. 작은 웹사이트를 만들어서 시험에 나올만한 작품들을 모두 올려놓고, 수업을 듣는 학생들에게 코멘트를 하게 했다. 테스트용 쪽지가 온라인으로 만들어진 것이다. 즉, 같은 과목을 수강하는 학생들이 그에게 시험대비 정리를 해 준 셈이다. 결국, 마크는 시험도 잘 치르고 점수도 잘 나왔다.

화면에 드러난 마크의 작품을 보니 그간의 그런 노력들이 헛되지 않았다는 생각이 들었다. 웹사이트는 거의 완성이 되었고, 이미 도메인 명, thefacebook.com도 몇 주 전인 1월 12일에 등록했다. 서버도 뉴욕에 있는 한 회사로부터 대여 예약을 해 두었다. 대여료는 한 달에 85달러. 트래픽이나 장비관리는 그쪽에서 해 줄 것이다. 마크는 지난번 페이스매쉬 사건의 경험을 토대로, 절대 자기의 노트북 컴퓨터를 서버로 쓰다가 자신의 컴퓨터를 망가뜨리고 싶지는 않았다. 대여한 서버는 꽤 큰 트래픽을 감당 해낼만한 용량이었다. 따라서 페이스매쉬 만큼 인기 있는 사이트가 되어도 다운될 염려는 없었다. 모든 것이 준비되었다. 이제 오픈해도 된다.

"이제 시작하자."

마크는 그의 데스크탑 컴퓨터 옆에 열려있는 노트북 컴퓨터를 가리켰다. 에듀아르도는 마크 옆으로 다가가 노트북 컴퓨터 자판을 의미심장하게 바라보았다. 그리고는 평소보다 더욱 구부정한 자세로 자판을 두드리기 시작했다. 그는 자기의 이메일 주소록을 열고 여러 이름들을 찍어서 위쪽에 별도로 모았다.

"얘들이 피닉스 회원들이야. 얘들한테 보내면 빨리 배포될 거야."

마크는 동의했다. 피닉스 회원들에게 먼저 알리자는 것은 에듀아르도의 아이디어였다. 아무래도 캠퍼스에서 사교적으로는 가장 발이 넓은 애들이다. 더페이스북은 사교 네트워크 웹사이트이다. 피닉스 회원들의 맘에 들면 그들의 친구들에게 소개할 것이고, 이 웹사이트는 빨리 알려질 것이다. 또 피닉스 애들은 아는 여학생들이 많다. 마크가 자기 이메일 리스트에 있는 자신의 친구들에게만 전송한다면 아마 컴퓨터 공학과를 벗어나지 못할 것이다. 물론 유태인 사교클럽까지는 전달되겠지만 그리 많이 전파되지 못할 것이다. 특히 여학생들에게 전달이 안 될 것이고, 그렇게 되면 사이트는 성공하지 못한다.

그러므로 피닉스 회원들에게 보내는 것이 훨씬 나은 제안이었다. 그리고 커크랜드 기숙사 이메일 리스트도 활용했다. 마크가 커크랜드에 살기 때문에 이메일 리스트는 마크가 합법적으로 사용할 수 있었다. 이번에는 제대로 시작해야 했다.

"오케이, 됐어!" 약간 떨리는 목소리로 에듀아르도가 말했다.

그는 이 사이트를 소개하고 thefacebook.com 링크를 포함해서 간단하게 이메일을 몇 줄 썼다. 그리고 숨을 크게 들이쉰 후 이메일 전송 버튼을 눌렀다.

다 되었다. 에듀아르도는 눈을 감고 작은 정보 패킷들이 구리선과 위성통신망을 통해서 세상으로 나가는 장면을 상상했다. 이더넷 케이블을 타고 이 컴퓨터에서 저 컴퓨터로 마치 신경계의 시냅스에서 다른 시냅스로 뇌세포가 옮겨 다니는 것 같은 장면을 상상했다. 이제 그들의 웹사이트가 세상에 선을 보인 것이다.

해냈다. 드디어 해냈다.

에듀아르도는 마크의 어깨에 손을 얹고 그를 흔들었다.

"가서 한잔하자. 축하주를 해야지."

"아냐. 나는 여기 있을 거야."

"진짜? 이따가 피닉스 클럽으로 여학생들이 온다는데. '퍽 트럭'을 보냈거든."

마크는 전혀 반응을 보이지 않았다. 에듀아르도는 지금 마크에게는 자기의 목소리가 창문 밖의 자동차 소리나, 라디에이터 소음 같은 일종의 방해 요소일 뿐이라는 것을 깨달았다.

"여기서 컴퓨터 화면만 보고 있을 거야?"

여전히 마크는 대답하지 않았다. 고개를 끄덕이며 마치 컴퓨터 뒤쪽 어딘가를 향해 기도문을 외고 있는 것처럼 보였다.

이상한 광경이었지만 에듀아르도는 이 이상한 자신의 친구에 대해 이상하게 생각하지 않기로 했다. 마크는 더페이스북이 이렇게 오픈 할 수 있도록 밤낮을 가리지 않고 일해 왔다. 혼자 그 자리에 앉아서 화면만 바라보고 싶다면 그럴만한 자격이 있는 것이다.

에듀아르도는 작은 기숙사 방을 소리 없이 빠져 나오다가 잠시 멈춰 섰다. 마크는 여전히 돌아보지 않았다. 에듀아르도는 어깨를 으쓱하고 돌아서서 마크를 혼자 두고 방을 빠져 나왔다.

마크는 아무 소리도 내지 않고 가만히 화면에 비친 자신의 모습을 쳐다보며 앉아 있었다.

14
2004년 2월 9일

타일러는 눈을 감고 경기에 완전히 몰두해 있었다. 그의 등 근육이 물결치고 있었고 숨은 터질 듯 차올랐다. 허벅지와 팔뚝, 삼두박근이 찢어질 듯 아팠다. 노를 잡은 손은 하얗게 얼어 있었다. 노는 그의 뒤에 앉아있는 캐머런의 동작과 일치하면서 물에 들어갔다 나왔다 했으나 물이 튀거나 하지는 않았다. 완전히 일치한 동작으로 계속해서 반복해 나갔다. 타일러는 찰스 감독을 메운 팬들의 열광하는 소리를 들을 수 있었고, 도착지인 다리가 점점 가까워지는 모습을 보고 있었다.

"타일러, 타일러, 이것 좀 봐!"

노를 잡은 손이 풀어지면서 물이 위로 튀어 그가 입고 있던 스웨터와 반바지가 젖었다. 감은 눈을 떴다. 그러자 찰스 감독이 양옆으로 지나가는 것이 아니라 하버드 조정경기 팀이 1990년도부터 사용해온 뉴웰 보트하우스의 내부가 눈에 들어왔다. 역사가 깊은 곳인 만큼 팀의 각종 상패와 기념품(보트, 노, 셔츠와 흑백사진)들로 장식된 곳이었다.

화가 난 인도계 아이가 자기 앞에 하버드 크림슨지를 들고 있었다. 타일러는 눈을 껌벅이면서 노를 내려놓고는 그의 얼굴에 튄 물을 닦아내었다. 자기 뒤에서 함께 노를 젓던 동생도 노질을 멈추었다. 둘은 뉴웰의 최신 훈련장비인 '탱크'에 앉아 있었다. 탱크는 콘크리트로 8명이 들어갈 수 있는 선체모양을 만들고, 그 양 옆으로 노를 저을만한 물을 채워 넣은 시설이었다. 타일러는 탱크 안에서 완전히 젖은 자기의 모습이 웃겨 보일 거라고 생각했으나 디비아는 전혀 웃고 있지 않았다. 타일러는 디비아의 손에 들린 크림슨지를 보고 눈동자를 돌렸다.

"신문이 뭐 어쨌다고 호들갑이야?"

디비아는 너무 화가 나 손을 떨면서 그에게 신문을 내밀었다. 타일러는 고개를 가로 저었다.

"네가 읽어. 난 완전 젖었잖아. 신문 잉크가 내 몸에 묻는 것은 별로라고."

디비아는 짜증나는 듯이 크게 숨을 내쉬고는 신문을 펴서 읽기 시작했다.

"마크 E. 주커버그는 하버드의 공용 페이스북 생성이 더디어지자, 자신이 나서서 이를 해결하기로 했다."

"잠깐만" 하고 캐머런이 물었다.

"무슨 얘기야?"

"오늘 신문이야."

디비아가 답했다.

"좀더 들어봐. '주커버그는 일주일 동안 프로그램 작업을 해서 지난 수요일 오후 thefacebook.com을 오픈 했다. 이 웹사이트는 일반적인 기숙사의 페이스북 기능과 함께 다른 학생들이 무슨 수업을 듣는지, 어떤 사교 클럽에 가입했는지를 검색할 수 있는 기능을 포함하고 있다.'"

타일러는 기침을 했다. 지난 수요일 오후? 그러면 4일전이다. 이 웹사이트에 대해서는 들어본 바가 없다. 하지만 지난 며칠 동안 그와 그의 동생은 미친 듯이 훈련에만 몰두해 있었다. 이메일도 거의 확인하지 않았다.

"말도 안돼." 하고 타일러가 말했다.

"마크가 웹사이트를 오픈 했다고?"

"응, 그래."

디비아가 말했다.

"여기, 이 기사에 개가 인용돼 있어. '모두들 하버드에 공용 페이스북이 있었으면 좋겠다고 하는데 대학 당국에서는 몇 년이나 걸려야 공용 페이스북을 만들 수 있다고 하니 한심했습니다. 학교에서 내놓을 페이스북보다 훨씬 훌륭한 페이스북을 일주일 내에 만들 수 있습니다.'……"

일주일 내에 만들 수 있다고? 타일러 기억으로는 하버드 커넥션 사이트 프로그램을 할 시간이 없다고 지난 두 달 동안이나 미뤄왔었다. 숙제도 많고 방학도 있고 했다고. '이럴 수가!' 타일러는 순간 아무 생각도 들지 않았다. 마크가 자기들 면전에 대고 거짓말을 한 것이다. 사실 2주 전에 캐머런이 하버드 커넥션 디자인에 대해서 조언을 구하는 이메일을 보냈지만 마크는 답이 없었다. 그들은 학교 과제에 여전히 바쁘려니 생각했었다.

타일러는 마크가 자기 웹사이트를 만들 시간은 있으면서 하버드 커넥션 사이트에 10시간 정도의 투자시간도 없었다는 생각에 더욱 화가 났다.

"그 뿐이 아니야. '어제 오후 현재, 650명의 학생들이 thefacebook .com에 가입했고 오늘 아침까지는 900명 정도의 학생들이 가입했을 것으로 마크 주커버그는 추정했다.' 고도 적혀있어."

'제기랄. 말도 안돼. 4일 만에 900명이나 가입했다고? 어떻게 그런 일이 가능한 거야?' 마크 주커버그가 900명을 알 리가 없었다. 타일러가 보기에 그가 아는 학생은 네 명 정도나 되려나 싶었다. 어떻게 걔가 오픈한 사이트에 4일 만에 그런 반응이 나올 수 있단 말인가?

"이 기사를 읽자마자 사이트를 확인해 봤어. 사실이야. 엄청나게 인기가 많아. 학교 이메일이 있어야 하고, 사진이랑 개인신상정보와 학과 정보를 올리고 나면, 관심사가 맞는 사람들을 찾을 수도 있고, 친구의 친구를 찾아서 그들과 네트워크를 만들 수 있어."

타일러는 주먹을 쥐었다. 하버드 커넥션과 완전 같지는 않았지만,

그의 생각에는 다를 것도 없었다. 하버드 커넥션은 관심사에 따라서 다른 사람들을 찾는 사이트였다. 하버드 도메인에 있게 되는 것이고. 마크 주커버그가 자기들의 아이디어를 도용한 것인가? 아니면 자기네 사이트를 발전시키다가 그냥 자기 것으로 만들어 버린 것인가?

'아니다. 말이 안 된다.' 타일러에게는 이것이 도둑질이나 마찬가지로 느껴졌다.

"내가 듣기로는 걔 친구가 자금을 댔다나 봐. 에듀아르도 세버린이라는 브라질에서 온 애야. 피닉스 회원인데 여름에 주식 투자로 돈을 벌었대. 그래서 지금은 걔가 이 사이트의 소유권을 일부 가지고 있대."

"걔가 돈을 댔기 때문에?"

"그렇겠지."

"마크는 왜 우리한테 자금을 받지 않은 거지?"

마크는 윈클보스 형제에게 자금이 있을 것이라고 충분히 생각했을 것이다. 포실리안 회원이고 그것이 무엇을 의미하는지 누구나 알고 있었다. 사이트를 시작하기 위해서 현금이 필요했다면 타일러나 캐머런에게 쉽게 얘기를 꺼냈어도 됐을 텐데. 물론 그들에게서 훔쳐간 것을 개발하는데 쓰느라 현금이 필요했다면 다른 얘기겠지만. 그들이 개발하라고 고용했던 하버드 커넥션과 너무 비슷했다면, 마크가 개발하고 있던 웹사이트를 그들로부터 숨겨야 했을 것이다. 물론, 엄밀히 말해서 그들이 마크를 고용한 것은 아니다. 한 번도 그에게 돈을 주겠다고 언급한 적은 없으니까. 그들이 돈을 벌면, 마크도 같이 돈을 버는 개념이었다.

계약서가 있었던 것도 아니고 어떤 서류가 있었던 것도 아니다. 단지 선의의 악수가 오고 갔던 것뿐이다. 바보가 된 느낌이었다. 타일러는 고개를 숙이고 조정탱크의 청록색 물을 바라보았다. 왜 한 페이지 정도라도 간단하게 마크가 할 일과 우리가 할 일들을 적어놓지 않았더란 말인가. 그들은 마크를 믿었다. 지금 보니 완전 그 녀석에게 당한 것이다. 그는 자기들의 사이트 개발을 늦추고, 자기들을 속이면서 자기들의 사이트와 비슷한 그의 사이트를 오픈 시켰다.

"여기가 제일 기가 막히는 부분이야."하고 디비아는 크림슨지를 계속해서 읽었다.

"주커버그는 프라이버시 옵션을 추가해서 지난 가을에 만들었던 facemash.com에 뒤따랐던 비난을 해소하고 자신의 명성이 회복되기를 바란다고 했다."

타일러는 노의 한쪽을 내리쳤다. 물이 탱크 밖으로 튀어나왔다. 그가 마크에게 했던 '하버드 커넥션을 통해서 그의 명성을 회복할 수 있다'는 말을 그대로 마크가 써먹은 것이다. 그것도 크림슨지에. 마크가 자기들을 비웃고 있는 셈이었다.

타일러의 입장에서 보면 명절과 겨울 방학에 걸친 두 달 동안 자기들을 기다리게 해 놓고, 마크는 자기의 웹사이트에 전념했던 것이다. 그리고 2주전 그들을 만나서 딴 얘기를 해 놓고, 이렇게 그의 사이트 thefacebook.com을 오픈한 것이다. 타일러는 마크가 자신들의 아이디어를 도용하고, 게다가 자신들이 받았어야 할 관심마저 마크가 빼앗아 갔다고 생각했다.

"어떻게 할거야?"

캐머런이 물었다.

타일러도 어떻게 할 지 확실치 않았다. 확실한 것은 그대로 둘 수는 없다는 것이었다. 그 교활한 녀석을 그대로 빠져나가게 둘 수는 없었다.

"먼저 전화 한 통 하자."

타일러가 수화기를 귀에 대고 있는 동안, 그의 머리는 오만가지 생각으로 정신없이 돌아가고 있었다. 샤워를 급하게 하고 반바지만 입은 채 그의 포츠하이머 기숙사 방 가운데에 서있었다. 수건을 걸친 어깨와 윗몸은 여전히 물기에 젖어 있었다. 캐머런과 디비아는 몇 발자국 떨어지지 않은 곳에 있는 책상에 앉아서 타일러의 데스크탑 컴퓨터로 마크 주커버그의 사이트를 보고 있었다. 타일러가 화면을 바라볼 때마다 얼굴이 벌개졌고, 눈에서 불꽃이 튀는 것 같았다. '말도 안돼.' 타일러의 입장에선 이건 정말 부당한 일이었다.

세 번 정도 신호음이 울리고 나서야 그의 아버지가 전화를 받았다. 타일러가 이 세상에서 가장 존경하는 사람이다. 자수성가한 백만장자. 그는 월가에서 가장 성공한 컨설팅 회사를 운영하고 있다. 그의 아버지보다 이와 같은 난관을 해결할 방법을 잘 아는 사람은 없을 것이다.

타일러는 전화에 재빨리 상황을 설명했다. 2002년 12월부터 구상해왔던 프로젝트였기 때문에 그의 아버지는 하버드 커넥션에 대해서 이미 다 알고 있었다. 타일러는 아버지에게 주커버그와의 관계에 대해서 설명하고 크림슨지에서 읽은 내용과, 캐머런과 디비아가 직접 thefacebook.com에 들어가서 본 내용을 설명했다.

"하버드 커넥션과 비슷한 내용들이 많이 있어요, 아버지."

타일러에게 있어서 마크의 사이트가 프렌드스터와 같은 소셜 네트워크와 다른 점은 하버드 이메일이 있어야 마크의 사이트에 들어갈 수 있다는 것이다. 이것은 하버드 학생들만을 위한 사교 웹사이트를 만들자는 그들의 아이디어였다. 학생 이메일 주소를 가져야 한다는 아이디어 자체는 완전히 혁신적이고 사이트의 초기 성공에 있어서 중요한 요소였다. 이 사이트의 배타성과 안정성을 강조하면서 사용자를 미리 선별하는 프로세스와 같은 것이었다. 마크가 thefacebook.com에 포함시킨 여러 기능들은 다르다고 할 수도 있지만, 타일러가 보기에 전반적인 개념은 자신들의 것과 너무 비슷했다.

마크는 그들과 세 번 만났다. 그들과 52통의 이메일을 주고받았으며, 전부 캐머런과 타일러, 디비아의 컴퓨터에 저장이 되어있다. 마크는 그들의 프로그램을 보았고, 보았다는 사실을 입증할 수도 있다. 이미 빅터가 해 놓은 것을 보고, 앞으로의 계획에 관해서 장시간 빅터와 대화를 나누었었다.

"돈에 관한 문제가 아니에요." 하고 타일러는 계속했다.

"그 사이트가 돈을 벌지, 우리 사이트가 돈을 벌지는 아무도 알 수는 없으니까요. 하지만 이건 부당해요. 옳지 않습니다."

세상이 그렇게 돌아갈 수는 없었다. 타일러와 캐머런은 질서가 중요하고 규칙이 중요하다고 배우면서 자랐다. 노력한 만큼 결실이 따르는 것이라고. 마크와 같은 해커들의 사고방식, 컴퓨터쟁이들의 세계관은 다를지도 모른다. 원하는 대로 무조건 하는 것, 페이스매쉬 같은 장난 사이트를 오픈 하고, 하버드의 컴퓨터 네트워크를 해킹하고, 크림슨지에 공개적으로 학교를 비웃고 다른 사람들을 비웃는 것. 이는 절대로 용납할 수 없는 행동이었다.

하버드는 결코 그런 곳이 아니다. 하버드는 질서가 있는 곳이다. 그렇지 않은가?

"우리 회사 고문 변호사와 연결시켜주마." 하고 타일러의 아버지가 말했다.

타일러는 부풀어 오른 핏줄을 가라앉히려 숨을 고르면서 고개를 끄떡였다. 변호사, 그래, 변호사가 필요했다. 전문가와 함께 그들이 무엇을 할 수 있는지 선택 가능한 사항들을 따져봐야 했다.

어쩌면 그리 늦지 않았을 수도 있다. 어쩌면 이제라도 제대로 해볼 수 있을지도 모른다.

15
아메리칸 아이돌

위에서 바라볼 때, 그 연사는 체구가 작고 구부정한 자세에다가 마이크를 얼굴에 바짝 대고 얘기하고 있었다. 삐쩍 마른 어깨뼈가 베이지색 스웨터 밖으로 삐죽이 나와 있었다. 대접을 엎어 놓고 자른 듯한 앞머리는 눈을 찌를 정도였고, 그가 쓰고 있는 안경은 그다지 좋지 않은 피부를 거의 다 가릴 정도로 대단히 컸다. 덕분에 얼굴에는 거의 표정이 없어 보였다. 스피커를 통해 나오는 목소리는 톤이 높고 콧소리가 났으며, 가끔가다가 단조로운 억양으로 말을 이어가기도 했다. 똑같은 음정으로 계속해서 말을 해서 가끔씩 단어 하나씩만 귀에 들어올 정도였다.

결코 훌륭한 연사는 아니었다. 그러나 단순히 로엘 강의실에 그 창백한 손을 대고 서있다는 것 자체가 영감을 불어넣었다. 그는 꽉 찬 강의실을 향해 칠면조같이 목을 빼고 그가 알고 있는 지식을 나누고 있었다. 청중은 대부분 컴퓨터 공학과의 엔지니어나 컴퓨터광, 그리고 사업가를 꿈꾸는 몇몇 경제학 전공학생들이었고, 그가 하는 콧소리 섞인 한 마디 한 마디를 새겨듣고 있었다. 여기 모여 있는 그의 추종자들에게 있어 이곳은 천국이나 마찬가지였고, 강단에 서있는 촌스러운 헤어스타일의 이상하게 생긴 이 사나이는 신과 같은 존재였다.

에듀아르도는 마크와 함께 강의실의 뒤쪽에 앉아 빌 게이츠가 청중을 사로잡는 광경을 목격하고 있었다. 어색하고 자폐증 환자 같은 모습에도 불구하고 그의 강연은 진지하고 유익했다. 그가 학교를 자퇴한 이유를 '수업에 안 들어가는 나쁜 버릇이 있어서' 라고 농담을 하기도 했고, 인공지능이 차세대 기술이라든지, 이 방에 또 다른 빌 게이츠가 있을 것이라는 등 청중들의 눈과 귀를 잠시도 놓치지 않고 끌고 가고 있었다.

학생 중 한 명이 그가 어떻게 학교를 자퇴하고 회사를 차리게 되었는지 질문을 하자 마크가 눈에 띄게 관심을 보였다. 빌 게이츠는 한참 망설이다가 하버드의 좋은 점은 언제든지 복학해서 학교를 마칠 수 있다는 점이라고 답했다. 그 대답을 듣고 웃는 마크의 모습에 에듀아르도는 약간 긴장이 되었다. 특히 그들이 최근에 오픈한 웹사이트에 매달리는 마크를 볼 때 더욱 그랬다. 에듀아르도에게 학교를 중도 포기한다는 것은 상상도 할 수 없는 일이었다. 우선, 그의 아버지가 난리를 칠 것이다. 세버린가에 있어서 교육만큼 중요한 것은 없었고 학위 없이 하버드 중퇴라는 것은 아무런 의미도 없었다. 두 번째로 에듀아르도는 사업을 한다는 것이 어느 정도 위험을 감수해야한다는 것을 알고 있었지만, 그렇다고 언제 어떻게 돈을 벌 수 있을지 확실히 알 수도 없는 상황에 그의 미래를 전부 다 걸 수는 없었다.

에듀아르도는 마크가 빌 게이츠를 쳐다보는 모습을 쳐다보느라 그의 뒷자리에서 웃는 소리를 듣지 못했다. 웃는 소리 후에 귓속말을 주고받는 목소리가 여학생의 목소리가 아니었다면 고개를 돌리지 않았을 것이다.

빌 게이츠가 청중으로부터 질문을 받는 동안, 에듀아르도는 그의 어깨 뒤쪽을 보았다. 그의 바로 뒷줄은 비어있었지만, 그 뒷줄에 두 여학생이 웃으면서 손가락질하고 있는 것을 보았다. 둘 다 예쁘게 생긴 동양계였고, 이런 특강에 오기에는 화장이 조금 진했다. 둘 중 키가 더 큰 아이는 기다란 갈색 머리카락을 올려 하나로 묶고 미니스커트를 입고 있었으며, 하얀 셔츠의 앞 단추가 필요이상 풀어져 있었다. 빨간색 레이스로 된 브래지어가 살짝 보였다. 햇볕에 그을린 부드러운 피부에 잘 어울리는 브래지어였다. 다른 여학생도 역시 치마 길이는 짧았으며 검정색 레깅스가 멋있게 빠진 그녀의 종아리를 돋보이게 했다. 둘 다 빨간색 립스틱에 아이섀도가 지나치게 진했지만 대단히 귀여웠다. 무엇보다도 그를 향해 웃으면서 손가락질을 하고 있었다. 엄밀히 말하면 그와 마크를 향해서. 키 큰 여학생이 빈 좌석에 기대어 에듀아르도의 귀에 대고 속삭였다.

"네 친구, 마크 주커버그 아니야?"

에듀아르도는 눈썹을 치켜 올렸다.

"네가 마크를 알아?"

살다 보면 별일이 다 있게 마련이다.

"아니. 하지만 쟤가 페이스북 만든 애 아니야?"

에듀아르도는 그녀의 따뜻한 숨결이 귀에 닿자 몸 전체에 전율이 느껴졌다. 그녀의 향기가 자신에게 들어오는 것 같았다.

"응. 맞아. 페이스북. 마크하고 나의 공동 소유지."

사람들은 더페이스북*thefacebook*의 더 *the*를 빼고 간단하게 페이스북이라고 부르고 있었다. 사이트를 오픈 한지 몇 주 밖에 되지 않았지만 모두가 페이스북을 알고 있는 것 같았다. 아마도 하버드 전교생이 페이스북을 하고 있었기 때문이리라. 마크는 현재 회원수가 5,000명이라고 했다. 즉 학부생의 85%가 페이스북에 프로필을 만들었다는 얘기이다.

"와. 굉장하다."하고 그 여학생이 말했다.

"내 이름은 켈리야. 얘는 앨리스고."

그 여학생들과 같은 줄에 있던 다른 학생들도 이제 이쪽을 보고 있었다. 하지만 빌 게이츠의 특강을 방해한다고 싫어하는 눈치는 아니었다. 그 아이들도 에듀아르도 쪽을 가리켰고, 또 다른 아이도 그쪽을 가리키면서 옆 자리에 앉은 친구에게 뭐라고 귓속말을 했다. 사실은 마크를 가리키고 있었다.

이제 전교생 중 마크를 모르는 아이는 없었다. 크림슨지 덕분이었다. 지난주만 해도 페이스북 사이트에 대한 기사를 세 차례나 냈다.

웹사이트에 대해서 마크의 인터뷰 내용을 실었고, 사진도 냈다. 에듀아르도를 인터뷰 한 적은 없다. 솔직히 에듀아르도는 그 편이 좋았다. 마크는 사람들의 관심을 얻고자 했고, 에듀아르도는 관심을 얻을 때 생기는 혜택을 얻고자 했을 뿐이니까. 그들이 함께 만든 사업이고, 사업이 성공하는 것은 중요했지만 에듀아르도는 그 때문에 유명인사가 되고 싶지는 않았다.

하지만 정말로 유명인사가 되는 것은 시간문제인 듯 보였다. 페이스북이 오픈 된지는 얼마 되지 않았지만 하버드 학생들의 생활을 완전히 바꿔 놓았다. 모든 학생들의 일상이 되었다. 아침에 일어나면 페이스북에 들어가 누가 자기를 친구로 초대했는지 보고, 누가 자기 초대를 수락했고, 누가 거절했는지 확인했다. 그리고는 수업이 끝나고 저녁에는 수업시간에 본 여학생들, 혹은 기숙사 식당에서 본 아이를 페이스북에서 찾아보고 자기 친구로 초대하는 것이 일과였다. 친구로 초대할 때에는 어떻게 만났는지 간단히 적기도 하고, 미리 그녀의 관심사를 보고 자기도 비슷한 관심사를 가졌다고 메시지를 함께 보내기도 했다. 그녀가 자기의 존재를 알기나 하는지 시험해보고 싶을 때에는 메시지 없이 그냥 초대를 할 때도 있었다. 그녀가 페이스북에 들어가서 그의 초대를 보고, 그의 프로필을 보고 어쩌면 그의 초대를 수락할 수도 있었고, 그렇지 않을 수도 있었다.

사교생활에 윤활유 역할을 하는 정말 훌륭한 도구였다. 모든 일이 훨씬 빨리 진행되었다. 그렇지만 프렌드스터와 같은 데이트 용 웹사이트는 아니었다. 프렌드스터나 마이스페이스같이 소셜 네트워크라고 포장된 사이트들이 전국적으로 반향을 불러일으키고는 있으나, 사실은 모르는 사람들을 검색해서 그들과 데이트를 하는 것이 그 사이트들의 역할이었다. 페이스북이 그 사이트들과 크게 다른 것은 아는 사람들을 친구로 초대하는 것이다. 잘 알지는 않더라도 최소한 안면은 있는 사람들을. 수업을 같이 듣는 학생일 수도 있고, 친구의 친구일 수도 있고, 클럽의 회원일 수도 있고, 가입하려는 클럽의 멤버일 수도 있다.

그것이 천재성이 엿보이는 부분이다. 마크는 정말 천재이다. 하지만 에듀아르도 자신도 천재성이 있다고 생각했다. 물론 서버에 자금을 댄 것 외에도 사이트의 특성에 대해서 마크와 의견을 나누었고, 구성을 간단하게 하자는 아이디어는 자신의 아이디어였다.

그 사이트를 시작할 때 마크나 에듀아르도는 페이스북이 얼마나 중독성이 강한지 전혀 짐작도 못했다. 사이트를 한 번 방문하고 마는 것이 아니었다. 매일같이 방문했다. 매일 로그인해서 사이트를 만들고, 프로필을 추가하고, 사진을 바꾸고, 관심사를 업데이트하고, 그리고 친구 리스트를 업데이트 한다. 정말로 하버드의 사교생활을 바꾸었다.

성공에 따르는 영예는 있었지만 아직 돈을 버는 사업은 아니었다. 에듀아르도는 사이트를 사업화시킬 구상을 가지고 있었고, 이 특강이 끝난 후에 마크의 방에 가서 그 얘기를 할 계획이다. 에듀아르도는 이제는 광고 수익을 추구할 때라는 것을 마크에게 납득시키고자 했다. 광고를 통해 페이스북이 돈을 벌게 되는 것이다. 에듀아르도는 마크에게 이 부분을 납득시키기가 어려울 것이라는 것을 알고 있었다. 마크는 당분간은 페이스북을 돈을 버는 사이트가 아니라 재미로 하는 사이트로 유지하고 싶어 했다. 고등학교 때 수백만 달러 제안을 거절한 아이가 마크이다. 페이스북으로 영영 돈을 벌 계획이 없을 수도 있다.

에듀아르도는 마크와는 세계관이 달랐다. 페이스북은 그들에게 있어 비용이었다. 서버 비용 정도이기는 하지만, 가입자가 늘어나면서 그 비용도 늘어날 것이다. 에듀아르도가 사이트에 투자한 천 불로 영원히 서버를 유지할 수는 없다.

회사가 일종의 수익모델을 갖추기 전까지는, 어떻게 그 사이트를 통해 돈을 벌지 방법이 강구되기 전까지는 단순히 명예일 뿐이다. 사이트의 가치는 확실히 올라가고 있었지만, 그 가치를 수익화 하려면 광고주가 필요했다. 사업모델이 필요했다. 둘이 머리를 맞대고 사업모델을 구체화 시킬 필요가 있었다. 무엇보다도 에듀아르도가 잘 하는 큰 그림 그리기를 하고, 마크가 거기에 동의하는 것이 중요했다.

"만나서 반가워." 하고 에듀아르도가 그 여학생의 귀에 대고 속삭였고, 그녀는 또 웃었다. 키가 큰 켈리는 그녀의 입술이 거의 그의 얼굴에 닿을 정도로 가까이 다가와 속삭였다.

"집에 가면 페이스북으로 날 찾아. 나중에 한 잔 같이 하자."

에듀아르도의 얼굴이 붉어졌다. 그는 자기를 쳐다보고 있는 마크를 보았다. 마크도 그 여자애들을 보았으나 그들과 말을 섞을 생각도 하지 않았다. 그는 잠깐 눈썹을 치켜 올렸다가 그의 영웅인 빌 게이츠에게 얼굴을 돌리고, 그 여자애들에 대해서는 신경을 꺼버렸다.

두 시간 후, 에듀아르도와 마크는 마크의 커크랜드 기숙사 방에 앉아 있었다. 히터가 너무 강해, 방안이 후덥지근했다. 에듀아르도는 별 생각 없이 컴퓨터 책을 집어서 구석에 있는 컬러TV 위에 쌓고 있었고, 마크는 방 가운데의 추레한 소파 깊숙이 앉아서 그 앞의 커피 테이블에 그의 맨발을 뻗고 있었다. 마크가 그때서야 여학생들에 대한 얘기를 꺼냈다.

"그 동양 애들 진짜 귀엽더라."

에듀아르도는 절대 이해할 수 없는 공식이 표지에 적혀 있는 책 한 권의 표지를 열면서 고개를 끄덕였다.

"응. 오늘 저녁에 만나자는데."

"흥미롭겠는데."

"그렇겠지. 마크, 근데 이게 뭐야?"

컴퓨터 책 밑에서 종이 한 장이 에듀아르도의 이태리제 가죽 구두 위로 떨어졌다. 얼핏 보아도 코네티컷의 한 법률사무소에서 온 법적 서류라는 것이 눈에 들어왔다. 심각해 보였다. 마크 주커버그가 수취인으로 되어 있었지만, 첫 줄만 봐도 에듀아르도와 관련된 일임을 알 수 있었다. 서류에 적혀있는 더페이스북이라는 글자와 손해 및 도용이라는 말이 눈에 띄었다.

발신인: 캐머런 윈클보스
발신일: 2004년 2월 10일 화요일 오후 9시
수신인: 마크 엘리어트 주커버그
주제: 중요한 통지문

마크,

타일러와 디비아, 그리고 본인은 귀하가 Thefacebook.com이라고 명명
된 웹사이트를 오픈 했다는 것을 알게 되었습니다. 이 웹사이트 오픈 전
에 귀하는 우리의 고유한 웹사이트인 하버드 커넥션*Harvard Connection*을
개발하기로 동의했었고, 우리 사이트를 빨리 오픈 하는 것이 중요하다는
점을 인정하고 가능한 빠른 시일 내에 개발하기로 했었습니다.

지난 3개월 동안, 우리와의 협정을 위반하고 귀하는 우리의 웹사이트 개
발을 지체했으며, 이 과정에서 귀하는 허위로 우리를 속이면서 우리에게
알리거나 동의를 구하지 않고 우리의 경쟁 웹사이트인 귀하의 웹사이트
를 개발했습니다. 이는 우리에게는 물질적인 손해를 초래했으며 그 피해
액은 귀하가 보상해야 할 것이라고 주장하는 바입니다. 또한 우리의 아이
디어와 콘셉트, 리서치, 작업 내용을 도용했습니다.

위와 같은 법적인 근거로 변호사를 선임하여 법적 대응을 준비 중입니다.

또한 하버드 대학 행정 당국에 하버드생 행동강령에 포함된 도덕강령 위
배 사항에 대해 청원할 준비가 되어있습니다. 청원서의 근거는 정직하게
하버드 학생을 대할 것이며 타인의 물건과 권리를 존중하며 다른 이들의

존엄성을 배려하라는 항목을 위배한 내용입니다. 도용은 법률뿐 아니라 이와 같은 도덕적인 규칙에 근거해서도 처벌의 대상이 됩니다.

우리가 귀하의 웹사이트를 충분히 평가한 이후에 어떤 행동을 취할 지 결정하기 전까지, 다음과 같은 행동을 취할 것을 요청하는 바입니다.

1. Thefacebook.com의 확장이나 업데이트를 중단한다.
2. 우리에게 1의 요구사항을 준수했다는 내용을 문서로 제출하며
3. 우리의 작업내용이나 협의, 그리고 이와 같은 요구사항에 대해 제 3자에게 밝히지 않을 것이라는 것을 문서로 동의하며
4. 이 요구사항에 대한 답변은 2004년 2월 11일 오후 5시까지 제출해야 한다.

위와 같은 요구사항에 응대하지 않을 시에는 우리의 권리를 보호하고 귀하가 초래한 손해를 배상 받기 위해서 다른 조치를 취할 것입니다. 만약 귀하가 협조한다면 우리의 권리 침해나 추가적인 손해는 발생하지 않을 것입니다.

이러한 요구사항을 무시할 경우에는 법적으로, 그리고 도덕적인 측면에서 즉각적인 조치를 취할 것입니다. 의문사항이 있다면 이메일 답신을 해도 좋고 만날 약속을 제안해도 좋습니다.

캐머런 윈클보스
대학 메일을 통해 인쇄본도 송부함.

"정지명령이라고 하는 걸 거야."

손을 머리 뒤로 둔 채 소파에 더욱 깊숙이 앉으며 마크가 중얼거렸다.

"여자애들 이름이 뭐야? 작은 여자애가 난 맘에 들더라."

"언제 받았어?"

에듀아르도가 마크의 질문을 무시하면서 물었다. 피가 거꾸로 솟는 것 같았다. 그는 편지를 집어 들어 급히 읽어 내려갔다. 꽤 심각해 보였다. 혐의 내용이 많았고, 맨 밑에 누가 기소했는지도 쓰여 있었다. 타일러와 캐머런 윈클보스가 그들의 웹사이트인 하버드 커넥션을 대표해서 기소한다는 내용이었다. 그들은 마크가 자신들의 아이디어와 프로그램을 도용했으며 마크와 에듀아르도가 더페이스북을 닫지 않으면 법적인 조치를 취할 것이라는 내용이었다.

"1주일 전에. 우리가 사이트를 오픈 하자마자. 학교에 도덕강령 위반으로 청원서를 제출할 거라고 이메일과 편지도 보내왔어."

하나님 맙소사. 에듀아르도는 마크를 쳐다보았지만, 여느 때와 마찬가지로 그의 표정 없는 얼굴에서 읽을 수 있는 것은 아무것도 없었다. 윈클보스 형제가 마크가 자기들의 데이트 웹사이트 아이디어를 도용했다고 주장한다. 그래서 더페이스북을 닫으라고?

그들에게 그런 권한이 있기는 한 건가? 마크가 그들과 만났고 이메일도 주고받았으며, 그들이 오해하게 했다 쳐도 계약서를 작성했던 것도 아니고 어떤 동의서가 있었던 것도 아니었다. 그리고 에듀아르도가 보기에 그들의 사이트와 더페이스북은 전혀 달랐다. 그들의 사이트도 소셜 웹사이트이기는 하지만, 수십 개의, 아니 수백 개의 웹사이트가 있지 않은가? 캠퍼스에 있는 컴퓨터 공학도라면 누구나 소셜 웹사이트 하나씩은 개발하고 있다. 애론 그린스펀이라는 아이는 그의 네트워크 포털의 일부를 'the facebook'이라고 이름까지 붙였다. 그렇다면 그 아이들 모두 서로서로 고소할 수 있단 말인가? 비슷한 아이디어를 가졌다는 이유만으로?

"법대 3학년생하고 상의해서 편지 보냈어. 학교에도 보냈고. 그 다음 책 아래에 있어." 하고 마크가 말했다.

에듀아르도는 TV에 쌓여있는 컴퓨터 책을 들고 마크가 대학에 쓴 편지를 찾아 급히 내용을 읽어 내려갔다. 그리고 마크가 윈클보스의 주장에 대응한 내용에 놀라기도 하고 기쁘기도 했다. 마크의 진실이 담겨 있었다. 마크는 대학 당국에 더페이스북은 윈클보스 형제들과는 전혀 상관이 없다고 확실하게 밝히고 있었다.

✉ 본래는 당신들의 프로젝트에 호기심이 있었고, 그 웹사이트의 커넥트 부분을 마쳐달라는 요청을 받았었다. 내가 마지막 만남 이후에 더페이스북 작업을 시작했으나 같은 프로그램을 사용하지도 않았고 하버드 커넥션에 있는 기능도 사용된 바가 없다. 별도의 프로젝트였고 우리의 만남에서 논의되었던 아이디어는 전혀 도용한 바가 없다.

또한 마크는 윈클보스 형제가 맨 처음 만났을 때 프로젝트에 대해서 실제와는 다르게 설명해서 그들에게 속은 것 같았다고 했다.

✉ 처음에는 하버드 커뮤니티 형성에 기여하는 사이트를 개발하는, 비영리를 목적으로 하는 프로젝트라고 생각했었다. 그러나 시간이 지나면서 웹사이트의 콘셉트가 처음에 나에게 설명되었던 것과는 다르다는 것을 깨닫게 되었다.

뿐만 아니라 마크는 결코 그들을 속이지도 않았다고 밝혔다.

✉ 1월에 만났을 때, 그 사이트의 그래픽이라든지, 생각보다 많았던 프로그램 분량, 하드웨어나 웹사이트를 오픈 할 때 필요한 홍보력이 부족하다는 점 등과 같은 회의적인 내용들을 언급했었다. 또한 다른 프로젝트를 하고 있다고 밝혔고 당신들의 웹사이트를 마치는 것보다 다른 프로젝트가 나에게는 더 중요하다고 말했다.

마크는 커크랜드 기숙사 식당에서 몇 번 만남을 가졌고 캐머런, 타일러, 디비아와 이메일을 주고받았다는 이유만으로 쌍둥이들에게 '협박'을 당해야 한다는 사실이 황당하다는 것과 그들의 고소내용이 뭐가 하나 성공하면 뻔뻔하게 돈을 뜯어내려는 수작으로 '일축'할 수밖에 없는 '귀찮은' 내용이라고 끝을 맺었다.

에듀아르도에게는 더페이스북이 전혀 매출이 없다는 점과, 윈클보스 형제가 돈을 원하는 것이 전혀 아니라는 점을 볼 때 조금 지나친 비약이라고 생각되었지만, 마크가 자신의 입장을 정확히 밝혔다는 점은 마음에 들었다.

에듀아르도는 조금 마음이 진정되어서 정지명령과 함께 마크의 편지를 책 위에 다시 올려놓았다. 마크가 겁나 하지 않는다면 자기도 겁낼 이유가 없었다. 어찌되었건 에듀아르도는 그 쌍둥이를 만난 적도 없고, 프로그램 개발자도 아니며 두 웹사이트의 차이점에 대해서는 마크가 그에게 설명한 내용이 전부인 것이니까. 마크가 설명한 방식대로라면 마치 어느 가구 제조업체가 다른 가구 업체에서 새로운 종류의 의자를 만들었다고 소송을 제기하는 것과 다를 바가 없었다. 수천 가지 종류의 의자가 있고, 의자 하나를 만든다고 해서 다른 모든 의자의 소유권을 가질 수는 없는 것이다.

문제를 너무 단순화해서 보는 것인지도 모르지만, 어쨌든 그들은 대학생이고 변호사가 아니었다. 결코 말도 안 되는 법정분쟁에 휘말릴 생각은 추호도 없었다. 그것도 웹사이트 때문에. 어쩌면 겨우 여자애들이나 꼬드겨 잠자리로 데려갈 수 있게 도와줄지도 모르는 그 웹사이트 때문에.

"켈리하고 엘리스야." 하고 에듀아르도가 말을 꺼냈으나 그가 말을 채 끝내기도 전에 마크의 기숙사 문이 열리면서 에듀아르도의 등을 칠 뻔했다. 에듀아르도는 고개를 돌려서 마크의 룸메이트 둘이 들어오는 것을 보았다. 그렇게 공통점이 없기도 힘들 것 같아 보이는 전혀 다른 대학생들이었다.

먼저 들어온 더스틴 모스코비츠는 짙은 눈썹과 눈동자, 검은색 머리카락에 꽤 동안이었지만 강한 의지가 있는 아이처럼 보였다. 조용하고 내성적인 성격에 경제학 전공이면서 컴퓨터를 아주 잘하는 아이였고, 정말로 성격 좋고 상냥한 아이였다. 크리스 휴는 그에 비해 상당히 요란한 아이였다. 헝클어진 금발에 외향적이고 직설적이며

145

북캐롤라이나 주 히커리에서 자라서 남쪽지방의 악센트가 있었다. 크리스는 고등학교 때 민주당 청년회의 회장이었고 다양한 민주당 관련 정치 문제에 적극적으로 활동을 했었다. 패션 감각이 있어서 그룹 중 그나마 에듀아르도와 함께 내세울만한 외모를 가지고 있었다. 물론 에듀아르도는 재킷에 넥타이를 매는 편이고, 크리스는 디자이너 셔츠와 바지를 입는 다른 스타일이었지만. 마크는 가끔 그를 '프라다' 라고 부르기도 했다.

마크, 에듀아르도, 더스틴과 크리스 이 네 명은 하버드 사교계의 왕자들은 아니었다. 사실 록펠러나 루즈벨트가 졸업한 이 학교가 아닌 다른 어느 대학에 데려다 놓아도, 아웃사이더에 불과했을 것이다. 그들 모두 나름대로 괴짜였다. 그러나 그들끼리는 마음이 맞았고 공통 관심사도 있었다.

마크가 말을 꺼냈다. 이미 결심한 바가 있었던 것이다. 에듀아르도는 마크의 사고방식으로는 일을 이런 식으로 풀어나갈 수도 있을 거라고 생각했다. 더페이스북이 급속도로 성장하고 있고, 마크가 혼자서 감당하기에는 벅찼다. 몇몇 수업은 F를 받을 위기였고, 따라서 더페이스북이 계속 성장하게 된다면 도움이 필요했다.

컴퓨터 관련해서는 더스틴이 도울 수 있었다. 크리스는 그들 중 달변가였다. 그가 홍보를 맡을 수 있다. 지금까지는 크림슨지가 커다란 도움이 되었다. 알고 보니 마크가 1학년 때 학보의 IT 시스템을 봐 준 적이 있었다. 그래서 그렇게 우호적인 기사가 나오는 것이었다. 그렇지만 앞으로는 그들이 미디어를 통제할 수 있어야 한다. 사람들이 흥미를 느끼고 관심을 가져서 로그인을 해 줘야 페이스북이 성공할 수 있기 때문이다.

에듀아르도는 여전히 사업부분을 담당한다. 필요하면 사업을 확장시킬 것이다. 이 네 명이 함께 페이스북을 발전적이고 사업적인 방향으로 운영하게 될 것이다. 그리고 네 명 모두 직위를 갖기로 했다. 에듀아르도는 CFO, 더스틴은 프로그램 부문 부사장, 크리스는 홍보담당, 그리고 마크는 창립자, 주인, 지휘관 그리고 공공의 적이었다. 마크의 유머감각이었다.

에듀아르도는 얘기를 들으면서 이 변화가 의미하는 바가 무엇인지 곰곰이 생각해 보았다. 그와 마크 둘이었을 때가 훨씬 간단할 것이라는 것은 알고 있었지만, 직원들에게 월급을 줄 매출이 없는 상황에서는, 파트너를 구하는 것이 성장할 수 있는 유일한 방안이라는 것도 알고 있었다. 마크의 룸메이트들은 마크와 마찬가지로 외골수에 공부벌레 같은 면이 있었고, 똑똑하고 믿을 만한 아이들이었다. 더 페이스북은 결국 기숙사 방에서 운영되는 사이트였다.

새로운 수뇌부 조직에 동의를 했고, 그들의 소유구조 조정에도 동의했다. 더스틴은 회사지분의 5%, 크리스의 지분은 일이 어느 정도일 지를 보고 정하기로 했다. 마크가 그의 소유지분을 65%로 줄이고 에듀아르도는 30%를 소유하기로 했다. 에듀아르도에게는 좋은 조건이었다. 어쨌든, 들어오는 돈도 없는데 30%가 무슨 큰 의미가 있다고 논쟁을 벌이겠는가?

지분과 관련된 얘기가 끝나자 마크가 말했다.

"제일 먼저 해야 할 일은 더페이스북을 다른 학교에도 여는 거야. 확장을 할 시기야."

이제 하버드는 정복을 했고, 그들의 모델이 얼마나 확장성이 있는지 시험해 볼 시기였다. 먼저 예일, 콜럼비아, 스탠포드 대학 등 다른 유수 대학부터 시작하기로 했다. 여전히 배타성을 띤 사이트로 이 학교의 이메일 주소가 있어야 가입할 수 있도록 했다. 일단 확장이 되면 학교 간 교류가 가능할 수 있도록 할 것이다. 더페이스북은 계속해서 확장되어야만 했다.

"하지만 광고주와도 얘기를 해 봐야 해." 하고 에듀아르도는 포기하지 않고 그 문제를 언급했다.

"사이트 자체에서 돈을 만들어내야지."

마크가 고개를 끄떡였으나 에듀아르도는 그가 전적으로 동의하지는 않는다는 것을 확실히 알고 있었다. 마크는 서버 비용 정도는 벌수 있도록 해야 하지만 그 외의 사이트를 운영하는데 드는 비용은 생각하지 않았다. 하지만 에듀아르도는 생각이 달랐다.

에듀아르도는 이 사이트 덕분에 정말 부자가 될 것이라는 믿음이 생기기 시작했다. 완전 괴짜들로 구성된 이 팀원들을 돌아보면서 뭐든지 이루어 낼 수 있을 것 같았다.

몇 시간 후, 에듀아르도는 그의 이태리 제 신발을 화장실 타일에 질질 끌면서 샤워실로 향하고 있었다. 그의 심장은 터질 듯이 세게 뛰고 있었다. 키 크고 날씬한 동양계 여학생이 스커트가 위로 젖혀진 채 그녀의 다리를 그의 허리에 감고 올라타고 있었다. 그가 그녀의 등을 샤워실 벽에 누르자 그녀의 유연한 몸이 휘어졌다. 그의 손은 열린 그녀의 셔츠 안쪽을 더듬어 부드럽고 빨간 브래지어의 감촉을 느끼며 그녀의 탄탄하고 둥근 가슴을 만졌다. 그녀의 완벽한 캐러멜색 피부는 실크와 같이 부드러운 감촉이었다. 그녀는 입술을 그의 목에 대고 혀를 내밀어 그를 탐미하면서 숨이 턱 막히는 소리를 내었다. 그의 몸 전체에 전율이 느껴졌다. 그는 앞으로 몸을 움직여 그녀를 벽에 더욱 강하게 누르고 발버둥치는 그녀의 몸짓을 느꼈다. 그의 입술을 그녀의 귀에 갖다 대자 그녀는 다시 가쁜 숨을 내쉬었다.

그런데 다른 소리가 차가운 알루미늄 벽 반대쪽에서 울려 퍼졌다. 벽에 부딪히는 소리, 욕하는 소리, 다시 웃음소리. 몇 초 후, 그 웃음은 부드러운 신음소리와 입술과 입술이 부딪치는 소리로 바뀌었다.

에듀아르도는 웃었다. 이제 그와 마크가 웹사이트 외의 다른 경험도 공유하게 되는 것이다. 기숙사 남자 화장실이 와이드너 도서관은 아니었지만 장족의 발전이었다.

에듀아르도는 옆 샤워실에서 정신없이 즐기고 있는 친구의 소리에 고무되어 그의 허리를 감싸고 있는 여학생을 더욱 힘차게 껴안았다. 그리곤 갑자기 어떤 생각에 미소를 멈출 수가 없었다. 이제 그들에게도 팬클럽이 생긴 것이다.

그 뿐 아니라 지금까지 자기가 잘못 알고 있었던 것이 있다는 것을 깨달았다. 이제는 알았다. 컴퓨터 프로그램 덕분에 여자랑 잠자리를 같이 할 수도 있다는 것을.

16
진리

안내 데스크에 앉아 있는 아가씨는 가능한 그들을 쳐다보지 않는 척 하고 있었다. 롤로덱스에 꽂힌 라미네이트된 종이들을 훑어보고 있는 듯 하면서 올려 묶은 검은 머리가 왔다 갔다 했지만 타일러는 가끔 그녀의 옅은 초록색 눈이 그를 흘끗흘끗 보고 있는 것을 느꼈다. 그녀의 책상 맞은편에 있는 불편한 의자에 앉아있는 그 둘에게 신경을 안 쓰기란 쉽지 않을 것이다. 타일러는 그녀를 탓할 생각이 전혀 없었다. 그녀는 사무실 건물만큼이나 피곤해 보였다. 그와 그의 쌍둥이 동생이 이 과로에 지친 불쌍한 여인을 조금이나마 즐겁게 해줄 수 있다면 착한 일 하나 했다고 치면 될 것이다. 그들이 여기 온 목적을 이루는데 도움이 된다면 갓난아이 때처럼 캐머런과 똑같은 옷을 입고 나타나 줄 수도 있다. 물론, 갓난아이들이 입는 줄무늬 파자마에 모자를 쓰고 대학 학장실에 나타나면 불경스럽게 느껴지기는 하겠지만. 짙은 재킷에 넥타이가 조금 더 적절했고, 리셉션에 앉아 있는 아가씨도 그 복장이 싫은 표정은 아니었다. 어쨌든 아무리 아닌 척해도, 그녀는 계속 그들을 힐끔힐끔 보고 있었다. 그리고 요즘 세상에 종이로 주소록을 정리하는 롤로덱스를 누가 사용한단 말인가?

사실 지난 주 이후 누구에게서 어떤 형태건 관심의 대상이 되는 것이 그리 못 마땅하지는 않았다. 이제는 무시당하는 것도 진절머리가 난다. 처음에는 포츠하이머 기숙사의 사감이 그들의 상황을 이해하는 듯하다가 바로 교징위로 그들의 고소내용을 넘겨버렸다. 그리고 교징위 담당 학장들도 마크 주커버그를 대상으로 작성한 10페이지짜리 호소문을 읽고 처음에는 공감하는 듯하더니 무슨 이유에서인지 자신들이 관여할 영역이 아니라고 결론을 지었다. 그리고 마크는 자신들의 정지명령에 대해 허튼소리만 늘어놓은 편지로 답장을했다. 마크 주커버그는 그들의 마지막 만남인 1월 15일 이전까지 그의 thefacebook.com 작업을 시작하지 않았다고 주장했다. 이상한 점은 그가 thefaceboook.com 도메인 주소를 1월 13일에 등록했다는 것이다. 그는 또한 돈을 받은 것도 아니고, 단순히 같은 학교를 다니는 학생들에게 선의로 도와주려고 했을 뿐이며 그들의 사이트는 thefaceboook.com과는 전혀 다르다고 주장했다.

그 답변 때문에 타일러와 그의 동료들이 화가 머리끝까지 나서 마크와 직접 연락을 하려고 시도했었다. 직접 만나려고 이메일도 하고 전화도 했다. 마크는 마지못해 만나겠다고 하면서, 대신 캐머런만 만나겠다고 했다. 그러더니 그 만남도 무산이 되었고, 연락이 두절되었다. 타일러는 차라리 잘 되었다고 생각했다. 이제는 마크를 믿을 수가 없었으니까. 자신의 얼굴에 대고 거짓말을 했던 마크가 다시 만난다고 달라질 사람이 아니라고 생각했다.

그래서 지금 매사추세츠 홀만큼이나 오래된 소파에 앉아서 안내 데스크에 앉은 아가씨의 눈길을 받고 앉아 있는 것이다.

타일러 눈에 이곳은 전부 오래된 것들만 있었다. 1720년에 지어진 매사추세츠 홀 건물자체도 하버드 야드에서 가장 오래되었고 미국 대학 건물을 다 통틀어서 두 번째로 오래된 건물이다. 이 건물 입구 앞에는 수직으로 유니버시티 홀이 서 있었고, 그 앞에는 전설적인 존 하버드의 동상이 있었다. 존 하버드의 동상은 대학생 지원자들을 안내하는 학교 관광 가이드들이 '세 가지 거짓말 동상' 이라고 부른다. 그 동상에 '1638년 설립자 존 하버드' 라고 새겨져 있기 때문이다. 첫 번째로, 그 동상은 존 하버드의 동상이 아니며, 두 번째로 존 하버드가 하버드 대학을 설립하지 않았고, 세 번째로 대학의 설립 년도는 1636년도이기 때문이다. 그래도 그 동상은 줄곧 다른 아이비리그 대학생들이 장난을 치는 대상이 되고는 했다. 보스턴에서 다스무스와 미식축구 경기가 열렸을 때, 다스무스 아이들은 그 동상을 전부 초록색으로 칠했었다. 예일 학생들은 그 동상을 파란색으로 칠하고 불독 모양의 모형을 동상 무릎에 올려놓기도 했다. 각 학교마다 전통이 있었고 하버드 학생들도 한 밤중에 동상 앞에 가서 소변을 보기도 했다. 행운을 가져다준다고 했다.

타일러는 이 멍한 분위기의 매사추세츠 홀에 들어오기 전에 자기와 캐머런이 동상 발끝에 소변을 보고 들어올 걸 그랬나 싶었다. 얻을 수 있는 행운이란 행운이 모두 필요했다. 하버드 대학교 총장과의 대면을 주선하는 것도 쉽지 않았다. 가족, 포실리안, 친구의 친구 등, 동원할 수 있는 네트워크는 모두 동원해서 간신히 대학 최고의 권한을 가진 분의 사무실에 앉아 있는 것이다. 그리고 두려움을 떨쳐버리는 것도 어려운 일이었다.

갑자기 울리는 안내 데스크의 전화기 소리에 타일러가 소파에서 거의 미끄러질 뻔 했다. 여직원이 수화기를 잡고 고개를 끄덕이더니 그들 쪽을 바라보았다.

"총장님께서 들어오시랍니다."

그녀는 오른쪽에 있는 문을 가리켰다. 타일러는 숨을 크게 들이쉬고 그의 동생을 따라 들어갔다. 캐머런이 문의 손잡이를 잡고 돌릴 때, 타일러는 안내 데스크의 아가씨에게 마치 자기들을 위해 행운을 빌어달라는 듯이 미소를 지어 보였다. 어쨌든 그녀도 타일러를 향해 미소를 보냈다.

총장실은 타일러가 생각했던 것 보다는 작았지만, 학구적인 분위기로 꾸며져 있었다. 한쪽 벽에는 책장이 길게 들어서 있었고, 커다란 나무 책상에 골동품 같아 보이는 사이드 테이블과 동양식 카펫 위에 소파가 있었다. 책상 위에 델사의 데스크톱 컴퓨터가 놓여있는 것이 타일러의 눈에 들어왔다. 그 델 컴퓨터는 총장실에 설치된 최초의 컴퓨터라는 점에서 중요한 의미를 지니고 있었다. 전임 총장인 닐 루덴스틴은 컴퓨터를 싫어해서 그의 사무실에 컴퓨터를 설치하지 못하도록 했었다. 현 총장인 서머스는 조금이나마 컴퓨터 기술에 대해서 알고 있다는 것은 좋은 징조였다. 적어도 이 문제를 금방 이해할 수 있을 것이다.

컴퓨터 외에 사이드 테이블에 있는 것들을 보고 총장에 대해 여러 가지를 파악할 수 있었다. 의례적으로 놓아두는 아이들의 사진 옆에 빌 클린턴과 앨 고어가 함께 찍고 서명한 사진이 있었다. 그 옆에는 서머스 그 자신이 서명한 1달러짜리 종이 지폐가 있었다. 1999년부터 2000년 까지 미국 재무장관 시절을 기리는 기념화폐였다. MIT 졸업생인 서머스는 하버드에서 경제학 박사 학위를 받고 하버드 역사상 최연소 정식 교수가 되었었다. 정계에 몸을 담았다가 27대 총장으로 하버드에 들어왔다. 그의 경력은 화려했다. 타일러는 이 상황을 처리할만한 사람이 있다면 그것은 바로 서머스 총장이라고 확신했다.

그들이 총장실에 들어갔을 때 총장은 가죽으로 된 책상의자에 앉아 수화기를 귀에 대고 있었다. 몇 발자국 떨어진 곳에 인상 좋은 흑인계 여성 보좌관이 앉아있었다. 40대 중반쯤 되어 보이며 방의 인테리어와 비슷한 분위기의 보수적인 정장바지를 입고 있었다. 그녀는 둘을 향해 손을 들어 책상 앞 의자에 앉으라는 표시를 했다.

서머스 총장은 계속해서 수화기에 귀를 댄 채 그들이 앉는 모습을 보았다. 그리고 누구와 통화를 하는지는 모르겠지만 한동안 낮은 목소리로 통화를 계속했다. 타일러는 빌 클린턴이 연설을 가는 길에 그의 비행기에서 이런 모습을 하고 있거나, 앨 고어가 열대 우림 어디에서인가 정글을 살리면서 이런 모습을 하고 있겠구나 생각했다.

마침내 서머스 총장은 전화를 끊고 그들을 보았다. 총장은 땅딸막한 체구에 큰 얼굴, 턱 선이 거의 없고 머리가 빠지기 시작한 모습이었다. 날카로운 그의 눈은 타일러와 캐머런을 번갈아 보았다. 그리고는 책상 한쪽에 잔뜩 쌓여 있는 출력물에서 종이 하나를 꺼내 들었다. 캐머런과 자기가 작성한 탄원서였다. 그 내용은 마크 주커버그와 언제 어떤 내용의 대화 내용이 오고 갔으며, 디비아가 크림슨지에서 더페이스북 오픈을 알렸던 날 마크 주커버그에게 보냈던 첫 번째 이메일이 포함돼 있었다. 이 10장짜리 탄원서에는 많은 노력이 들어갔으며 마침내 총장실까지 전달이 된 것을 보니 가슴이 벅찼다.

그러나 서머스는 타일러나 캐머런이 전혀 예상하지 못했던 반응을 보였다. 아무 말도 하지 않은 채 그는 마치 그 탄원서에 똥이라도 묻은 것처럼 두 손가락으로 탄원서의 귀퉁이만 집어 들었다. 그리고 의자에 기대앉으면서 발을 책상 위에 올리고는 윈클보스 형제들을 경멸의 눈초리로 쳐다보았다.

"여기 왜 온 거야?"

타일러는 기침을 했고, 그의 얼굴색이 빨갛게 상기되었다. 그는 의무적으로 받아 적고 있는 그 흑인 여성을 보았다. 벌써 서머스의 질문이 그녀의 공책에 적혀 있었다.

타일러는 총장을 바라보았다. 서머스의 말투에서 그들을 무시하고 있다는 것이 너무나 확연히 나타났다. 타일러는 그 사람의 통통한 손가락에 매달려 있는 탄원서의 첫 번째 페이지를 가리켰다. 캐머런이 사건 내용을 요약한 페이지였다.

하버드 대학 총장 로렌스 H. 서머스께 보내는 글

서머스 총장님,
'캐머런 윈클보스와 디비아 나렌드라, 타일러 윈클보스는 총장님과의 대면을 요청합니다. 최근 교징위에 제출했던 저희의 탄원 내용을 논의했으면 합니다. 교징위에서는 저희의 사안을 더 이상 재고하지 않겠다는 결정을 내렸습니다. 저희의 탄원은 하버드 커뮤니티의 일원으로서 명예조항을 위반하고, 하버드 학생들의 명예를 훼손하고 정직하지 않았던 2학년생에 대한 내용입니다.

'대학은 모든 학생들이 이 커뮤니티의 회원들을 상대할 때 정직하기를 바란다.' (학생 강령)

간단히 설명 드리자면 올 학기 초에 저희 세 명은 이 학생과 우리의 웹사이트 프로젝트를 함께 진행하고자 접근했었습니다. 그는 우리 사이트의 작업을 하겠다고 했으며 우리와 3개월 동안 함께 작업을 하기로 했습니다. 그 3개월 동안, 우리와의 협정을 위반하고, 우리에게 알리지도 않고 동의를 구하지도 않은 상태에서, 거짓으로 우리에게 물질적인 해까지 입히면서 우리의 웹사이트 개발을 지연시키고, 자기의 웹사이트를 개발하여 우리의 웹사이트와 공정한 경쟁을 방해하였습니다.

이 사안이 교칙으로 해결될 내용이 아니라고는 들었습니다만 이 학생의 행동이 1970년 4월 14일에 아래와 같이 결의한 문과 및 이과대의 권리와 의무에 대한 조항을 위배하였다고 봅니다.

'이 대학의 일원이 된다는 것은 표현의 자유와 질의의 자유, 지식인의 정직성, 타인에 대한 존중 및 건설적인 변화의 포용으로 대표되는 커뮤니티의 일원이 된다는 것이다.'

우리 대학의 지도자로서 우리 커뮤니티의 영예 규율과 규범을 위해한 이 사안에 대해 알고 계셔야 한다고 생각합니다. 학교 당국이 이 문제를 다루지 않고 넘어간다면 장기적으로 학교 대내외에 부정적인 영향이 있을 것이라고 생각합니다. 따라서 이 문제에 대해 논의 드리고자 총장님께서 편하신 시간 중 가능한 빠른 시일 내에 대면을 요청하는 바입니다. 감사합니다.

캐머런 윈클보스
디비아 나렌드라
타일러 윈클보스

적어도 그 편지를 다시 읽는 시늉이라도 낼 수 있도록 잠시 기다린 후 타일러가 헛기침을 했다.

"이건 명백한 사실입니다. 마크가 우리의 아이디어를 도용했습니다."

"그래서 그걸 나한테 어쩌라고?"

타일러는 충격 받은 표정으로 그를 쳐다보았다. 그는 고개를 돌려 옆에 있는 그의 동생을 쳐다보았다. 캐머런도 너무 당황해서 총장이 손가락 두 개로 귀퉁이를 잡은 청원서 페이지가 흔들리는 것을 보면서 입을 다물지 못하고 있었다.

타일러는 끓어오르는 화와 충격을 쓸어내릴 때까지 '꾹' 하고 눈을 감았다 떴다. 그는 총장 뒤에 있는 과거부터 내려온 하버드 강령이 있는 책장을 가리켰다. 이 하버드 강령은 1학년 입학할 때 모든 신입생에게 전달된다. 그리고 그 안에는 학교에서 지켜야 할 모든 규칙이 적혀있고 행정당국에서 지켜야 하는 규범도 적혀있다.

"다른 학생의 것을 훔치는 것은 교칙 위반입니다." 하고 타일러는 말하면서, 외우고 있던 학생 지침서의 한 구절을 읊었다.

"다른 학생의 것을 훔치는 것은 교칙 위반이다."

그리고 덧붙였다.

"대학은 이 대학의 학생이 같은 커뮤니티의 일원과 교류할 때에는 정직할 것을 요구한다. 모든 학생들은 사유재산과 공공 소유물을 존중하며, 절도, 도용, 타 재산에 대한 피해나 타 재산을 승인 없이 사용할 경우에는 퇴학을 포함한 징계처분의 대상이 될 수 있다. …… 마크가 우리의 기숙사에서 우리의 컴퓨터를 가져갔다면 마크를 퇴학 처분 시키겠지요. 마크는 그보다 더 심한 짓을 했습니다. 우리의 아이디어와 작업 내용을 가져갔습니다. 대학 당국에서 나서서 하버드의 도덕 강령을 적용해야 합니다."

서머스 총장은 한숨을 쉬면서 10페이지짜리 청원서를 그의 책상에 내려놓았다. 타일러는 그 청원서가 형형색색의 저글링 공 옆에 떨어지는 것을 보았다. 소문에 따르면 그 저글링 공은 전임 총장이 물려준 것이라고 한다. 총장이 해야 하는 일이 그런 일이었으므로. 여러 가지 일들, 사람들, 프로젝트들, 문제들 사이에서 그것들을 해결하려고 마치 여러 개의 공을 가지고 하나라도 놓치지 않는 기술, 즉 저글링을 해야 하는 것이다. 타일러는 서머스 총장의 표정에서 그와 그의 동생의 공이 떨어질 것을 예감했다.

　"너희의 청원서는 읽어보았고, 마크의 답변도 읽었다. 하지만 나는 이것이 대학 당국의 문제라고는 생각지 않는다."

　"하지만 도덕 강령이 있습니다."

　그가 총장이라는 사실을 잠시 잊고 캐머런이 주장했다.

　"명예에 대한 조항이 있고요. 처벌이 없다면 강령이 있어봤자 무슨 소용이겠습니까?"

　그의 눈에는 단지 그 동안 자기들이 열심히 노력해온 일을 무시하는 뚱뚱한 아저씨로만 보였던 것이다. 서머스는 고개를 저었다. 폭풍에 이는 파도처럼 턱에 붙은 살이 떨렸다.

　"너희는 학교와 윤리강령에 대해 결의를 맺은 것이지 너희들 간에 윤리강령을 다짐한 것은 아니다. 이 문제는 너희와 마크 주커버그와의 일이야."

　타일러는 그대로 의자에 파묻히는 것 같았다. 마치, 배신을 당한 기분이었다. 총장이, 체제가, 그리고 대학 당국이 그들을 배신한 것 같았다. 하버드 커뮤니티의 일원으로서, 명예롭고 질서가 있는 세계의 일원이라고 자부하고 있었다. 이제 그 세계의 명목상 두목이 그러한 커뮤니티는 없으며 무정부 상태라는 말하는 것이다. 마크가 대학의 체제를 무시했으나 서머스의 문제가 아니라는 것이다.

"하지만 대학이 명예 강령을 준수할 의무가……."

"대학은 이러한 사안을 다루는 기관이 아니야. 이것은 학생들 간의 기술적인 분쟁이다."

"그러면 어떻게 하는 것이 좋다고 보십니까?" 하고 타일러는 기가 죽어서 물었다.

서머스 총장은 어깨를 으쓱해 보였다. 그의 어깨가 너무 굽어서 마치 그의 셔츠 안에 뭔가 들어있는 것처럼 보였다. 조용히 침묵을 지키고 있는 것으로 보아 타일러와 캐머런이 노력한 바에 대해서는 관심도 없는 듯 했다.

"개량 합의를 보던가, 법적인 조치를 취하든가 하는 다른 방식을 강구해 봐야겠지."

타일러는 그가 무슨 말을 하려는지 잘 알고 있었다. 마크와 대면을 하든가 소송을 제기하라는 것이다. 대면을 한다고 해서 결과가 나오지는 않을 것이다. 눈앞에서 뻔뻔하게 거짓말을 하는 녀석이니까. 하지만 법적 소송은 최악의 해결책인 것 같았다.

정말 속상했다. 대학의 총장이 그들을 도울 수 없다고 한 것이다. 행정당국이 손을 떼려는 것이다. 더페이스북이 이미 교내에서 지명도 있는 커뮤니티가 되어 있고, 마크가 점점 유명해지고, 그의 웹사이트가 매일 폭발적으로 크고 있는 것에 대해 총장이 마크의 성공을 지지한 것이나 마찬가지였다.

어쩌면 서머스 총장은 윈클보스 형제가 고소한 내용이 심각한 내용이 아니라고 생각했을 수 있다. 아니면 마크가 답변한 내용, 두 개의 사이트가 다르다는 내용을 믿고, 단순히 윈클보스 형제가 자신들의 사이트를 먼저 오픈 하지 못해서 화가 난 것이라고 생각했을 수도 있다. 어쩌면 이런 일에 귀찮게 신경 쓰고 싶지 않은 것일 수도 있다.

타일러가 의자에서 일어났고, 서머스 총장은 그들에게 나가라는 식으로 손을 들었다.

이제 남은 것은 자기들이 직접 마크를 쫓는 것이었다. 그가 총장실에서 나오면서 그 뚱뚱한 사람이 다시 전화기를 드는 것을 보았다. 타일러는 이 순간을 영원히 기억할 것이라고 맹세했다. 그 순간이 그의 순수의 시대가 끝나는 순간이라고 느꼈기 때문이다.

옳고 그름의 문제를 떠나서, 윈클보스에게는 그 녀석이 자기의 아이디어를 훔쳐서 그의 것으로 만들었다는 것이 중요했다. 하버드 대학 당국의 자세라면, 마크 주커버그가 그냥 날로 먹을 수도 있는 것이다.

17
2004년 3월

2004년 3월, 나중에 생각해 보면 숀 파커*Sean Parker*에게는 역사적인 의미가 있을 수도 있지만, 사실 그 당시에는 아무런 의미가 없었다. 그래도 그날 있었던 일을 상상해 보는 것은 그리 어렵지 않았다.

그날 아침 숀은 머릿속에 어떤 악상이 떠오르는 듯 했다. 마치 귀속에 작은 벌레들이 있어 그의 청각 신경을 타고 두뇌까지 미치면서 신경계를 자극하는 듯 했다. 신호등의 빨간 불이 모두 파란불로 바뀐 것처럼 긍정적인 기분이었다. 그는 씨익 하고 웃으면서 여느 아침과 마찬가지로 하얀색 천장을 쳐다보면서 그가 어디에 있는지 기억해내고 있었다. 참 길고도 이상한 여행이었다. 그는 눈을 비비며 마지막 잠을 쫓아내면서 팔을 머리위로 뻗쳐 기지개를 폈다. 차갑고 푹신푹신한 오리털 베개에 머리를 묻으니 다 생각이 났다.

그는 연한 색으로 벽이 칠해진 작은 방에 있었다. 그의 침대는 벽 쪽에 붙어 있었고, 베개에 머리를 깊이 파묻은 채 누워 있었다. 부드러운 베갯잇에 갈색과 금발이 섞인 곱슬머리가 여기 저기 엉망으로 헝클어져 있었다. 티셔츠와 면 반바지를 입고 있었지만 그것은 단지 지금 시간이 아침 6시였기 때문이었다. 그의 아르마니 재킷과 달라붙는 검정색 DKNY 진바지, 맞춤 프라다 셔츠는 화장실 문 뒤쪽 옷걸이에 걸려 있었다.

그는 '이상한 나라의 앨리스'에 나오는 채셔 고양이같이 입술이 찢어질 정도로 크게 미소를 지었다. 그랬다. 그는 지금 그가 어디 있는지 잘 알고 있었다. 엄청나게 멋진 곳에 있었다.

그는 자기의 작은 침실을 둘러보았다. 작은 나무 서랍장과 컴퓨터 서적으로 가득 찬 책장, 코너의 램프, 침대 옆의 미니 테이블 옆에 대기상태로 있는 노트북 컴퓨터. 방바닥, 책장, 심지어 램프 위에도 옷이 흩어져 있었지만 대부분 그의 옷이었고 그렇게 섹시한 옷들이 아니었기 때문에 숀은 그다지 신경 쓰지 않았다. 그의 눈에 레이스가 달린 브래지어와 초미니 스커트, 탱크 탑과 멋진 벨트가 들어왔다. 캘리포니아 여대생들이 입는 옷들이다. 야자수가 햇볕보다는 안개를 더 많이 보고 자라는 이곳 북쪽에서도 여대생들은 그렇게 입었다. 스탠포드가 엘리트 대학이라고 해도, 다행히 스탠포드 여대생들은 캘리포니아 스타일로 옷을 입었다. 물론 전부 금발이었다. 불만 많은 갈색 머리 애들은 동부 아이비로 보내고 금발에 예쁜 애들은 서부에 남은 것이다.

숀은 한 쪽 팔꿈치로 몸을 받치면서 일어나 앉았다. 그의 방에 있는 브래지어와 미니스커트, 탱크 탑, 벨트가 누구 것인지는 확실치 않았다. 룸메이트의 손님 것일 수도 있고, 아니면 그를 방문했던 여자애의 것일 수도 있다. 왜 그 옷들이 자기 방에 있는지 그 이유는 알지 못했다. 아는 여자애의 것 일 수도 있고, 아닐 수도 있다. 하지만 그 여자애는 그를 알 것이다. 적어도 알고 있다고 생각하고 있었을 것이다. 스탠포드 전교생이 파커를 알고 있는 듯 했다. 숀이 스탠포드를 다니지 않는다는 점을 생각해보면 황당한 일이다. 그가 살고 있는 집에는 스탠포드 학생들이 많이 있었다. 캠퍼스 바로 옆에 위치한 이 집은 그야말로 기숙사나 마찬가지였다. 숀은 스탠포드 학생이 아니었고, 대학을 다니지도 않았지만 그는 캠퍼스의 영웅이었다.

그의 사업 동업자였던 숀 패닝만큼 유명하지는 않지만 아는 사람은 다 알고 있었다. 이 둘이 냅스터 _Napster_ 라는 파일 공유 사이트를 만들어서 음반업계의 판도를 바꿔놓았다는 사실을. 냅스터 사이트에서는 인터넷을 통해 서로 음악을 공유하도록 해서 기숙사 방에서건 아니면 다른 어디에서건 원하는 음악을 들을 수 있게 했다. 냅스터는 세상의 판도를 바꿔놓은 창조물이었다. 물론, 냅스터가 자체적으로 무너지기는 했지만, 아름다운 마지막이었다.

숀 파커와 숀 패닝은 고등학교 시절 채팅룸에서 만나서 의기투합하여 냅스터를 만들었고, 냅스터는 혁신적인 서비스였지만, 훌륭한 기업은 아니었다. 냅스터는 음악을 무료로 다운로드 받을 수 있게 해주었고, 이로써 아이들이 컴퓨터를 통해 원하는 것을 얻도록 한 것이다. 자유, 그것이 바로 로큰롤이 추구했던 바가 아닌가? 그것이 바로 인터넷이 추구해야 할 바가 아닌가?

물론 음반업계의 생각은 달랐다. 망할 놈의 음반 업계 회사들이 마치 앙심을 품은 하르피(역자주: 그리스 신화에 등장하는 얼굴과 몸은 여자 모양이며 새의 날개와 발톱을 가진 추악하고 탐욕스런 괴물)처럼 두 손을 공격했다. 둘은 저항했지만 결말은 이미 정해져 있던 것이나 마찬가지였다. 어떤 사람들은 냅스터가 마침내 문을 닫아야 했을 때 그것이 숀 파커의 잘못이라고 생각하기도 했다. 어느 보고서에서는 숀이 쓴 이메일 몇 개가 재판에서 결정적으로 음반 회사들을 돕는 역할을 했다고 언급하기도 했다. 젊은 혈기에 앞뒤 안 가리고 쓴 글이 냅스터가 무너지는 데 결정적인 역할을 했던 것이다. 그 점이 항상 숀의 약점이었지만, 또한 그의 강점이기도 했다. 그는 어떤 것도 속으로 삭이지 않고 다 분출했다. 물론 후회는 없었다. 절대 후회는 하지 않았다. 그것이 그의 스타일이었다.

물론 냅스터가 망하고 난 이후에 조용히 숨어 지내거나 부모님 집으로 돌아갈 수도 있었을 것이다. 그렇지만 그는 바로 실리콘 밸리로 들어갔다. 몇 년 지나지 않아 그와 그의 가장 친한 친구 두 명은 공유라는 개념에 기반을 둔 아이디어를 구상했다. 이번에는 이메일과 주소록에 초점을 두었다. 작은 프로그램을 써서 주소록 정보를 업데이트하라는 요청을 이메일로 보내는 무료 시스템으로 시작했다. 이 시스템은 곧 알아서 꾸준히 스스로 업데이트하는 온라인 비즈니스 카드 시스템이 되었다. 이 회사를 플락소 *Plaxo* 라고 이름 지었다.

그렇지만, 숀에게는 그것도 자체적으로 무너진 것이나 마찬가지였다. 회사가 망한 것은 아니다. 플락소는 여전히 건재하고 그 사업은 몇 백만 달러의 가치가 있다. 하지만 숀은 그 프로젝트에 더 이상 참여하지 않는다. 그가 손수 만든 회사에서 쫓겨났기 때문이다. 그것도 대단히 볼썽사납게.

숀은 '007 영화'에나 나올 법한 악당 때문이라고 생각했다. 그 웨일즈 출생의 악당은 기이하고 비밀스러우면서도 그의 두둑한 은행 계좌 만큼이나 과대망상증 증세가 심각한 인간이었다. 처음에 벤처 캐피털이라는 괴물을 끌어들이자고 한 것은 숀이었다. 플락소에 자금이 필요했고, 본인이 벤처 캐피털을 관리할 수 있을 거라고 확신했었다. 하지만 마이클 모리츠 *Michael Moritz* 는 다른 벤처 캐피털리스트와는 달랐다. 그는 세쿼이아 캐피털의 파트너였고 실리콘 밸리의 돈줄을 쥐고 있는 신과 같은 존재였다. 그는 야후 *Yahoo* 와 구글 *Google* 에도 투자지분이 있었다.

숀은 모리츠가 폐쇄적이면서 신비에 둘러싸인, 약간은 광적인 면이 있는 사람이라고 생각했다. 처음부터 그와 숀은 사사건건 부딪쳤다. 숀은 자유로운 사고방식을 가진, 젊은 사업가였고 모리츠는 순수하게 돈에만 관심이 있는 듯 했다. 세쿼이아 캐피털에서 자금을 댄 지 1년도 지나지 않아서 모리츠는 숀에게 그가 창립한 회사를 떠나라고 했고, 물론 숀은 거부했다. 벤처캐피털의 반란이었고 전면전이었다. 숀은 결국 자기 쪽이 패배할 것이라는 것을 깨달았다. 그 회사를 함께 차린 그의 절친한 친구 둘 다 모리츠와 이사회의 압력에 굴

복한 듯 했다. 어느 기록에 보면, 숀이 자기의 회사지분을 현찰을 받고 팔 수 있을 때만 떠나겠다고 선언하자 세쿼이아가 전투적인 자세에 들어갔다고 한다. 숀은 모리츠가 007 악당들이나 하는 짓을 했다고 굳게 믿고 있었다. 모리츠가 자기를 강제로 떠나게 하도록 할 만한 덜미를 잡기 위해 사설탐정을 붙였다고 확신했다.

언제부터인가 숀이 아파트를 나설 때부터 그를 따라다니는 차들이 있었다. 전화를 할 때마다 전화기에서 클릭클릭 소리가 났고, 가끔가다가 발신번호 표시제한으로 핸드폰에 이상한 전화가 오고는 했다. 섬뜩해지기 시작했다.

어쩌면 정말로 숀의 구린 구석을 찾아냈을 지도 모른다. 냅스터와 플락소로 명성을 얻은 숀은 그 나이 대의 청년답게 파티를 즐겼다. 여자도 밝혔다. 결코 성인군자는 아니었다. 20대 초반에 실리콘 밸리의 록스타 대접을 받았던 그는 말도 빨리 했고, 생각도 정말 빨랐다. 가끔 얼간이 같거나 미친 사람 같은 행동을 할 때도 있었고, 쉽게 오해를 살 수 있는 성격이었다.

뭔가 덜미를 잡을 만한 건수를 찾았을 수도 있고, 그렇지 않았을 수도 있었다. 어찌되었건 숀은 모리츠가 내쫓은 것이다. 숀이 세운 회사를 스스로 나가도록 했고, 강제로 그의 창조물을 넘겨주도록 만들었다. 또한 숀은 그의 회사뿐 아니라 그의 가장 친한 친구 둘도 잃은 것이라고 믿었다. 정말 볼썽사나운 싸움이었고 한심하기까지 했던 싸움이었다. 숀의 입장에서 볼 때, 공정하지 못한 싸움이었다. 하지만 이미 일어난 일이다. 그에게만 있는 일도 아니고, 실리콘 밸리에서만 있는 일도 아니다. 세상 어디에서나 일어나는 일이다. 벤처 캐피털의 자금을 끌어다 쓴다는 것이 그런 것이다. 해결사를 얻은 것처럼 보이지만, 언젠가는 그것이 해결책이 아니었다는 것을 알게 되는 것.

플락소의 끝은 안 좋았지만, 그렇다고 숀 파커가 끝난 것은 아니었다. 결코 아니었다. 실리콘 밸리의 가십 기사들은 그에 대해서 더 많은 관심을 보였다. 냅스터와 플락소 벌써 두 차례다. 벌써부터 숀 파커를 실리콘 밸리의 나쁜 남자로 만들기 시작했다. 여성편력. 디자이너 라벨 패션. 그리고 입증되지 않았지만 약물 중독이라는 얘기들. 코카인, 알약. 나쁜 인간들이 하는 일이라면 뭐든 갖다 붙였다. 숀은 언젠가는 가십기사로 유명한 귀커Gawker지에 자기가 바다표범 새끼의 피를 정맥에 주사했다는 기사가 뜰 거라고 생각할 정도였다.

숀이 나쁜 남자로 낙인이 찍힌 것은 사실 웃기는 일이었다. 그의 고향 버지니아 챈틸리에서 그의 어린 시절을 아는 사람 누구에게 물어봐도 웃을 일이었다. 그는 땅콩, 벌, 어패류 등 알레르기가 골고루 있어 어디를 가던 아드레날린을 넣은 에피펜을 가지고 다녔던 삐쩍 마른 아이였다. 게다가 천식도 있어서 흡입기도 가지고 다녔었다. 그의 머리카락은 너무 헝클어져서 어떨 때에는 흑인들의 아프로 머리처럼 보일 때가 다반사였고, 체구는 볼 품 없었다. 결코 외모로 누구에게 위압감을 느끼게 할 만한 아이가 아니었다. 1인용 침대 크기면 충분히 마루운동 연습을 할 수 있을 정도로 말랐었으니까. 실리콘 밸리의 나쁜 남자라고? 터무니없는 이야기였다.

그는 방바닥에 놓인 레이스가 달린 브래지어를 보고 다시 미소 지었다.

그래. 그 나름대로 나쁜 남자 같았을 때도 있었다. 쾌락주의자였으니까. 사설탐정이 알아냈겠지만, 숀은 여성편력이 있었다. 동시에 여러 명과 관계를 할 때도 있었다. 늦게 나가서 술 마시는 것도 좋아했다. 나이트클럽에서 쫓겨난 적도 몇 번 있었다. 게다가 대학을 다닌 적도 없다. 냅스터가 떴을 때 고등학교를 자퇴하고 그때 이후로 공부는 포기했다.

그렇지만 그가 나쁜 사람은 아니었다. 그는 착한 사람이었다. 그는 자신이 무슨 수퍼히어로나 되는 것으로 생각했다. 그의 성이 파커이기는 했지만, 그는 자기가 배트맨과 비슷하다고 생각했다. 낮에는 CEO와 사업가들과 어울리는 브루스 웨인이고 밤에는 망토를 걸치고 세상을 바꾸기 위해 노력하는 전사라고. 한 번에 한 명씩 대학생들을 해방시키는 것이다.

브루스 웨인과 차이점이 있다면 숀은 아직 돈이 없다는 것이다. 그는 역사상 가장 큰 인터넷 회사를 두 개나 만들었으나 땡전 한 푼 벌지 못했다. 물론 언젠가 플락소의 회사가치가 올라간다면 그도 큰 몫을 챙길 수 있을 것이다. 수 천만 불, 아니 수억이 될 수도 있다. 그리고 냅스터는 그를 부자로 만들어주지는 못 했지만, 그를 업계의 유명인사로는 만들어 주었다. 그를 실리콘 그래픽스의 창립자인 짐 클라크에 비교하는 사람들도 있다. 짐 클라크는 네스케이프와 헬시온을 만든 사람이다. 숀도 이미 두 개의 인터넷 회사를 차렸었고, 이제 세 번째 사업을 시작하면 그와 같아지는 것이다.

그런 맥락에서, 그는 다음 번 홈런을 위해 눈과 귀를 열고 있었다. 이번에는 정말로 인생을 바꿔 놓을만한 것을 찾고 있었다. 물론, 누구나 큰 건 하나를 꿈꾼다. 숀과 다른 사람들의 차이점이라면, 숀은 그 큰 건이 무엇인지 이미 알고 있다는 것이다. 그는 맹신이라고 할 만큼 확신이 있었다. 소셜 네트워크가 차세대 큰 건수라는 것을.

그는 몇 달 전 소셜 네트워크 사이트인 프렌드스터의 협상에 참여했었다. 실리콘 밸리에 아는 사람들, 특히 페이팔 *Paypal*을 만든 피터 티엘과 연결시켜서 이미 상용화되고 있는 프렌드스터에 벤처 캐피털 자금을 얻을 수 있도록 도왔다. 피터 티엘도 세쿼이아 사람들과 부딪친 경험이 있었다.

그렇지만 프렌드스터는 숀 파커가 찾는 그의 다음 홈런거리는 아니었다. 당시 프렌드스터는 이미 자리 잡은 이후였고, 그가 초기부터 관여한 것도 아니었다. 그리고 프렌드스터 서비스 자체에도 나름대로 제약이 있었다. 데이트용 웹사이트라는 것이었다. 물론 매치 *Match*나 제이데이트 *JDate*만큼 노골적이지는 않지만 사용자들의 궁극적인 목적은 매한가지였다. 만나본 적도 없는 여자들의 이메일을 얻으려는 것.

급속도로 성장하고 있는 새로운 사이트로 마이스페이스 *MySpace*도 있었다. 숀은 이 사이트도 검토해보았다. 하지만 역시 자기가 손을 댈 일은 아니라고 결론지었다. 마이스페이스 자체로는 좋은 아이디어였으나 진정한 의미의 소셜 네트워크는 아니었다. 다른 사람들과의 커뮤니케이션을 위해서가 아니라 자기 잘난 체를 하러 마이스페이스를 사용하는 것이다. '날 봐 주세요, 날 봐 주세요! 나의 노래를 들어주세요, 나의 코미디를 봐주세요, 나의 연기를 봐 주세요, 나의 모델 포트폴리오를 봐주세요.' 등 자기의 브랜드를 내 놓고 누군가 자기에게 관심을 가져주기를 바라는 것이다.

프렌드스터가 데이트 사이트이고, 마이스페이스가 브랜드 툴이라면 남은 것은 무엇이 있을까? 무엇인지 꼭 집어 말할 수는 없었지만 어디 지하실에서 소셜 네트워크의 냅스터격인 사이트가 만들어지고 있을 것이라고 믿었다. 다만 그의 눈과 귀를 열고 찾아내야 하는 것이다.

그는 자기의 눈이 상당히 높다는 것을 알고 있었다. 그의 유튜브 *YouTube*, 그의 구글이 될 만한, 수십 억 달러 규모의 회사가 될 만한 것이 아니라면 그의 시간을 할애할 이유가 없다. 플락소에서도 그렇게 만족할 만한 보람은 없었다. 다음번에는 수십억을 한꺼번에 터뜨리거나 그냥 망하는 것이다.

숀은 일어나 앉았다. 그의 몸에서 에너지가 솟아올랐다. 이제 그의 탐색을 계속할 시간이다. 푸톤 옆에 있는 작은 테이블을 보았다. 여자용 분홍색 시계 옆에 노트북 컴퓨터가 열려있었다. 그의 노트북은 아니었다. 그의 룸메이트 것이거나 그들의 손님 것일 것이다. 어쨌든 그의 침대에서 손이 닿을 만큼 가까이 있었다. 따라서 그 컴퓨터로 자기의 이메일을 확인하고 아침 일과를 시작하기로 했다.

그는 노트북을 가져다가 무릎에 놓았다. 몇 초 후 컴퓨터가 대기

모드에서 빠져 나왔다. 이미 스탠포드 네트워크를 통해서 인터넷에 연결되어 있었다. 웹사이트가 열려있었다. 누구 컴퓨터인지 모르지만 전날 밤에 연결했던 것 같다. 호기심이 발동한 손은 스크롤을 내려서 사이트를 둘러보기 시작했다.

손이 처음 보는 사이트였다. 이상한 일이었다. 웬만한 사이트는 다 아는데.

사이트 위쪽과 아래쪽에 하늘색의 밴드 모양으로 줄이 있었다. 분명 일종의 포털 사이트였다. 여자애의 사진이 왼쪽 위에 있었다. 아름다운 금발에 멋진 미소를 지니고 있는 파란 눈의 미녀였다. 그녀의 사진 아래에는 그녀에 대한 정보가 있었다.

성별: 여성. 그리고 남자친구가 없었다. 레즈비언은 아니었고, 친구를 찾고 있었다. 그리고 그녀가 이미 찾은 자기 친구들 리스트가 있었다. 그녀가 좋아하는 책과 스탠포드에서 그녀가 듣는 수업이 무엇인지 적혀 있었다.

그녀의 프로필 옆에는 그녀가 직접 쓴 인용구가 있었다. 또 그녀의 학교친구들이 그녀에 대해 코멘트도 달아 놓았다. 모두 스탠포드 이메일을 가진 스탠포드 학생들인 것 같았다. 프렌드스터처럼 그녀랑 잠자리를 하려고 하는 전혀 모르는 남자들이 아니라 그녀의 진짜 친구들이었다. 마이스페이스처럼 자기의 새로운 록 밴드를 소개하거나 새로운 패션 브랜드를 소개하는 것이 아니라 그녀의 사교 네트워크인 것이다. 실제 생활의 친구들이 온라인으로 연결이 되어있는 것이다. 오프라인이나 온라인이나 연속적으로. 컴퓨터가 대기모드에 들어가 있는 동안에도 그녀의 소셜 네트워크는 잠들지 않고 있었다. 정지상태가 없었다.

유동적이고

간단하고

아름다웠다.

'세상에' 하고 숀은 혼잣말을 했다.

훌륭했다. 그는 눈을 천천히 감았다 떴다. 대학생들을 대상으로 한 소셜 네트워크. 너무나 명백했었다. 대학가가 소셜 네트워크의 가장 이상적인 곳임에도 불구하고 대학가를 대상으로 한 소셜 네트워크는 없었다. 대학생들만큼 사교성이 좋은 이들이 있을까? 인생을 통틀어 가장 친구가 많은 시기가 대학교 때이다. 마이스페이스나 프렌드스터는 소셜 네트워크를 가장 많이 하는 그룹을 간과했다. 하지만 이 사이트는 그야말로 광맥 한 가운데를 겨냥한 것이다.

숀은 페이지 아래쪽에 있는 작은 텍스트를 발견했다.

마크 주커버그 프로덕션.

숀은 미소를 지었다. 너무나 마음에 들었다. 정말 맘에 들었다. 이 사이트를 만든 사람이 페이지 아래에 자기 이름을 떡 하니 올려놓은 것이다.

숀은 구글을 열고 검색을 시작했다. 뜻밖에도 그에 대한 내용이 많았다. 하버드 대학의 하버드 크림슨이라는 학보였다.

더페이스북이라는 이 웹사이트는 6주에서 8주 전에 한 2학년 학생이 시작했고, 4일 만에 하버드 전교생 대다수가 가입했다. 2주째에는 5,000명이 가입을 했고, 다른 학교에도 더페이스북을 오픈 했다. 스탠포드와 콜럼비아, 예일 등을 합쳐서 전체 회원이 5만 명쯤 되는 것으로 추정 되었다. 너무나 빨리 성장하고 있었다.

'더페이스북?' 하고 숀은 중얼거렸다. 왜 그냥 '페이스북' 이 아니라 '더페이스북' 일까? 숀은 그런 궁금증들을 못 참아 했다. 그는 습관적으로 방을 정리하면서도 계속 생각했다. 푸톤의 시트를 문질러서 주름을 없애면서도 계속해서 그 생각만 하고 있었다. 밸리웨그지 특종 감이었다. 나쁜 남자, 천식에 땅콩 알레르기 환자, 강박관념에 시달리는 숀 파커가 드디어 새 프로젝트를 쫓기 시작했다.

그는 그럴 계획이었다. 마크 주커버그라는 애를 찾아서 어떤 아인지 만나볼 것이다. 웹사이트에 보이는 것처럼 훌륭하다면 더페이스북을 커다란 성공으로 이끌 수 있도록 이 아이를 도울 것이다. 수십억 달러의 가치가 있는 사업이든지 아니면 그냥 포기하면 되었다. 간단했다. 그 정도가 아니라면 성공 축에도 못 끼는 것이다. 숀은 이미 냅스터와 플락소 두 개의 프로젝트를 시도 했었다. 더페이스북이 그의 세 번째 시도가 될 것인가?

18
뉴욕 시티

"아이 참, 에듀아르도. 진짜 신분증 검사를 할 것 같아? 여기서?"

여자애가 못 마땅하다는 듯이 눈동자를 굴렸고, 그것이 더욱 신경을 거슬리게 했다. 에듀아르도는 그녀를 노려보았지만, 벌써 그녀는 칵테일 메뉴를 훑어보고 있었다. 마크도 따라서 칵테일 메뉴를 보고 있었다. 켈리가 맞을 수도 있다. 여기서 그들에게 신분증을 제시하라고 하지 않을 수도 있다. 하지만 그것이 문제가 아니다. 그녀나 마크는 심각하게 받아들이지 않고 있었고, 그 때문에 에듀아르도는 화가 나 미칠 지경이었다. 식당에 대한 얘기가 아니라 이 뉴욕 여행에 대한 얘기다. 마크는 마치 이게 무슨 장난인 듯 시간만 허비하고 있었다. 켈리는 그렇다고 치자. 퀸스에 가족들을 만나러 왔다가 저녁에 동참한 것이지만, 마크는 이곳 뉴욕에 업무상 온 것이다.

호텔이 아닌 친구들 집에 묵고 있기는 하지만 에듀아르도가 여행 경비며 식대, 택시 값 등을 대고 있었다. 더 정확히 말하자면 지난 1월 에듀아르도가 더페이스북의 이름으로 1,000달러를 넣었던 그 은행 구좌에서 돈을 빼서 쓰고 있었다. 약 4개월 전에 넣었던 이 통장의 잔액은 급격히 줄어들고 있었다. 그렇기 때문에 이번 여행이 출장이고, 출장 경비인 만큼 마크가 심각하게 생각해 주어야 맞다고 생각했다.

그러나 그는 전혀 출장처럼 여기지 않고 있었다. 에듀아르도는 광고주와 회의를 주선했었으나, 잘 진행된 회의는 없었다. 특히, 마크가 회의 중 잠들어서 깨지 않거나, 회의 진행 중 입 한번 뻥긋 안하고 넘어갔기 때문이었다. 에듀아르도 혼자서 회의를 진행해야 했다. 만났던 모든 광고주들이 7만5천명에 이르는 더페이스북의 회원 수에는 꽤 깊은 인상을 받은 듯 했으나 아무도 광고게재에 큰돈을 들이려고 하지 않았다. 아직은 인터넷 광고라는 것이 전반적으로 효과가 보장되지 않는 매체이다 보니 그럴 수도 있다. 하지만 더페이스북이 다른 웹사이트와 어떻게 다른지 광고주들에게 납득시키는 것이 어려운 일이었다. 더페이스북의 회원들이 더페이스북에서 소비하는 시간이, 다른 사이트 가입자들이 그 사이트에서 소비하는 시간보다 훨씬 길다는 사실이 그들의 귀에는 들어오지 않았다. 가입한 아이들 대부분이 다시 사이트를 방문한다는, 67%의 가입자들이 매일 접속한다는 굉장한 통계자료는 그들이 전혀 이해할 수 없는 부분이었다.

그래도 마크가 조금 더 심각한 자세로 임했다면 일이 더 잘 풀렸을 수도 있다. 그 사례로, 지금 뉴욕에서 가장 근사한, 문을 연지 얼마 안 된 고급 식당에 왔는데, 그는 여전히 후드 점퍼에 슬리퍼를 신고 있는 것이다. 물론 여기 66이라는 식당에 광고주를 만나러 온 것은 아니지만, 여전히 사업상 필요한 저녁 식사였다. 적어도 출장 온 사람 같은 복장이었으면 했고, 약간이라도 세련되게 보이려는 노력은 했어야 했다. 하지만, 이곳에서 그의 모습은 미운 오리새끼 같이 눈에 띄었다.

트라이베카의 텍스타일 빌딩 1층에 위치한 66은 레스토랑 계의 대부 장 조지가 가장 최근에 오픈한 그의 식당 중 하나로, 에듀아르도가 가 본 중국 음식점 중에서 가장 좋은 중국 음식점이었다. 입구를 꽉 채운 4미터 가까이 되는 곡선형의 유리벽에서부터 식당과 부엌 사이에 벽 대신 놓인 초대형 어항까지, 세련된 분위기로 인테리어를 꾸몄다. 바닥은 대나무로 되어 있었고, 의자는 가죽의자에, 테이블과 테이블 사이에는 간유리로 패널을 만들어서 공간을 구분했다. 또한 40명 정도 앉을 수 있는 커다란 공용 테이블이 있었고, 그 테이블 뒤쪽으로 간유리 패널을 사이에 두고 바가 있어서 바텐더들이 칵테일을 만드는 동작이 실루엣으로 보였다. 붉은색 중국 비단으로 만든 배너가 천장에서 흘러내리고 있었다. 에듀아르도의 입맛에는 아시아 음식이라기보다는 퓨전 음식처럼 느껴졌다. 손님이 늦었기 때문에 메뉴에서 몇 가지를 벌써 시켜 먹었다. 샬롯과 생강이 들어간 돼지고기 편육, 참치 타르타르, 생강과 와인으로 찜을 한 바닷가재 집게살, 거위 간을 채워 넣은 새우 왕만두 등이었다. 에듀아르도의 여자 친구는 음식에는 크게 관심이 없고, 디저트를 주문할 때만을 기다리는 눈치였다. 일반 중국음식점에서 테이크아웃을 할 때 주는 조그만 종이 상자에 수제로 만든 아이스크림이었다. 켈리는 웨이터들이 신분증을 확인하지 않고 술을 주문 받을 정도로 성숙해 보이기는 했어도 아이스크림 앞에서는 역시 애였다.

백년가약을 맺을 만한 인연은 아니었지만, 켈리는 키가 크고 예뻤다. 기숙사의 화장실에서 그 일이 있은 이후에도 에듀아르도는 용케 켈리와 계속 만날 수 있었다. 켈리의 친구 앨리스와 마크는 잘 안되었지만, 마크는 별로 상관없는 듯 했다. 어쨌든 지금 켈리가 가장 신경 쓰이는 부분은 아니다. 그는 그들이 이 식당에 만나러 온 사람이 더 신경 쓰였다.

에듀아르도는 숀 파커에 대해서 잘 몰랐다. 그래서 인터넷을 통해 검색해 보았고, 그 결과가 탐탁치 않았다. 숀 파커는 실리콘 밸리 사람이다. 대형 인터넷 회사 두 개를 아주 요란하게 말아먹은 무모하고 도전적인 사업가라고나 할까. 에듀아르도가 보기에 그는 굉장히 급진적이었고 위험 인물일 가능성도 있다. 도대체 왜 이 사람이 그들을 만나고자 하는지, 뭘 원하는지 짐작도 할 수 없었다. 하지만 에듀아르도가 숀 파커에게 필요한 것은 아무것도 없다는 것은 알고 있었다.

에듀아르도가 숀을 기다리면서 잠시 그에 대한 기대보다는 걱정을 하는 동안, 숀 파커가 유리로 된 입구에 나타났다. 물론 워낙 요란하게 등장을 했기 때문에 눈에 띄지 않을 수가 없었다. 태즈매니아 주머니 곰과 같은 만화의 캐릭터처럼 식당을 돌아다니면서 이 벽에서 저 벽으로 뛰어다니는 것 같았다. 그 식당에 있는 사람들을 모두 아는 듯 했다. 먼저 식당 매니저에게 가볍게 인사를 하더니 여종업원 중 한 명하고는 포옹을 하면서 인사를 했다. 그리고 근처 테이블에 앉아있던 양복 입은 사나이와 악수를 하고, 같이 있는 아이의 머리를 쓰다듬었다. 마치 오래 전부터 알고 지낸 사이처럼 보였다. 도대체 이 인물은 뭐냔 말이다.

그는 그들의 테이블에 도착하자 미소를 지었다. 늑대의 미소 같았다.

"숀 파커야. 네가 에듀아르도고, 이쪽은 켈리. 그리고 네가 마크겠구나."

숀은 바로 마크를 향해서 손을 뻗었고, 마크의 얼굴이 갑자기 붉어지고 눈빛이 밝아졌다. 마크의 아이돌 중 한 명이 바로 숀이었던 것이다. 마크에게는 숀 파커가 신과 같은 존재처럼 느껴지는 듯 보였다.

에듀아르도가 짐작을 했었어야 했다. 냅스터는 컴퓨터광들에게 있어서는 신화와도 같은 존재이다. 해커들이 싸웠던 가장 큰 전투, 결국 해커들은 참패했지만 그것은 중요치 않았다. 여전히 냅스터는 역사상 최대 해킹 신화로 남아있는 것이다. 숀 파커는 그 전투에서 살아남아 플락소로 옮겨가 다시 한 번 명성을 쌓았다. 굳이 에듀아르도가 구글에서 읽은 내용을 기억할 필요도 없었다. 숀 파커가 켈리 옆 자리에 앉자마자 지나가는 여종업원에게, 물론 지난번에 왔을 때 친해진, 네 명 모두의 술을 시킨 후 바로 자기소개로 들어갔으니까.

숀 파커는 쉬지 않고 얘기를 뽑아내었다. 믿기 어려울 정도의 에너지였다. 냅스터, 그의 최고의 전투. 플락소, 더욱 모양새가 사나웠고 간신히 살아남은 전투. 그는 모든 것을 솔직하게 털어 놓았다. 실리콘 밸리의 생활. 스탠포드와 LA의 파티들. 수십억 달러를 벌어들여 부자가 된 친구들. 여전히 백만장자의 꿈을 꾸는 친구들. 그는 세상을 너무나 흥미롭게 그리고 있었고, 마크는 완전히 빠져들고 있었다. 마치 당장이라도 식당에서 뛰쳐나가 비행기 표를 사서 캘리포니아로 가고 싶어 하는 표정이었다.

숀이 자기 인생 회고록의 마지막 페이지를 읊었을 때에, 에듀아르도는 잠깐이나마 그가 더페이스북의 최근 현황에 대해서 물어보려는 줄 알았다.

에듀아르도가 이제 29개 대학에 사이트를 오픈 했다고 말을 꺼내는데, 숀은 에듀아르도를 무시하고 바로 마크를 쳐다보며 어떤 전략으로 각 대학들에 사이트를 오픈 하고 있는지 물었다.

에듀아르도는 마크가 지나치게 격식을 차리면서 사례를 들어서 설명하는 동안 화가 나서 앉아있었다. 마크는 베이로어 대학을 예로 들었다. 텍사스의 이 작은 대학은 자체적으로 만든 소셜 네트워크가 있다면서 처음에는 더페이스북을 거부 했었다. 그래서 그 대학 반경 160㎞내의 모든 학교들의 리스트를 만들어서 주변 대학들에 먼저 더페이스북을 오픈 했다. 곧 베이로어 대학생들이 근처에 다니는 친구들이 더페이스북을 쓰는 것을 보고 더페이스북을 오픈 하게 해달라고 대학 당국에 사정을 했고 며칠 뒤에 더페이스북은 오픈 했다. 베이로어에 있던 기존의 소셜 웹사이트는 옛날이야기가 되어버렸다는 사례였다.

숀은 그 얘기에 흥미를 느낀 것 같았다. 스탠포드 대학 학보 3월 5일자 기사를 인용했다. '수업을 빠지고 공부도 게을리 하고 있다. 학생들은 푹 빠져서 컴퓨터 앞에서 몇 시간씩 보낸다. thefaceboook. com 인기는 캠퍼스를 강타했다.' 스탠포드 대학생의 85%가 그 기사가 나온 이후 24시간 내 더페이스북에 가입했다.

마크는 숀 파커가 자기에 관한 기사를 찾아 읽었다는 것이 너무나 기쁜 듯 했다. 그리고 숀은 마크가 자기의 팬이라는 것이 무척 기쁜 듯 했다. 그 둘은 바로 친해졌다. 너무나 명백했다. 에듀아르도의 입장에서 보면 숀이 일부러 에듀아르도를 무시하는 것은 아니지만, 확실히 마크에게 훨씬 더 관심을 보이고 있었다. 둘 다 컴퓨터광이어서 그럴 수도 있지만, 마크에게 숀은 사교성 없고 어눌한 프로그래머처럼 보이지는 않았다. 나름대로 그런 면이 없지는 않았지만, 텔레비전 드라마에 나오는 컴퓨터 전문가처럼 세련돼 보였다. 단순히 세련된 옷매무새나 외향적인 표정 때문만은 아니었다. 그들이 앉아있던 테이블뿐 아니라 전체 식당을 다루는 솜씨. 그는 쇼맨십이 강한 정도가 아니라 아주 훌륭했다.

켈리는 기다리던 아이스크림이 나왔을 때에 거의 박수를 칠 정도로 좋아했고 에듀아르도에게는 굉장히 긴 저녁식사처럼 느껴졌지만, 사실 저녁식사는 빨리 끝났다. 테이크아웃 상자에 담겨있던 켈리의 아이스크림이 바닥 나자, 숀이 계산서를 집어 들고 곧 다시 애기하자고 마크에게 약속을 하고는 먼저 자리를 떴다. 춤추는 데르비스 승려처럼 눈 깜짝할 사이에 사라졌다.

10분 뒤, 그 식당 앞에 에듀아르도와 마크가 서 있었다. 에듀아르도의 여자친구는 트라이베카의 어느 바에 숀과 그의 여자 친구, 그리고 그들의 친구들을 만나러 갔다. 에듀아르도도 후에 그들을 만나기로 했으나 전화를 몇 통 해야 했다. 광고주와의 만남을 좀 더 주선하려 하는 것이다. 아무리 어려워도 결코 포기하지 않을 것이다.

택시를 잡기 위해 손을 흔들면서 마크를 쳐다보았다. 여전히 마크의 얼굴은 상기되어 있었다. 파커는 떠났으나 그의 기운이 아직도 남아있었다.

"꼭 약장수 같아." 하고 에듀아르도는 말했다. 마크에게 씌워진 주술을 풀려는 노력이었다.

"내 말은 그냥 망한 기업가야. 우리에게 필요한 사람은 아니야."

마크는 어깨를 으쓱이기는 했으나 답을 하지는 않았다. 에듀아르도는 인상을 찌푸렸다. 그는 마크가 자기의 말을 귀담아 듣고 있지 않다는 것을 알아 차렸다. 마크는 파커를 좋아했고, 그를 우상으로 생각했다. 그 점은 어쩔 수 없는 사실이다.

에듀아르도는 적어도 지금은 별로 상관이 없을 거라고 생각했다. 파커가 당장이라도 자금을 댈 것은 아니니까. 에듀아르도가 아는 바로는 그에게는 큰돈이 없었다. 더페이스북은 자금이 필요했다. 규모가 커지면서 서버를 계속해서 업그레이드해야 했으며 프로그래머도 몇 몇 더 고용해야 한다는 결론을 내렸다. 인턴으로 고용할 프로그래머였지만, 적더라도 임금은 지불해야 했다.

그렇기 때문에 내일 그들은 새로운 은행 계좌를 열고, 프로젝트에 필요한 자금을 넣을 것이다. 에듀아르도가 만 불 정도를 더페이스북에 투자할 것이다. 마크 자신은 돈이 없었기 때문에 당분간은 에듀아르도의 자금에 의존해야 했다.

숀 파커가 대형 자금을 댈 수는 없어도 대형 벤처 캐피털 투자자들과 연줄은 닿아있을 것이다. 하지만 다행히도 마크가 돈에 관심이 없었기 때문에 그 점은 그리 중요하지 않았다. 그에게 더페이스북은 여전히 재미로 하는 일이었고, 그렇게 멋지게 유지되어야 했다. 마크에게 광고는 그리 멋진 일이 아니었다. 벤처 캐피털도 멋진 일이 아니었다. 양복과 넥타이를 매고 돈을 쫓는 사람들, 결코 멋진 사람이라 할 수 없다. 마크가 벤처 캐피털에게 자금을 구하러 다닐 것이라는 걱정은 당분간 하지 않아도 되었다.

하지만 에듀아르도에게 여전히 걱정이 되는 점은, 숀 파커가 벤처 캐피털리스트들과 친하게 지내지만, 여전히 마크에게는 멋있는 사람이라는 것이다. 그래서 그 생각은 일단 접어두기로 했다. 모든 것이 다 잘 되고 있고, 걱정할 것이 없다. 모두가 더페이스북을 좋아한다.

곧 있으면 어떻게 더페이스북을 통해 돈을 벌 수 있을지, 숀 파커의 도움을 받지 않아도 되는 방법을 찾을 수 있을 것 같았다. 에듀아르도는 숀 파커 말고도 곧 자기들의 웹사이트를 발견해내는 사람이 있을 것이고, 뉴욕의 근사한 식당에서 저녁을 사는 것 말고, 두둑이 투자를 할 만한 재력을 가진 사람이 나타날 것이라는 느낌이 들었다.

19
봄 방학

"또야."

"너 나 놀리는 거지?"

"놀리는 거 아니야."

에듀아르도는 돌아보고 싶은 유혹을 참고 턱수염에 머리가 희끗희끗한 교수에게 집중하려고 했다. 강의실은 크지 않았고 교수가 강단 위를 왔다 갔다 하면서 강의를 하고 있었지만, 그에게 집중하는 것은 불가능했다. 그도 그럴 것이 에듀아르도가 들어본 적도 없는 고등컴퓨터 언어와 관련된 수업이라는 것 외에는 사실 무슨 강의시간인지도 모르고 있었기 때문이었다. 마크의 수업시간에 들어와 있었다. 더페이스북이 그들 둘의 학과 생활을 방해하고 있었다. 심지어 수업시간도 그들의 급성장하는 사업을 위한 업무시간으로 활용하는 경우가 빈번해지고 있었다. 지금은 뒤돌아 쳐다보려는 유혹을 뿌리치는 것이 주된 과제였지만 더 이상 참을 수가 없었다.

그 남자를 알아보는 데에는 일 초도 걸리지 않았다. 삼십 대 중반, 회색 양복과 넥타이, 팔 아래에 서류가방을 끼고 대학교 테니스 팀 티셔츠를 입고 있는 2학년 생 사이에 앉아있는 그 남자는 누가 봐도 그 자리에 어울리지 않았다. 얼굴에 멍청한 웃음을 띠고 있었으며 에듀아르도가 뒤돌아보자, 그 웃음이 커졌다.

젠장. 이건 정말 터무니없는 일이었다. 캠퍼스까지 그들을 찾아온 벤처 캐피털 회사가 한 둘이 아니었다. 이제 봄 학기가 끝나가고 학교가 종강할 때가 되자 무서울 정도로 자주 찾아왔다. 벤처캐피털 회사뿐이 아니었다. 대형 소프트웨어 회사나 인터넷 회사의 대표들도 찾아왔다. 양복을 입은 사람들이 커크랜드 식당이나 도서관에 불쑥불쑥 나타나곤 했다. 마크가 컴퓨터 공학과 회의를 마치고 돌아오니 기숙사 방 앞에서 그를 세 시간이나 기다린 사람도 있었다고 한다.

여기저기서 관심을 표명하기는 했지만 실제로 돈을 제시한 사람들은 없었다. 앞으로 돈을 투자할 수도 있다는 뜻만 내비쳤을 뿐이다. 굉장히 큰 투자금액을 언급한 사람도 있었다. 동그라미가 일곱 개나 되는 금액을 내비치기는 했지만, 공식적으로 오퍼를 제시한 사람은 없었다. 마크나 에듀아르도가 한 번도 얘기해 본적은 없지만 그들이 더페이스북을 팔 생각이 있다고 해도, 이 사람들의 제안을 심각하게 받아들일 생각은 없었다. 지금 페이스북은 회원수가 15만 명에 달했고, 매일 수천 명씩 가입하고 있었다. 에듀아르도는 지금 추세대로라면 이 웹사이트는 엄청난 가치를 가지게 될 것이라고 확신했다. 이제 학기가 끝나면 그와 마크는 앞으로 어떻게 할지 중요한 결정을 내려야 할 것이다.

더스틴과 크리스도 일이 많아서 더페이스북이 정규직처럼 느껴질 정도였다. 학기가 끝나면 조금 더 수월해지겠지만 여름방학의 시간 대부분을 더페이스북에 매달리게 될 것이다. 지난 1개월 동안 광고주를 물색하는 데에는 별로 성과가 없었다. 에듀아르도는 전국 광고주와 주 단위 광고주를 열심히 찾아보았고, 벌써 AT&T, Wireless라든지 America Online이나 Monster.com과 같이 대기업의 광고를 테스트 형식으로 무료로 올리고 있었다. 또한 하버드 바텐더 과정, 세네카 클럽의 레드 파티, 매더 기숙사의 '래더Lather' 댄스 등 하버드 학부 클럽에 광고를 팔기도 했다. 대학 민주당 청년회에서는 다가오는 뉴 햄프셔 체험 여행의 관심을 모으기 위해 하루에 30달러씩 내고 더페이스북에 광고를 기재했다. 그래서 조금씩 현찰을 벌기는 했지만 급격히 증가하는 서버 비용을 감당할 정도는 못 되었다. 가입자가 너무 많기 때문에 24시간 내내 서버를 업그레이드 하고 관리해야만 했다. 하지만 이것은 시작일 뿐이었다.

에듀아르도는 본격적인 사업을 위해 조직도 공식적으로 꾸렸다. 그와 마크는 4월 13일 에듀아르도 가족이 살고 있는 플로리다 주에 더페이스북, LLC라는 이름으로 법인을 설립하였다. 마크의 기숙사 방에서 동의한 대로 회사 지분구조도 등록했다. 마크가 65%를 소유하고, 에듀아르도가 30%, 더스틴이 5%를 갖는 구조였다. 크리스도 지분을 갖게 될 것이지만 얼마가 될 지는 아직 정해지지 않았다. 어쨌든 법인등록을 하고 서류를 받아 들자, 아직 수익이 발생 하는 것은 아니지만 더페이스북이 더욱 회사 같은 기분이 들었다.

하지만 법인등록 서류와 폭발적인 더페이스북의 성장에도 불구하고 학기가 끝나는 몇 주 후에 어떻게 할 것인가는 여전히 어려운 문제였다. 마크나 에듀아르도는 여름 방학 동안 일자리를 찾고 있었다. 마크는 아직 마음에 드는 일자리를 찾지는 못했지만 에듀아르도는 피닉스 클럽의 네트워크와 그의 가족들을 통해서 뉴욕의 투자 은행에 꽤 좋은 인턴 자리를 얻게 되었다.

에듀아르도는 아버지와 인턴 자리에 대해서 얘기를 나누었다. 그의 아버지의 기대사항은 확실했다. 더페이스북이 성장하고 있고, 놀랄 정도로 인기가 많지만 아직 돈을 벌고 있지는 않다. 그 인턴 자리는 굉장히 얻기 어려운 자리이고 덕분에 앞으로 많은 기회가 생길 것이다. 그리고 주요 광고주들이 대부분 뉴욕에 있으니 인턴을 하면서 짬날 때마다 더페이스북 일을 하면 되지 않겠는가?

에듀아르도가 이 얘기를 마크에게 꺼내기도 전에 마크가 먼저 폭탄선언을 했다. 더페이스북이 가장 중요하기는 하지만 그의 컴퓨터 프로그램 친구들, 고등학교 때 시냅스 *Synapse* 를 함께 개발했던 아담 디안젤로, 하버드에서 같이 컴퓨터 공학을 전공하는 앤드류 맥컬럼과 함께 와이어호그 *Wirehog* 라는 프로젝트를 시작했다는 것이다.

와이어호그는 소셜 네트워크의 느낌을 가진 파일 공유 프로그램으로 냅스터와 페이스북의 사생아나 마찬가지였다. 와이어호그는 다운로드 용 소프트웨어로, 이 소프트웨어를 설치하면, 사용자가 정의한 통제된 네트워크상에서 자기의 프로필 페이지를 통해 연결된 친구들과 음악이나 사진 파일, 혹은 비디오 파일을 공유할 수 있게 된다. 마크가 와이어호그 개발을 끝마치면 와이어호그를 어플리케이션으로 더페이스북과 통합시킬 것이다. 물론 더스틴과 함께 계속해서 더페이스북을 업그레이드할 것이다. 지금 30개의 대학에 더페이스북이 오픈 되었고, 여름방학이 끝날 때까지는 그 수를 100개 이상으로 늘리고 싶었다.

와이어호그 프로젝트와 겹친다면 힘든 작업이 될 것이다. 하지만 마크는 부담을 갖기 보다는 오히려 기대감에 흥분한 것 같았다. 마크가 이렇게 자기의 시간을 두 개의 프로젝트에 나눠서 쓰겠다고 했기 때문에 에듀아르도가 조금 더 쉽게 인턴을 하기로 결정할 수 있었다.

하지만 마크가 두 번째 폭탄선언을 했을 때, 에듀아르도는 조금 걱정되기 시작했다. 마크는 에듀아르도가 뉴욕에 인턴자리를 수락하고 뉴욕에 아파트를 찾기 시작한 어제서야 그 소식을 알렸다.

마크는 앞으로 몇 달 동안 캘리포니아에 가 있기로 했다고 했다. 몇 주 전에 그의 기숙사에서 벡스 맥주를 마시면서 한 결심이라고. 컴퓨터 프로그래머들에게는 전설적인 인물들이 활동하고 있는 실리콘 밸리에서 와이어호그와 더페이스북 작업을 하고 싶다고 했다. 우연히도 앤드류 맥컬럼이 실리콘 밸리에 사무실이 있는 EA 스포츠에 일자리를 찾았고, 아담 디안젤로도 실리콘 밸리로 간다고 했다. 마크와 그의 친구들은 벌써 팔로 알토의 라 제니퍼웨이라는 거리에 싼

셋집도 얻었다고 했다. 스탠포드 캠퍼스 바로 옆이었다. 마크에게는 완벽한 계획이었다. 더스틴도 함께 데려갈 계획이었다. 셋집에다가 작업실을 차리면 더페이스북과 와이어호그는 온라인 세계의 본고장 캘리포니아 실리콘 밸리에서 개발되게 되는 것이다. 이보다 더 적절한 장소가 있을까.

하루가 지나서도 에듀아르도는 여전히 마크의 두 번째 폭탄선언을 받아들이지 못하고 있었다. 사실 에듀아르도에게는 전혀 내키지 않는 얘기였다. 캘리포니아가 뉴욕에서 가장 멀리 떨어진 장소일 뿐만 아니라, 유혹이 난무하는 위험한 장소였다. 에듀아르도가 뉴욕에서 광고주를 찾는 동안, 강의실 뒤쪽에 앉아있던 벤처 캐피털리스트들이 마크를 구워삶으려 할 것이다. 양복을 입은 벤처 캐피털리스트들보다 더 나쁜 족속이 있다면 그것은 숀 파커와 같은 자들이다. 어떤 유혹을 해야 먹히는지 잘 알고 있는 자들. 캘리포니아에서 사업을 운영할 계획은 전혀 없었다. 마크와 더스틴은 프로그램 개발에 충실하고, 에듀아르도가 경영을 맡기로 되어 있었다. 그들이 그렇게 멀리 떨어져 있다면 어떻게 처음에 동의한 대로 사업에 대한 조언을 할 수 있을 것인가?

하지만 마크는 에듀아르도의 그러한 걱정을 귀담아 듣지 않았다. 두 도시에서 따로 일하지 못할 이유는 없다. 마크와 더스틴은 계속해서 프로그램 개발을 할 것이고, 에듀아르도는 광고주를 찾고, 재무를 담당할 것이다. 어찌되었건 이렇게 논쟁할 시간이 없었다. 에듀아르도는 이미 뉴욕의 인턴자리를 수락한 상태였고, 마크 또한 마음을 정한 상태였다.

에듀아르도는 그 아이디어가 마음에 들지 않았지만, 몇 개월만 떨어져 있는 것이고 개학이 되면 다시 학교로 돌아오고 여전히 저렇게 양복 입은 벤처 캐피털리스트들이 찾아올 것이라고 생각했다.

"가서 얘기를 해야겠지."

에듀아르도는 자기를 보고 웃는 벤처 캐피털리스트에게서 고개를 돌리며 물었다.

"너도 올래? 저 사람들 점심 하나는 끝내주게 사잖아."

마크는 고개를 저으며 말했다.

"오늘 인턴 인터뷰하는 날이야."

에듀아르도는 생각이 났다는 듯이 고개를 끄덕였다. 마크와 더스틴은 올 여름방학이 끝나기 전에 100개의 대학교에 더페이스북을 전파하려면 적어도 두 명의 인턴을 데리고 캘리포니아로 가야 한다고 생각했다. 물론 아무도 무보수로 보스턴에서 정 반대쪽에 있는 곳까지 가려고 하지는 않을 것이기 때문에 비용을 수반하는 결정이었다. 컴퓨터 공학과에는 여름 방학 동안 일을 하고 8,000불 정도를 준다고 광고를 냈다. 라 제니퍼웨이에 있는 셋방에서 숙식이 제공될 것이다. 회사가 전혀 이익을 내고 있지 않은 상황에서 상당히 큰 액수였다. 하지만 에듀아르도가 다시 한 번 그의 개인 투자에서 번 돈으로 이 프로젝트에 자본을 대기로 했다. 며칠 뒤에 회사이름으로 뱅크 오브 아메리카 은행에서 새 계좌를 열 계획이었다. 약 만 8천 달러 정도를 예금하고 마크에게 캘리포니아에서 쓸 운영비용으로 백지 수

표를 들려 보낼 계획이었다. 사업 운영을 담당한 사람으로서 자기가 해야 할 일이라고 생각했다.

"이 얼간이랑 얘기가 끝난 다음에 인턴 인터뷰 도우러 갈게." 하고 에듀아르도가 말했다.

"흥미로울 거야." 하고 마크가 말했다. 에듀아르도는 그렇게 말하는 마크의 얼굴에서 약간은 사악한 표정을 본 것 같았다. 마크의 정신세계에서 '흥미롭다' 는 표현의 해석은 천차만별이 될 수 있었으니까.

"시─작!"

에듀아르도가 지하 강의실의 문지방을 넘어 들어갔을 때 그곳은 일대 성황을 이루고 있었다. 함성소리와 요란한 웃음소리, 박수 소리에 에듀아르도의 귀청이 찢어질 것 같았다. 도대체 무슨 일이 있는 건지 몰려있는 아이들을 뚫고 들어가야 했다. 대부분 1학년 아니면 2학년 남학생들이었고 희멀건 피부색에 낮은 천장의 초현대식 컴퓨터실에 익숙해 보이는 모습이 컴퓨터 프로그램을 하는 학생들이 틀림없었다. 에듀아르도가 이들을 밀치고 들어가는 동안 전혀 그를 신경 쓰지 않았다. 마침내 무슨 일이 일어나고 있는지 볼 수 있는 위치까지 갔을 때 에듀아르도는 그 이유를 알 수 있었다. 게임이 한창 진행 중이었고 에듀아르도가 상상했던 것 보다 훨씬 더 흥미로웠다.

컴퓨터실 한 가운데는 다섯 개의 책상만 남기고 깨끗하게 치워져 있었다. 그 다섯 개의 책상에는 각각 노트북 컴퓨터 한 대씩이 놓여져 있었고, 그 옆에는 잭 다니엘 위스키가 샷 글라스에 담겨 있었다.

다섯 명의 인턴 후보들이 테이블에 앉아서 미친 듯이 노트북 컴퓨터의 자판을 두드리고 있었고, 테이블 앞에는 마크가 타이머를 가지고 서 있었다.

에듀아르도가 서 있는 곳에서 화면들이 보였지만, 그에게는 단순히 숫자와 알파벳이 엉켜있는 것처럼 보일 뿐이었다. 분명히 그 아이들이 복잡하고 수수께끼 같은 컴퓨터 프로그램을 작성하는 경기를 벌이고 있는 중일 것이다. 마크와 더스틴이 얼마나 훌륭한 프로그래머들인지 평가하기 위해서 만든 테스트일 것이다. 그 중 한 아이가 프로그램에 엔터를 치고 그의 컴퓨터 화면이 꺼졌다 다시 켜지자 그는 고개를 들어 위스키 한 잔을 단숨에 들이켰다. 모여 있던 아이들이 박수를 쳤고, 그 아이는 다시 프로그램 작업을 계속했다.

에듀아르도는 피닉스 입회식에서 했던 보트레이스를 생각했다. 이것도 일종의 입회식인 것이다. 마크의 상상력과 훌륭한 컴퓨터 기술로 만들어낸 마크의 파이널 클럽에 들어가기 위한 입회식. 이 아이들이 인턴 자리를 얻기 위해 치른 인터뷰 중에 가장 이상한 인터뷰이자 테스트일 것이다. 그러나 아무도 이상하다고 생각하는 표정이나 싫은 내색이 전혀 없었다. 오히려 순수하게 즐기는 표정들이었다. 그들은 원 샷을 하면서 해킹을 하고 있었다. 스트레스를 받으면서도 그들의 기술을 발휘하는 능력뿐 아니라 마크를 따라서는 어디든 갈 자세가 되어있다는 것을 보여주고 있었다. 캘리포니아뿐 아니라 마크가 데려가는 곳이라면 어디든지. 그들에게 마크는 학교 동창 이상이었다. 그는 신과 같은 존재가 되어가고 있었다.

한 10분 동안 함성소리와 키를 두드리는 소리, 그리고 몇 차례의 원 샷이 계속 되었고, 드디어 두 명의 아이들이 거의 동시에 일어서서 그들의 의자를 뒤쪽으로 돌렸다.

"이 두 사람이 이겼습니다. 축하합니다!"

그 때 누군가가 강의실 구석에 있는 스피커에 연결되어있던 MP3 플레이어를 작동시켰고, 닥터 드레의 음악이 터져 나왔다. 에듀아르도는 미소를 짓지 않을 수 없었다. 구경하던 아이들이 점점 그 주변으로 밀고 들어오면서 강의실 가운데 공간을 채우기 시작했고, 축하하기 위해서 새로운 인턴들에게 모두가 몰려들면서 곧 그 강의실은 난장판이 되었다. 에듀아르도는 뒤로 떠밀려 났다. 마크가 주인공이 되는 그 순간을 즐기게 해주고 싶었다. 강의실 한 가운데에 마크와 더스틴이 새로운 인턴들과 결사대를 형성하는 것처럼 모여 섰다. 마크 옆에 예쁜 동양계 여자애가 서 있는 것도 보였다. 키가 크고 윤기가 흐르는 검은 머리에 정말 예쁜 미소를 가진 중국 애였다. 지난 몇 주 동안 마크 주변에 있는 것이 눈에 띄었었다. 그녀의 이름은 프리실라였다. 에듀아르도는 아마 마크의 여자 친구가 되지 않을까 생각했다. 4개월 전까지만 해도 마크의 여자 친구라는 것은 상상도 하기 어려운 개념이었다.

그 둘의 인생이 많이 바뀐 것은 틀림이 없다. 그를 우상화하는 컴퓨터 프로그래머들에 둘러싸인 마크는 진정으로 행복해 보였다. 에듀아르도도 단지 지나가는 행인처럼 바라보고만 있었지만 그래도 행복했다.

그때 에듀아르도는 결심했다. 그가 뉴욕에서 회사경영을 맡고, 마크와 더스틴, 맥컬럼과 인턴들이 캘리포니아에서 프로그램 개발 작업을 할 수 있도록 노력하겠다고. 에듀아르도가 회사를 경영하는데 도움이 되는 네트워크를 실리콘 밸리에서 쌓을 수 있을 수도 있다. 거의 5,000㎞ 정도 떨어져서 그들을 바라봐야 할지라도, 하나의 팀이었고 에듀아르도는 팀원답게 행동할 것이다.

그리고 3개월 후면 모두 학교로 돌아올 것이다. 에듀아르도는 4학년이 되고, 마크는 3학년이 되고 학교생활은 계속될 것이다. 그때 즈음에는 둘 다 부자가 되어 있을 수도 있다. 아니면 지금과 마찬가지로 회사가 계속해서 커가는 모습을 보면서 있을 수도 있다. 어쨌든 맨 처음 이 프로젝트를 시작했을 때와는 전혀 다른 상황이고 앞으로는 더욱 좋아질 것이라고 에듀아르도는 확신했다. 그는 걱정거리를 떨쳐버리기로 했다. 팀원이라면 그렇게 해야 하는 것이니까. 일어나지도 않은 일을 사서 걱정할 필요는 없지 않은가.

정말, 몇 개월 사이에 잘못되면 얼마나 잘못될 수 있을 것인가 하고 에듀아르도는 생각했다.

20
커넥트유

"셋."

"둘."

"하나."

타일러는 디비아와 캐머런이 나란히 서서 데스크탑 컴퓨터를 향해 구부정하게 서있는 모습을 보면서 샴페인 잔을 손가락 끝이 하얘질 정도로 꼭 쥐었다. 디비아의 손이 컴퓨터 자판 위 공중에 멈추어 있었다. 최대한으로 극적인 모습을 보이려고 노력하는 듯 했다. 곰곰 생각해 보면 그 순간이 극적인 순간인 것은 틀림이 없다. 2002년 부터 작업해 온 웹사이트를 2년 만에 드디어 완성해서 오픈 하는 것이기 때문이다. 지난 몇 달 동안 있었던 일들과 충격들을 극복하자는 차원에서 이름은 커넥트유*ConnectU*로 바꾸었다. 또한, 하버드 커넥

숀이 여러 학교에서 동시에 적용될 수 있다는 것을 더페이스북이 입증해 주었기 때문에 이름에서 하버드를 뺀 것이다. 수많은 시간 동안 토론하고, 계획하고, 걱정하고, 사이트 디자인이나 그래픽, 기능들에 대해 고민하느라 많은 나날을 보내고서 이제 드디어 오픈 하는 감격적인 순간이었다.

하지만, 그렇게 대단히 감격적이거나 극적인 순간으로 느껴지지는 않았다. 실제로 삭막하고 썰렁한 기숙사 방에서 두 명의 일란성 쌍둥이가 바라보는 가운데 인도계 아이 하나가 컴퓨터 키보드를 누르는 것뿐이니까.

타일러의 물품들은 이미 종이상자에 포장되어 그의 작은 기숙사 방구석에 쌓여 있었다. 몇 시간 후면 아버지가 캐머런과 그를 데리러 올 것이다. 이제 하버드를 떠나서 진짜 세상으로 나가는 것이다. 캐머런과 타일러는 바로 조정 훈련에 들어갈 것이기 때문에 진짜 세상으로 나간다고 볼 수 는 없었다. 지금까지 하버드에서 했던 것 보다 훨씬 더 체계적이고 혹독한 훈련을 하게 될 것이다. 그들의 목표를 위해서 그의 아버지가 코네티컷에 있는 보트 하우스를 개조했고, 코치도 고용했다. 이제 대학을 졸업했으므로 2008년 올림픽 게임에 출전할 자격을 얻기 위해서 최선의 노력을 다할 때이다. 물론 지금부터 그때까지 수 천 시간도 넘게 훈련을 해야 할 것이다. 힘들고 고통스럽고 어떨 때에는 짜증나는 과정일 것이다.

그렇지만 그들이 훈련을 하는 동안에도 커넥트유 *ConnectU*는 계속해서 돌아갈 것이다. 전국의 대학생 가입자 수가 늘어나고, 더페이스북이나 마이스페이스, 프렌드스터와 같은 다른 모든 소셜 네트워크 사이트들과 견줄만한 사이트가 되기를 바랄 뿐이었다. 소셜 네트워크는 맨 처음 인터넷이 퍼졌을 때처럼 너무나 빠른 속도로 바이러스처럼 번지고 있었다.

타일러는 그들의 출발이 뒤쳐졌다는 것을 알고 있었다. 사업에 있어서 '선발자 이익'이 의미하는 바에 대해서도 잘 알고 있었다. 그의 아버지가 컨설팅 회사를 차린 이후에 와튼 비즈니스 스쿨에서 12년 동안이나 강의를 했었고 타일러에게 그 개념에 대해 여러 차례 설명해 주었다. 어떤 업종에서는 제품의 품질이나 기업전략 조차도 중요하지 않다. 누가 먼저 시장에 진입해서 시장을 잡느냐가 가장 중요한데 커넥트유는 이 업계에 꽤 늦게 진입하게 되는 것이다.

그래서 마크 주커버그가 그들에게 한 짓이 더욱 괘씸했다. 타일러의 입장에서는 마크가 자신들의 아이디어를 도용했을 뿐 아니라 두 달이라는 시간을 허송세월로 보내게 했다. 그가 자기들의 사이트 개발을 하지 않겠다고 바로 말만 해주었어도 다른 프로그래머를 찾아보았을 것이다. 정말 화가 났지만 지나간 일은 지나간 일이다. 그들의 꿈을 망가뜨리려고 한 점에 대해 그를 탓하지는 않을 것이다. 그들의 사이트가 먼저 오픈 되었더라면 미국의 대학생들이 열광하는 사이트가 커넥트유가 되었을 수도 있다. 많은 이들의 사교생활을 바꿔놓은 것이 커넥트유일 수도 있었을 것이다.

괘씸한 정도가 아니다. 타일러와 캐머런, 디비아는 매일같이 학교 친구들이 더페이스북에 대해서 얘기하는 것을 들어야 했다. 하버드 대학에서만이 아니었다. 그 망할 놈의 사이트는 전국 방방곡곡에 깔려 있었다. 기숙사 방 노트북 컴퓨터 마다 깔려있었다. TV 뉴스에도 거의 매 주마다 언급이 되었고, 신문에는 거의 매일같이 기사가 실렸다.

마크 주커버그, 마크 주커버그, 마크 주커버그 개자식.

그래. 어쩌면 타일러가 점점 광적으로 신경을 쓰고 있는 건지도 모른다. 마크가 그와 캐머런, 디비아를 더페이스북을 만드는 과정에 있어 스쳐 지나간 인물들로밖에 생각하고 있지 않다는 것을 알고 있었다. 마크의 입장에서는 잘 나가는 학교 친구들을 위해서 몇 시간 일해주다가 싫증이 나서 자기 할 일을 한 것뿐이다. 계약서에 서명을 한 것도 아니고, 업무 용역서가 있었던 것도 아니고, 비공개 조항이나 비경쟁 조항에 도장을 찍었던 것도 아니었다. 마크가 이메일에 거짓말을 늘어놓기는 했지만, 마크 생각에는 컴퓨터 프로그램도 개발 못하는 녀석들에게 그가 빚진 것이 없을 것이다. 이제 저렇게 잘 나가는 마크를 그들이 어찌 감히 통제할 수 있단 말인가.

물론 타일러는 마크가 교징위에 보냈던 편지와 캐머런이 보낸 정지명령에 대한 마크의 답장을 읽었다. '본래는' 이라는 표현으로 캐머런에게 보낸 답장이 시작 되었다. '당신들의 프로젝트에 호기심이 있었고, 그 웹사이트의 커넥트 부분을 마쳐달라는 요청을 받았었다. 그 부분은 끝마쳤다. 마지막 만남 이후에 더페이스북 작업을 시작했으나 같은 프로그램을 사용하지도 않았고 하버드 커넥션에 있는 기능도 사용된 바가 없다. 유일하게 공통된 부분이 있다면 사용자가 자

기의 이미지 파일을 업로드 할 수 있고, 그 정보가 검색 가능하다는 것뿐이다.'

물론 타일러는 마크가 대학 교징위에 보낸 조금 더 악의가 섞인 답장도 읽었다.

> ✉ 저는 가능한 다른 학생들의 벤처에 개입을 하지 않으려는 편입니다. 보통 시간이 많이 소요되고 저의 창의력을 발휘해서 제 마음대로 할 여지가 별로 없기 때문입니다. 그러나 자신들의 아이디어를 웹사이트로 개발하려는 학생들을 위해 나의 기술을 기여하려는 노력은 하고 있습니다. 아마도 혼동이 있었던 것 같습니다. 그들의 웹사이트가 아직 끝나지 않았는데 저의 웹사이트가 성공적인 반응을 얻게 되자 그들이 화가 난 것은 이해합니다. 그러나 저는 결코 그들에게 아무런 약속을 한 적이 없습니다. 솔직히 제가 돈도 받지 않고 그들에게 작업을 해주었는데 이렇게 협박을 하는 것이 황당합니다. 이것은 마이크로소프트 같은 대기업을 포함하여 돈 많고 변호사와 연줄이 닿은 사람들이 흔히 쓰는 수법입니다.

교징위에 보낸 편지의 마지막 줄이 타일러를 무척 짜증나게 했다. 마크는 자신들의 사이트를 신랄하게 비평한 이후에 '내가 조금 성공을 하면 콩고물이라도 뜯어먹으려고 달려드는 귀찮은 수작이라고 가볍게 생각하려 한다.' 고 썼다.

타일러가 볼 때는 완전 헛소리였다. 타일러나 캐머런, 디비아에게 있어 이는 돈에 대한 문제가 아니었다. 타일러는 돈에 신경도 쓰지 않았다. 돈이라면 그의 집안에 넘치고도 남았으니까.

이는 명예에 대한 문제였다. 공정성에 대한 문제였다. 사업을 할 때에는 그러한 가치관들이 옆으로 젖혀지는지 모른다. 해커들의 세상에서는 자기들이 할 수 있다는 것, 자기가 다른 사람보다 더 똑똑한 것을 입증하는 것이 더 중요한지 모른다. 하지만 타일러에게는 명예만큼 더 중요한 것이 없었다.

물론 마크는 그 문제에 대해서 다르게 생각하고 있는 것이 확실해 보였다. 지난 몇 주 동안, 여러 차례 마크의 기숙사 방에 찾아가서 대면을 해볼까 생각했었다. 그러나 그 충동을 뿌리쳤다. 대면해봤자 일이 잘 풀리지 않을 것을 알고 있었기 때문이었다.

사실 일주일 전 저녁에, 캐머런이 강가에 있는 기숙사의 파티에서 나오면서 길 건너편에 있는 마크를 보았다. 캐머런이 그 녀석과 얘기를 하러 걸음을 옮기자 마크는 얼른 돌아서서 바쁜 걸음으로 사라져버렸다.

타일러의 생각엔 결코 간단히 대화로 풀릴 상황이 아니었다. 그러기에는 상황이 벌써 너무 흘러갔다. 이제 남은 일은 그가 잘하는 일, 앞으로 전진하는 것뿐이었다.

디비아가 카운트다운을 마칠 때, 타일러는 그의 속상한 생각을 떨쳐버리고 컴퓨터 앞에 있는 그의 동생과 친구에게 집중했다. 이 순간은 마크 주커버그나 더페이스북에게 빼앗길 수는 없다. 이 순간은 커넥트유가 주인공이고, 모쪼록 이후로 그들의 인생에 새로운 장이 열리기를 바랄 뿐이다.

"자, 이제." 디비아의 목소리가 조금씩 커졌다. "발사!"

그의 손가락이 자판을 눌렀고 화면이 꺼졌다 켜졌다. 이제 된 것이다. 커넥트유가 드디어 오픈 되었다. 다시 한 번 커넥트유가 발전해주기를, 많은 대학생들이 가입하고 사이트가 성장하기를 마음속으로 바랐다.

타일러는 잔을 높이 들어 디비아와 캐머런과 건배를 했다. 그리고 샴페인의 거품을 목구멍에 느끼면서 길게 들이마셨다. 하지만 이런 축배의 분위기에서도 입안이 깔깔했다. 그는 씁쓸한 맛이 샴페인이 아니라는 것을 잘 알고 있었다.

21
행운의 만남

궁극적으로는 아주 간단한 물리학 이론이었다. 작용과 반작용의 법칙. 아무리 이상하고 원하지 않고, 짜증나는 움직임이어도 일단 움직이기 시작한 물체는 계속해서 움직인다. 가속도의 법칙($F=ma$). 이 운동법칙을 거스를 수는 없었다. 흠빡 젖은 68kg의 숀 파커가 단층 주택의 앞 계단을 굴러 내려오는 덩치 큰 마호가니 책상을 멈추게 할 가능성은 전혀 없었다. 그래서 그는 일찌감치 포기하고 있었다.

그는 그저 고개를 저으면서 그 망할 것이 굴러 내려와 찻길 옆 잔디에 퍽하고 볼썽사납게 넘어지는 것을 바라볼 뿐이었다. 일단 몇 초 동안 숨을 죽이고 집안에서 불평의 소리가 나오는지 귀를 기울였다. 다행히 아무 소리도 나오지 않았다. 그의 여자 친구는 그 '퍽' 하는 소리를 듣지 못한 것이 틀림없다. 그렇다면 이제 약간 상처가 난 그

괴물 같은 가구를 그의 BMW 뒤에 싣기만 하면 그녀의 잔소리를 듣지 않아도 된다. 그는 집에서 약간 떨어진 곳에 차를 세워 두었다.

그는 한 쪽 무릎을 구부리고 양 손을 그 무거운 나무 밑에 넣어 온 힘을 다해 들어보았다. 얼굴이 새빨갛게 변할 정도로 힘을 썼지만 비싼 이태리 제 운전용 신발만 잔디 속으로 몇 인치 들어갔을 뿐 책상은 그대로 있었다. 폐가 닫히는 느낌이 들면서 기침이 나오기 시작했다. 천식이 재발 하려는 눈치였다. 지금 흡입기를 사용하면 이 불가능한 일의 가능성이 조금이나마 높아지려나 잠깐 생각해 보았다. 별로 도움이 안 될 것이라고 결론을 내렸다. 결국 자존심을 버리고 여자 친구에게 도움을 청하기로 했다. 남자다운 선택은 아니지만, 그녀가 스탠포드의 4학년 마지막 학기를 마치는 동안 그녀의 집에서 지냈고 이제 그녀가 집으로 돌아가는 마당에, 앞뜰에서 50kg쯤 되는 책상을 함께 옮기는 가족적인 일을 함께 한다는 것이 그리 나쁜 생각은 아닐 것이다.

"숀 파커?"

책상을 어떻게 옮길지 조용히 고민하고 있던 숀 근처에서 목소리가 들려왔다. 그 목소리가 자기 뒤쪽에, 그의 여자 친구 가족들이 살았던 조용한 팔로알토 가 방향에서 들려온다는 것을 깨달았다. 그는 발꿈치를 돌리다 정면으로 들어오는 햇살에 눈을 찌푸렸다.

그의 눈이 햇빛에 적응을 한 후에, 네 명의 젊은이들이 그를 향해서 오고 있는 것을 보았다. 이 동네에서 젊은이들을 보는 것은 드문 일이었다. 대부분 단층 주택인 이 조용한 동네에는 수영장에 잘 다듬

203

어진 정원, 그리고 야자수가 한두 개 정도 있는 주택가였고, 평균 주민 연령이 이 아이들보다 30년은 더 많을 것이다. 면 티셔츠에 청바지, 그 중 하나는 후드점퍼를 입은 차림새로 보아 대학생 같았다.

숀은 처음에는 전혀 모르는 아이들이라고 생각을 했으나, 그들이 가까이 다가오자 그 중 한 명을 알아볼 수 있었다.

"희한한 우연이네." 하고 그를 알아본 숀이 말했다.

그의 얼굴 표정을 읽기는 어려웠지만 마크 주커버그도 그 만큼이나 뜻밖이라고 생각하는 듯 했다. 마크는 바로 그의 룸메이트들을 소개했고, 그 동네로 이사 왔다고 설명했다. 숀의 여자 친구 부모님 집에서 한 블럭도 떨어지지 않은 곳에 있는 집을 가리켰다. 숀은 이런 우연을 믿지는 않지만, 정말로 마크와 그의 룸메이트들을 이렇게 우연하게 맞닥뜨린 것이다. 운명, 행운, 뭐라고 부르던 간에 그의 인생은 일련의 뜻밖의 사건들로 구성되어 있는 듯 했다.

그는 뉴욕에서 마크 주커버그를 찾기 위해 굉장한 노력을 했다. 그런데 지금 이 천재 소년이 캘리포니아에, 그것도 바로 그의 눈앞에 나타난 것이다. 물론, 레스토랑 66에서 저녁을 같이 한 이후에 그와 마크는 만날 계획을 세우기 위해서 이메일을 몇 번 주고받았었다. 사실 몇 주 전에 라스베가스에서 열리는 하이테크 행사에 맞추어 가서 만나려고 했었지만 그 계획이 성사되지 못했었는데, 훨씬 잘 된 것이다. 엄청 잘 된 것이다.

숀이 그의 여자 친구가 학기가 끝나서 그녀의 부모님 집으로 이사 가는 것을 돕고 있고, 며칠 동안은 그녀의 집에서 머물 계획이지만 그 이후에는 사실상 있을 곳이 없다는 얘기를 하는 동안 마크의 눈이 반짝반짝 빛나는 것을 볼 수 있었다. 마크가 실리콘 밸리에 온 것은 이곳이 인터넷 회사를 차리기에 적합한 장소인 것 같아서였다. 이런 상황에 가장 많이 회자되었던 인터넷 회사 두 개를 차렸던 경험이 있는 고문을 들여 한 집에서 같이 지내는 것만큼 좋은 일이 있겠는가? 마크는 공식적으로 그에게 같이 살자고 하지는 않았지만, 숀은 그가 원한다면 마크와 함께 지낼 수 있다는 것을 알고 있었다. 물론 마크도 그것을 원하는 바였다.

숀은 더페이스북 웹사이트를 처음 본 순간부터 그 일에 개입하고 싶었다. 만약 잘 풀린다면 그 웹사이트를 만든 사람과 함께 살 수 있다. 그 정도면 많이 개입하는 것이다.

마크는 마치 고등학생들이 준비한 피터팬 연극공연처럼 하늘을 날고 있었다. 고등학교 연극공연과 다른 점이 있다면 안전용 밧줄 하나 없이 지붕 위의 굴뚝과 수영장 반대쪽 전봇대를 대충 이어 만든 집 라인에 그의 하나뿐인 목숨을 걸었다는 점이다. 그는 집 라인을 타고 내려가면서 소리를 질렀지만, 무서워서라기보다는 술에 취해서 소리를 지르고 있었다. 그는 아주 정확한 시점에 집 라인에서 손을 놓아 수영장 한가운데로 떨어졌다. 수영장 밖으로 물이 튀면서 야외 바비큐 장비와 집 뒤쪽에 쭉 둘러져 있는 나무갑판까지 적셨다. 팔로알토의 중심가에서 몇 킬로미터 떨어진, 조용한 교외의 라 제니 퍼웨이에 있는 그 집에서 말이다.

손은 대단히 만족했다. 집은 대학의 남학생 사교하우스 같은 느낌도 있었고 이사 온 지는 얼마 되지 않았어도 마크와 친구들이 근처 철물점에서 몇 백 불을 주고 사 손수 설치한 짚 라인도 있었다. 다행히 설치하는 과정에서 굴뚝이나 전봇대를 부시거나 하지는 않았다.

집안의 인테리어도 그리 많이 손을 댈 필요가 없었다. 이미 가구가 들어 있었고, 마크와 친구들이 각자 가방 한 두 개 정도에 침구와 기타 필요한 것들을 챙겨가지고 왔다. 마크의 부모님이 펜싱 장비를 보내셔서 집안 여기 저기 플뢰레 펜싱 칼과 펜싱 헬멧이 흩어져 있었다. 또 홈데포(역자주:미국의 가정용 건축자재 유통회사)에서 엔지니어 용 화이트 보드를 구해서 걸어놓았고, 이미 컴퓨터 프로그램이 형형색색으로 여기 저기 적혀 있었다. 방바닥 여기저기에는 빈 피자 상자들과, 맥주 캔, 그리고 컴퓨터 장비를 포장했던 마분지 상자들이 널려 있었다. 굉장히 큰 거실은 기숙사 방 겸 엔지니어링 연구소 역할을 하는 것처럼 보였다. 하루 24시간 어느 때 가 보아도, 룸메이트 중 한 명 정도가 그 방에 흩어져있는 노트북 컴퓨터나 데스크 탑 컴퓨터 앞에서 작업을 하고 있었다. 마치 추락한 외계인의 우주선 내부처럼 전선이 여기저기 얽혀있었다. 집안에 흐르는 음악의 장르는 얼터너티브이거나 하드록이었다. 그린데이 *Green Day* 음악이 많았다. 무정부주의자들과 비슷한 성향을 가진 해커들이 모인 그룹에 적절한 음악이었다.

손은 이 분위기뿐 아니라 마크가 구성한 팀원들도 마음에 들었다. 똑똑한 엔지니어 병사들이었다. 컴퓨터 공학과 1학년생인 인턴들도 훌륭했다. 리눅스와 프런트 레벨 프로그래밍의 전문가였다. 더스틴과 앤드류 맥컬럼, 거기에 마크가 수뇌부 역할을 했다. 모든 팀원들의 일에 대한 태도도 훌륭했다. 특히 마크는 먹고 자고 짚 라인에서 수영장에 빠지는 시간 외에는 컴퓨터 앞에 붙어 있었다. 낮 12시부터 아침 5시까지 더페이스북에 새로운 대학을 추가하는 프로그램 작업과 버그 수정, 어플리케이션 개발, 그리고 와이어호그 개발에 전념했다. 훌륭한 팀원들이었다. 숀이 지금까지 본 신규창업 회사의 팀 구성으로는 최고였다.

에듀아르도 세버린만이 유일하게 그 집에서 볼 수 없는 팀원이었다. 뉴욕에서 만났을 때 분명 에듀아르도가 더페이스북의 명목상 경영 책임자라고 했었고 이 웹사이트의 경영과 관련해서는 그가 다 책임을 진다고 여러 차례 얘기를 들었었는데, 이 라 제니퍼웨이에 와 보니 에듀아르도는 일상 업무에 참여를 하지 않고 있었다.

마크는 에듀아르도가 투자은행에서 인턴을 하러 뉴욕으로 갔다고 했다. 그 얘기를 듣는 순간 숀은 약간 불안한 감정이 생겼다. 대형 인터넷 회사를 두 개나 차려 보았고, 많은 성공과 실패를 보아온 경험에 따르면 신규창업회사가 성공을 하려면 창업자들의 열정과 야망이 가장 중요하다. 이런 일을 하려면, 그리고 정말로 이를 통해서 성공하려면 프로젝트와 함께 24시간 일분일초도 쉬지 않고 프로젝트와 함께 숨을 쉬어야 했다.

마크 주커버그에게는 이 프로젝트가 그의 인생이었다. 그는 열정과 스태미나, 그리고 능력이 있었다. 분명히 그는 천재였다. 하지만 그보다 더 중요한 것은 그에게 이런 프로젝트를 해 낼만한 이상한 마력과 그만의 집중력이 있었다. 매일 아침 새벽 네 시 혹은 다섯 시까지 프로그램을 만지고 있는 그를 보면서 숀은 마크가 실리콘 밸리에서 진정한 성공을 이루어 낼 수 있을 것이라고 확신했다.

하지만 에듀아르도 세버린은 뭔가? 더 정확히 말해서, 에듀아르도 세버린이 이 프로젝트에 참여는 하고 있는 것인가?

에듀아르도는 착한 아이처럼 보였다. 물론, 이 사업에 처음부터 참여했던 인물이다. 마크의 말에 따르면 그가 천 달러를 투자해서 첫 번째 서버를 빌릴 수 있었다. 또한 지금도 그의 자금으로 사이트를 운영하고 있었다. 따라서 그가 영향력을 가지는 것은 당연하다. 어느 신규창업 벤처에서나 투자자들은 영향력을 가지는 법이니까. 그러나 투자자 이상의 역할이 있는가?

에듀아르도는 스스로를 사업가라고 보고 있었지만, 그것이 정확히 의미하는 바는 무엇인가? 실리콘 밸리는 사업의 논리가 지배하는 곳이 아니다. 그리고 그 힘 싸움은 계속되고 있다. 이곳에서 살아남기 위해서는 경영학 시간에 배우지 않은 일들을 해야 한다. 숀은 대학도 가지 않았고, 고등학교 때 냅스터를 시작했다. 빌 게이츠는 하버드를 중퇴했다. 여기에서 성공한 사람들은 학교에서 배운 것으로 성공을 하지는 않았다. 단지 더플백을 등에 걸치고 노트북 컴퓨터를 손에 들고 여기에 나와서 성공을 하는 것이다.

그러나 에듀아르도는 여기에 나와 있지도 않았고, 숀이 볼 때에는 실리콘 밸리에 올 의사도 없어 보였다. 그래서 숀은 에듀아르도에 크게 관심을 갖지 않기로 했다. 그에게는 마크와 마크의 팀, 그리고 더페이스북이 있었다. 그의 도움으로 이 팀이 더페이스북을 수십 억 달러 가치가 있는 회사로 키울 수 있을 것으로 믿었다. 운명이 그를 세 번째로 적재적소에 데려다 놓은 것이다. 그 집의 구석 매트리스에서 잠을 자고 있었고, 그의 물건은 여전히 창고에 있었지만, 그는 이 일을 해 낼 것이다.

먼저 혁명의 일부가 된다는 것이 무슨 뜻인지 이 친구들에게 알려 줄 것이다. 숀에게 있어 실리콘 밸리는 지속적으로 끊임없이 혁명이 일어나는 곳이다. 이들에게 진정한 실리콘 밸리의 의미를 각인시킬 수 있는 사람은 자기뿐이라고 생각했다.

펜싱 장비와 피자 상자와 함께 지내고 있는 이 아이들에게는 인생을 조금 더 세련되게 사는 방법을 가르쳐 줄 수 있겠다고 생각했다. 어찌되었건 그들이 바로 최고의 소셜 네트워크를 창조하는 사람들이 아닌가. 정말로 사교적이 된다는 것이 무슨 뜻인지 적어도 조금은 이해를 하고 있어야 했다. 숀은 자기의 역할은 그들에게 그것이 가능하다는 것을 보여주는 것뿐이라고 생각했다. 이 곳의 록스타는 자기였지만 언젠가 마크 주커버그가 자기와 같은 거물급이 되지 말라는 보장은 없었다. 더페이스북은 더욱 인기가 많아질 것이고, 내성적인 성격탓에 사업가로 여러 가지 결점이 많은 마크였지만, 결국은 이 실리콘 밸리의 왕자가 될 것이다. 파티, 좋은 식당들, 여자들⋯⋯. 숀은 마크에게 이 모든 것을 보여줄 수 있었다.

에듀아르도는, 글쎄, 안타깝게도 이 회사가 한 단계 부상할 쯤에는 빠지게 되겠지만, 이런 게임에서는 비일비재한 일이다. 에듀아르도는 맨 처음에는 적절하게 프로젝트에 참여했지만, 이제 시간과 장소가 바뀌었다. 이제는 빛과 같은 속도로 움직일 시기이다. 에듀아르도가 계속해서 매달리겠지만, 벌써 그는 이 게임에 필요한 자질이 없다는 것을 보여주었다. 불쌍한 녀석, 하고 숀은 속으로 생각했다. 자기 옆에 있는 사람이 벼락을 맞으면 어떻게 될까? 벼락 맞은 사람과 함께 하늘로 날아갈까? 아니면 그 사람에게 매달려 있다가 검은 숯으로 타 버릴까?

22
캘리포니아 드림

아메리칸 에어라인 757편이 활주로를 향해 천천히 움직이기 시작할 때, 하늘에서는 회색 커튼을 친 것처럼 폭우가 내리치고 있었다. 에듀아르도는 비행기의 동그란 창문에 얼굴을 대고 있었지만, 비 밖에 보이는 것이 없었다. 그가 타고 있는 비행기 앞에 몇 대가 기다리고 있는지 알 수는 없었지만, 이런 날씨에 금요일 저녁, 그리고 여기가 존에프케네디 공항이라는 것을 고려해보면 그의 비행기는 앞으로 한동안 활주로에 서 있을 것이다. 그렇게 되면 그의 비행기는 예정 도착시간인 저녁 10시를 훨씬 지나서야 샌프란시스코에 도착할 것이다. 샌프란시스코의 저녁 10시면 그에게는 새벽처럼 느껴질 것이다. 마크랑 다른 팀원들이 그를 공항에서 픽업할 때면 엄청나게 피곤하겠지만 그렇다고 해서 달라질 것은 없다. 계획대로라면 바로 일에 몰두해야 하기 때문이다.

비행기가 천천히 앞으로 움직이면서 엔진의 파워가 더 해졌고, 기체가 그의 피곤한 근육을 흔들면서 진동했다. 그는 좁은 일반석에 어떻게든 편하게 앉아보려고 뒤척거렸다. 평소와 다름없는 재킷과 넥타이를 매고 있었지만, 6시간의 비행시간 동안 잠드는 데에는 문제가 없었다. 뉴욕에서의 지난 한 달은 힘들었다. 하루에 10시간씩 더페이스북에 관심이 있는 사람들이라면 광고주, 투자자들, 소프트웨어 회사들, 그 누구든 간에 만나서 회의를 했다. 그리고 저녁에는 뉴욕에서 여름방학을 보내는 피닉스 회원들과 함께 저녁식사와 파티를 했다. 물론, 이제는 스스로 자기의 여자 친구라고 부르는 켈리와도 시간을 보냈다. 사실 여자 친구가 맞기는 하지만, 서서히 켈리가 너무 거친 면이 있다는 생각이 들고 있었다.

그는 인턴 첫 날 인턴쉽을 그만둔 것을 결코 후회하지 않았다. 인턴 첫 날 그가 앞으로 10주 동안 보내기로 되어있는 책상에 앉아서 그가 분석해야 하는 주가 관련 자료를 바라보자마자, 자기와 마크가 기숙사 방에서 공동으로 설립한 사업을 등한시하면서 자기 아버지와 같은 진짜 사업가가 될 수는 없다는 것을 깨달았다. 그리고 마크와 팀원들이 캘리포니아에서 어떻게 지내고 있는지, 뭘 하고 있는지, 얼마나 진도가 나갔는지, 그리고 왜 더 자주 전화를 안 하는지 궁금해서 잠을 설쳤다. 점점 더페이스북에 대한 걱정이 커져갔다.

비좁은 자리에서 스트레칭을 하면서 자책했다. 어쩌면 차버릴 생각을 하고 있는 자기의 여자 친구와 비슷해지는 것은 아닐까? 어쩌면 질투심일까? 그래서 뒤늦게 캘리포니아 행 여행을 떠나는 것은 아닐까? 이 모든 것이 필요 없는 걱정들이기를 바랐다.

오늘 저녁에 더페이스북 팀은 전처럼 함께 뭉칠 것이다. 그와 마크, 그리고 다른 팀원들은 즐거운 시간을 갖고, 일도 좀 하고, 모든 것이 만족스럽게 풀릴 것이다. 그리고 이 모든 것을 다시 멋지게 시작할 것이다.

마크는 숀 파커가 대단한 사업가들이 모이는 무슨 자선파티에 그들을 초대 했다고 했다. 재미도 있겠지만 투자자들을 만날 기회가 될 수도 있다. 벤처 캐피털리스트들과, 실리콘 밸리의 큰 손들, 그리고 인터넷으로 유명해진 사람들도 있을 것이다. 마크는 이미 숀 파커가 비슷한 파티에 그들을 데리고 간 적이 있다고 했다. 캘리포니아에서의 한 달 동안, 마크는 그 근처의 잘 나가는 곳은 대충 다 섭렵했다. 스탠포드의 여름 파티, 샌프란시스코의 하이테크 파티들, 그리고 유명한 연예인들이 나오는 할리우드 파티를 위해 L.A.도 갔었다.

숀 파커가 모르는 사람도 없었고, 숀 파커를 모르는 사람도 없었다. 그리고 숀 파커를 통해서 모든 사람들이 마크에 대해서 알게 되었다. 더페이스북은 이제 동네에서 알아주는 꼬마가 아니라, 더 큰 물에서 인정받기 시작한 것이다. 모든 사람들이 유명한 소셜 네트워크를 만든 이 신동을 만나고 싶어 했다. 에듀아르도는 마크랑 전화통화를 할 때마다 우려가 커져 갔다. 매번 에듀아르도가 뉴욕에 있어서 참석하지 못한 행사라든지, 파티라든지, 저녁시간에 대한 얘기였다. 더욱 어려운 것은 마크가 마크라는 사실이다. 얼굴을 맞대도 무슨 생

213

각을 하는지 알 수 없는 이 아이와 전화통화를 하면, 완전히 수수께끼를 푸는 것 같았다. 어떨 때에는 마치 컴퓨터와 통화를 하는 것 같았다. 마크는 에듀아르도가 하는 얘기를 듣고 소화를 하지만, 자기 생각에 답변이 필요하다고 생각되는 것만 답변을 했다. 어떤 때에는 전혀 답변이 없을 때도 있었다.

에듀아르도가 광고주 섭외에 진전이 있어서 Y2M과 계약을 하기로 하고, 다른 대기업들이 꽤 큰 물량을 주기로 했다는 소식을 전해도 그는 기쁜 내색을 전혀 하지 않았다. 물론 마크와 그의 팀이 밤낮으로 사이트에 새로운 기능을 추가하고, 대학들을 추가하고 있는 것은 안다. 지금과 같은 추세라면 8월말까지 50만 명의 회원 돌파도 가능할 것이다. 굉장히 큰 숫자이다. 그러나 성장이 빠르면 새로운 문제도 생기기 마련이다.

먼저 더 많은 자금이 필요하게 될 것이다. 에듀아르도가 뱅크 오브 아메리카 구좌에 넣어 둔 1만8천 달러로 회사가 돌아가고는 있었다. 하지만 당장 들어올 광고 수익은 추가적으로 필요한 비용에 비해 턱없이 부족했다. 가입자 50만이면 상당히 큰 서버가 필요하고 두 명의 인턴만으로는 운영이 힘들다. 제대로 된 사무실과, 정 직원이 필요했고, 변호사 등을 선임해야 했다.

에듀아르도는 그가 마크와 단둘이 있게 되면 바로 이런 내용들을 얘기할 계획이었다. 숀 파커가 아무리 많은 파티에 마크를 데리고 갔어도 단지 마크의 집에 머무르는 손님이고, 이런 내용까지 들을 필요는 없었다.

갑자기 주머니에서 윙 하는 소리가 났고, 그는 잠시 혼란스러워서 기내를 둘러보았다. 그리고 그가 핸드폰을 끄지 않았다는 것을 깨달았다. 공항에서 활주로로 천천히 움직이는 동안에는 신호를 잡지 못하다가 위성 신호를 잡은 듯 했다. 창밖을 바라보니 여전히 활주로에 있었고, 그는 주머니에서 핸드폰을 꺼내 들었다.

핸드폰 화면을 본 순간 그는 입이 쩍 벌어졌다. 무려 23개의 문자메시지가 와있었다. 모두 켈리가 보낸 것이다. 제기랄⋯⋯.

켈리는 여름학기 특강을 듣느라고 여전히 보스턴의 기숙사에 있었다. 그 전날 저녁 전화통화에 바보같이 캘리포니아에 마크와 팀원들을 보러 간다고 켈리에게 말한 것이다. 그녀는 바로 예민한 반응을 보였다. 마크랑 팀원들이랑 함께 더페이스북에서 만난 여자애들이랑 파티를 할 거라고 걱정을 했다. 물론 더페이스북을 통해서 여자애들을 만나기는 했지만, 그리고 그 웹사이트 덕분에 캠퍼스 안팎으로 유명세를 좀 타기는 했지만 말도 안 되는 얘기였다. 하긴 마크는 대단한 유명세를 탔다. 웹사이트 페이지마다 그의 이름이 쓰여 있으니까.

하지만 켈리는 말도 안 되는 얘기를 할 때가 많았다. 그들이 아무 여자애들하고 어울려서 파티를 할 리가 없다. 실리콘 밸리에는 일을 하려고 가는 것이다. 에듀아르도는 그녀에게 진정하라고 문자메시지를 보냈다. 그는 그가 지난번 켈리의 기숙사 방에 갔을 때 그녀의 옷장에 선물을 남겨 두었던 것을 기억했다. 삭스피프스애비뉴 포장지로 싼 상자에 재킷을 넣어뒀다. 그는 그녀에게 그 상자를 열어보고, 자기가 항상 그녀를 생각하고 있으니 걱정하지 말라고 했다.

그리고 전화기를 *끄고서는* 주머니에 쑤셔 넣었다. 엔진의 시동이 걸리는 소리와 함께 기체 앞 부분이 올라가면서 그의 몸이 의자 뒤쪽으로 쏠렸다. 걱정거리는 충분했다. 질투심 많은 여자 친구를 상대할 여유가 전혀 없었다.

"걱정하지마. 그래도 꽤 잘 굴러가."

에듀아르도는 마크를 따라서 터미널을 나와, 커브에 딱 붙여 주차되어 있는 자동차를 보고 눈썹을 치켜 올렸다. 어느 메이커인지는 모르겠지만 굉장히 오래되었고, 차체가 전체적으로 흔들린다는 것은 확실했다. 타이어 하나가 나머지 타이어 세 개보다 더 커서 차체가 이상한 각도로 삐뚤어져 있었다. 한마디로 고물차였다

크레이그리스트 *Craiglist* 에서 며칠 전에 샀으니 알만했다. 시동도 열쇠로 거는 것이 아니라 점화장치의 전선을 만져서 걸어야 했다. 한 가지 장점은 도난의 염려가 없다는 것이다.

에듀아르도는 트렁크에 더플백을 넣고 뒷자리에 앉았다. 더스틴이 운전석에 있었고, 숀 파커는 보이지 않았다. 마크는 숀이 그의 BMW i 시리즈를 타고 파티에 먼저 갔고 그들을 위해서 VIP 테이블을 예약해 두었다고 했다. 문지기에게 자기들 이름을 남겨 두었으니 파티장에 들어오는 데에는 문제가 없을 것이라고 했다. 에듀아르도는 공항에서 가는 동안 마크와 회포를 풀고 얘기할 시간이 있어서 잘되었다고 생각했다.

대부분 그가 얘기하고 마크가 들었다. 이런 점에서 그들의 관계는

달라진 것이 없었다. 그는 Y2M의 계약 내용을 상세히 설명했고, 다른 광고주 섭외가 어떻게 진행되고 있는지도 얘기했다. 그리고 추가 자금 유치에 대해서, 더페이스북을 많이 사용하고 있는 지역의 광고주들을 대상으로 조금씩 매출을 더 올리는 아이디어에 대해서 얘기했다. 그리고 마크에게 자기의 여자 친구가 편집증 환자 같다고, 뉴욕에서 오는 동안 23개의 메시지를 남겼다고 얘기했다.

마크는 얘기를 열심히 듣는 듯 했다. 하지만, 한 마디씩만 대답하는 그가 무슨 생각을 하는지는 전혀 알 수 없었다. 지난 한 달 동안 캘리포니아에서의 진행상황, 숀 파커와 인턴, 그리고 실리콘 밸리에 대한 얘기는 언제나처럼 '흥미롭다'로 정리되었고, 그 표현은 별로 도움이 되지 않았다.

어느덧 언덕 위 반짝거리는 도시 샌프란시스코의 차 막힌 좁은 거리를 지나고 있었다. 에듀아르도는 그가 가본 곳 중 가장 아름다운 곳이라고 생각하면서도 집들이 겹겹이 쌓여 지어진 모습이 낯설었다. 자갈이 깔려있고 케이블카가 다니는 길도 있었고, 구불구불한 길들이 산을 타는 것 같은 각도와 고도로 이어져 있었다. 또한 우편엽서에서 봤던 매력적인 부자 동네가 노숙자들이 쓰레기통에 모닥불을 피우고 모여 있는 거리 바로 옆에 있었다.

기어리 가 아래쪽을 지나 텐더로인 지역의 중심부로 들어가자 점점 더 노숙자들이 많아지고, 부잣집들은 줄어들었다. 그 클럽은 오파렐 가 조금 지나서 있었다. 수표 환전소와 패스트푸드 식당, 그리고 마사지 가게들이 즐비하게 들어선 지저분한 거리에 있었다. 별로 눈에 띄지 않는 입구에 차를 세웠을 때, 사람들이 길게 줄을 서있는 것과 문 앞에 검정색 양복을 입은 덩치 큰 사람이 헤드셋을 끼고 있는 것이 에듀아르도의 눈에 들어 왔다.

더스틴이 모퉁이에 잔뜩 쌓인 쓰레기 더미 옆에 자동차를 세우는 동안 "조짐이 좋은데." 하고 에듀아르도가 말했다. 근처에 있던 노숙자는 그들의 차에 눈길도 주지 않았다.

"남자보다 여자들이 훨씬 많아. 좋은 징조야."

그들은 차에서 나와 클럽의 정문에 다가갔다. 언제나처럼 마크는 뒤쪽에 있었고, 에듀아르도가 나서서 헤드셋을 낀 덩치 큰 남자를 향해 걸어갔다. 그 남자는 에듀아르도의 재킷과 넥타이를 보고, 컴퓨터 프로그래머처럼 차려 입고 몇 발자국 떨어져 서있는 마크와 더스틴을 쳐다보았다. 그가 무슨 생각을 하는지 그 남자의 얼굴에 훤히 쓰여 있었다. 이 아이들이 여기를 들어가겠다고? 물론 이 곳이 샌프란시스코이긴 하지만 여기도 어느 정도 수준은 있을 것이다. 에듀아르도는 그들의 이름을 댔고, 그 남자는 의무적으로 그들의 이름을 헤드셋에 대고 불렀다. 그리고는 놀란 듯이 어깨를 으쓱하고는 문을 열어주었다.

실내는 어둡고 음악소리가 크게 울리고 있었다. 낮은 천장에 이 층으로 지어진 이 클럽에는 점멸 조명등이 여기저기에서 꺼졌다 켜졌다 했고, VIP 구역은 바 위쪽 투명한 플라스틱 재질의 계단을 통해 올라갈 수 있었다. VIP 구역에는 벨벳 로프와 가죽으로 장식된 둥근 모양의 부스들이 있었다. 얼터너티브 록과 댄스 뮤직이 혼합된 스타일의 음악이 요란하게 울리고 있었다. 짧은 치마에 배꼽티를 입은 여종업원들이, 형형색색의 요란한 마티니가 잔뜩 쌓인 쟁반을 들고 군중 사이를 뚫고 다녔다. 발 디딜 틈도 없는 이 클럽에서 마티니를 흘리지 않기 위해서 고군분투하고 있었다.

에듀아르도와 그의 친구들이 군중 속으로 한 열 발자국 들어갔을 때 계단 위쪽에서 그 시끄러운 음악 소리를 뚫고 한 사람의 목소리가 들렸다. VIP 구역으로 가는 계단 중간에서 숀 파커가 그들을 향해 열심히 손을 흔들고 있었다.

"여기야!"

계단 아래쪽까지 가는 데만 거의 5분 정도 걸렸고, 계단 앞에 서 있는, 역시 헤드셋을 끼고 있는 종업원에게 자신들의 이름을 다시 말해 줘야 했다. 그리고 숀을 따라서 VIP 구역에 있는 둥근 가죽장식이 된 부스 테이블에 앉았다. 숀은 황당할 정도로 비싼 보드카를 시켰다.

그들이 앉아서 술을 마시기 시작하자마자, 숀은 지난번에 무슨 시상식이 끝나고 페이팔의 창립자와 이 클럽에 왔을 때의 얘기를 시작했다. 그는 그만의 특이한 방식으로 아주 빨리 얘기했다. 그는 또한 안절부절 못하는 듯 보였다. 테이블에 술을 쏟고, 그의 작은 부츠같이 생긴 구두로 바닥을 계속 치고 있었다. 하지만 에듀아르도는 숀이 항상 그렇다는 것을 알고 있었다. 그의 두뇌가 다른 사람들의 두뇌보다 빨리 돌아가도록 세팅되어 있기 때문에.

숀이 말하는 동안 에듀아르도는 자꾸 그들 옆 테이블에 눈길이 갔다. 보기 드물게 끝내주는 여자애들이 여러 명 앉아있었다. 정확히 네 명. 네 명 모두 누가 더 예쁘다 할 수 없을 정도로 죽여줬다. 검정색 칵테일 드레스를 입은 금발머리 두 명의 다리는 너무 길어서 거의 외계인 수준이었다. 그리고 어느 인종인지 구분을 할 수 없는 갈색머리 두 명 중 한 명은 어깨와 팔이 다 드러난 딱 붙는 가죽 뷔스띠에(역자주:몸에 꼭 끼고 팔소매와 어깨끈이 없는 여성 웃옷 또는 브래지어)를 입고 있었고, 다른 한 명은 란제리처럼 보이는 성긴 여름 드레스를 입고 있었다.

에듀아르도는 한참이 지나서야 그 중 한 명을 알아보았다. 정말 말 그대로 그가 본 여자들 중에 가장 예쁜 여자들이었다. 왜냐면 카탈로그에서만 보던 빅토리아 시크릿 모델들이었으니까. 그리고는 에듀아르도가 어안이 벙벙해질 일을 목격했다. 숀이 무슨 얘기인지 모르지만 계속 떠들고 있는 동안, 빅토리아 시크릿 모델 중 한 명이 두 테이블을 연결해 놓은 공간에 기대어 마크와 얘기를 하고 있는 것이 아닌가.

에듀아르도는 그 광경을 쳐다보면서도 믿지 못했다. 그 여자애가 이제는 완전히 앞으로 기대어서 그녀의 풍만한 가슴이 뷔스띠에에 밖으로 터져 나오기 일보 직전이었다. 그녀의 잘 그을린 피부가 반짝거리고, 그녀의 드러난 어깨는 점멸 조명등 아래에서 빛났다. 정말 아름다웠다. 그리고 그 아름다운 그녀가 마크와 얘기를 하고 있었다.

그는 도대체 무슨 대화가 오고 갈수 있을지 상상도 할 수 없었다. 어떻게 둘이 얘기를 시작했는지도 모르겠다. 그렇지만, 그 모델은 즐겁게 얘기하고 있는 듯 했다. 하지만 마크는 달려오는 트럭을 피하지 못하고 치이기 일보 직전, 그 트럭의 헤드라이트를 바라보는 겁먹은 동물의 표정이었다. 얼마나 눈부시게 아름다운 헤드라이트란 말인가. 그는 거의 대답도 못하고, 말도 거의 하지 못하고 있었지만 그녀는 별로 신경 쓰지 않는 듯 했다. 그녀는 웃으면서 손을 내밀어 마크의 다리를 만졌다.

에듀아르도의 숨이 멈추는 듯 했다. 그의 옆에서 숀 파커가 계속해서 얘기를 하고 있었다. 그 사업가는 세쿼이아 캐피털과의 전투 얘기를 다시 하고 있었다. 그 미친 웨일스에서 온 인간이 어떻게 자기를 플락소에서 내쫓았는지, 사립탐정을 써서 미행을 했고, 그런 정신적 고문 끝에 자기가 할 수 없이 사표를 썼다는 얘기 등등. 그것이 사실인지 아닌지는 알 수 없지만, 실리콘 밸리에 악질들이 있기는 있는 것 같았다. 숀은 언젠가 어떻게든 그 빚을 갚아 주겠다고 맹세했다. 그리고는 더페이스북에 대해서 얘기를 했다. 더페이스북이 놀랄만한 작품이며 전 세계적으로 가장 큰 성공사례가 될 것이라고 믿는다는 얘기였다. 정말로 그렇게 확신하고 있는 듯 보였다. 사실 그가 그 사이트에서 유일하게 거슬리는 것은 이름에 'the'가 들어가 있다는 것이었다. 그는 불필요한 것들을 싫어했다.

에듀아르도는 마크와 그 모델을 쳐다보면서 숀 파커가 하는 얘기를 계속해서 듣고 있었다. 그러다 정신을 차려보니 마크가 갑자기 일어섰고, 빅토리아 시크릿 모델이 그의 손을 잡아 이끌고 계단을 내려갔다. 그 이후로 마크는 사라졌다.

에듀아르도의 머리가 정신없이 돌기 시작했다. '진짜 마크가 그녀와 클럽을 나갔단 말인가? 마크는 아직 하버드의 그 동양계 여자 친구와 사귀고 있는 것이 아니었나? 하나님 맙소사.' 에듀아르도는 방금 마크 주커버그가 빅토리아 시크릿 모델과 은밀히 사라진 것을 목격한 것이다. 에듀아르도는 더페이스북이 세상에서 제일 큰 성공작이 될 거라는 숀 파커의 믿음이 옳다고 생각했다. 지금 이보다 더 확실한 증거가 어디에 있겠는가?

4일 후 에듀아르도는 다시 그의 머리를 오른쪽 둥근 창가에 대고 같은 아메리칸 에어라인 757편 창가에 앉아 있었다. 이번에는 비가 내리지는 않았지만, 그 회색 커튼은 여전히 공항을 뒤덮고 있었다. 사납고 폭력적이고 드세게. 이번에는 에듀아르도의 머릿속, 그의 눈동자 뒤에서, 마치 믹서기로 그의 두뇌를 갈고 있는 것처럼 회색 커튼이 펄럭이고 있었다.

쑤시지 않는 곳이 없었다. 머리만큼이나 몸도 아팠지만, 누구 다른 사람을 탓할 처지가 아니었다. 지난 며칠 동안 사업구상, 전략개발, 그리고 술을 마시느라 정신없이 시간을 보냈다. 엄청나게 술을 마셨다. 도착한 날 저녁, 클럽이 문을 닫은 후에도 새벽 4시 넘어 까지 놀았고, 그 파티는 시작에 불과했다. 에듀아르도는 그 다음날까지 마크를 보지 못했고, 마크는 빅토리아 시크릿 모델에 대해서 대답을 회피했다. 하지만 에듀아르도는 뭔가 일이 있었던 것이 틀림없다고 확신했다. 강력하게 밀어붙일수록 마크는 입을 다물었다. 분명히 뭔가 있다는 증거이다. 에듀아르도는 그저 부러울 뿐이었다. 세상이 뒤죽박죽이고 이제 그들은 출구를 찾지 못하는 미로에 들어온 것 같은 느낌이었다.

그 이후로 더 정신이 없어졌다. 에듀아르도가 거기 있는 동안, 숀 파커가 벤처캐피털, 소프트웨어, 그리고 더페이스북에 관심이 있는 두둑한 주머니를 가진 사람들과 일련의 저녁 식사와 회의, 칵테일 파티 등을 주선해 주었다. 알고 보니 관심이 있는 사람들이 많았다. 사실 실리콘 밸리에 알려진 큰 손들은 모두 그들에게 본격적으로 손을 내밀고 있었다. 상황이 바뀌었다. 이제는 구체적인 제안이 들어왔고, 몇 백만 달러라는 숫자가 쉽게 여기저기서 들렸다.

접대도 정도가 지나칠 정도였다. 샌프란시스코에서 가장 좋고 가장 비싼 식당에서 접대를 받았고, 종종 초대한 쪽에서 리무진을 보내거나 멋진 SUV를 보내어 그들을 데려가기도 했다. 한번은 마크가 크레이그리스트에서 산 그 차가 시동이 걸리지 않아 어느 벤처 캐피털리스트와의 조찬회의에 늦게 되자, 그 벤처 캐피털리스트가 그 자리에서 바로 SUV를 사 주겠다고 제안했다. 에듀아르도는 그가 농담을 하는 것이 아니라는 것을 알았다. 에듀아르도가 다음에 올 때쯤이면, 분명 마크는 새로운 자동차를 타고 있을 것이다.

하지만 가장 이상했던 회의는 에듀아르도가 뉴욕으로 돌아오기 전날에 있었다. 그와 마크는 '선 마이크로 시스템즈'의 창업자들 중 한 명의 요트에 초대를 받았다. 알고 보니 그 사람은 이상하고 이국적인 음식을 즐기는 사람이었다. 사업상 관련된 얘기를 몇 시간 정도 하고 나서, 보트 직원이 반짝반짝 빛나는 은쟁반에 섬유질이 많아 보

223

이는 고기를 한 조각 가지고 나왔다. 에듀아르도는 감히 대답이 두려워 묻지 않고 있는데 그 사람이 자진해서 알려주었다. 그 고기는 코알라 고기였던 것이다. 이국적인 음식일 뿐 아니라 불법이었다. 그래도, 그 요리를 돌려보내는 무례를 범할 수는 없었다.

비행기에 앉아서 엔진에 시동이 걸리기를 기다리면서도 에듀아르도는 여전히 믿을 수가 없었다. 그가 요트에서 코알라 고기를 먹었단 말이다. 그는 북 캘리포니아에서 가장 세련된 장소에서 술을 마셨고, 그와 마크를 굉장한 부자로 만들어 줄 액수를 제시 받았다.

하지만 그 금액이 얼마가 되었건, 더페이스북을 팔지 않을 것이라는 것을 에듀아르도는 알고 있었다. 더페이스북을 팔기에는 아직 시기상조라는 생각이었다. 그는 앞으로 더페이스북이 지금보다 더 가치가 높아질 것을 확신했다. 이제 회원수가 50만 명에 달하고 있고, 매일같이 그 수가 늘어나고 있었다. 지금 당장 돈을 벌지 못하면 어떤가? 그가 투자했던 1만8천 달러로 간신히 운영되고 있고 설령 빚을 지게 되면 어떤가? 그는 더페이스북을 팔고 싶지 않았다. 마크도 팔고 싶지 않아 했다. 숀 파커는 모를 일이다. 숀 파커가 원하는 것이 뭐가 중요한가? 그는 경영진의 일원도 아니다. 그는 자문 역할을 하는 것뿐이었다. 그는 아무도 아닌 것이다.

에듀아르도는 그 회색 커튼이 다시 몰려오는 것을 느끼면서 인상을 썼다. 그리고 익숙한 진동을 느꼈다. 그 망할 놈의 핸드폰. 끄는 것을 또 잊은 것이다. 그는 주머니에서 신경질적으로 핸드폰을 꺼냈다. 전화가 오고 있었다. 물론 켈리의 전화였다. 그가 캘리포니아에 있는 동안 그녀의 전화를 피했었다. 그는 전화기를 그의 주머니에 다시 집어넣을까 생각하다가, 이륙 전까지는 아직 몇 분이 남았고, 지금이 적절한 시기라고 생각을 했다. 수신 버튼을 누르고 핸드폰을 귀에 대었다.

그녀는 전화선 반대쪽에서 울고 있었고, 배경에는 사이렌 소리가 나고 있었다. 에듀아르도의 눈이 커지면서 자세를 똑바로 고쳤다.

"도대체 무슨 일이야?"

그녀는 울고 있었지만 나지막한 소리로 말했다. 그가 캘리포니아에서 그녀에게 전화를 하지 않은 며칠 동안 그녀는 그가 시킨 대로 방에 두고 간 그의 선물을 찾은 후에, 그 선물을 불태웠다는 것이다. 그녀의 서랍장 뒤에 남겨두었던 그의 옷과 함께. 그녀의 기숙사 방 전체가 탔고, 소방차가 출동해서 불을 끄고 난 이후, 그녀를 방화 혐의로 체포하려 한다는 것이었다.

에듀아르도는 눈을 감고 머리를 절레절레 흔들었다. 점입가경이다. 정신병자 같은 여자 친구를 둔 덕분에 생기는 이런 난감함. 그녀가 다음에는 무슨 짓을 할지 아무도 모른다.

23
템즈강의 헨리

챔피언과 그렇지 않은 선수들의 차이, 상패와 트로피에 자신의 이름을 새기느냐 아니면 그저 좋은 추억만 가지고 고향으로 돌아가느냐의 차이는 딱 2초이다.

타일러는 몸을 앞으로 숙이며 목숨처럼 잡고 있던 노에서 굳은살이 박인 손을 풀었다. 녹초가 된 몸이 축 늘어졌다. 여덟 명이 들어갈 수 있는 조정경기용 배는 여전히 경기 중 속도와 거의 비슷한 속도로 움직이고 있었지만 경기는 끝났다. 네덜란드 팀의 배가 단 2초 차이로 그들의 보트보다 먼저 들어왔다. 눈으로 직접 확인할 필요도 없었다. 어느 쪽 강둑에서 함성소리가 나는지로 누가 승리했는지 쉽게 알 수 있었다. 그 함성소리는 네덜란드 인들이 그들의 친구와 팀원들에게 지르는 소리였다. 타일러와 그의 동생의 조정경기를 보러 지구를 반 바퀴 돌아서 온 몇몇 미국인들의 함성은 들리지 않았다.

마음속으로는 헨리 로얄 레가타 경기에 참여한 것만으로도 영광이고 평생 간직할 경험이라고 생각을 했다. 이 행사는 1839년부터 매년 영국에서 가장 길게 뻗은 자연천에서 열리는 경기이다. 이 경기가 열리는 템즈강의 2㎞ 구간은 1526년부터 있었던 독특한 중세 도시 헨리에 위치해 있다.

마치 요정 이야기에 나오는 곳처럼 생긴 마을의 건물들은 대부분 중세에 지어졌던 건물들이다. 타일러와 그의 동생은 5일간 계속되는 행사 동안 그들이 묵은 숙소의 가족들과 헨리의 좁은 거리를 돌아다니면서 교회, 가게들을 둘러보았고, 특히 술집에서 많은 시간을 보냈다.

이 한 주 동안의 문화적 경험도 경험이지만, 이들이 헨리에 온 이유는 오직 한 가지. 그랜드 챌린지 컵에서 전 세계 최고의 조정선수들과 경기를 해보는 것이었다. 그러나 그들이 최선을 다했음에도 불구하고, 그들은 패배했다. 단 2초 차이로.

회원이나 회원의 손님들만이 들어갈 수 있는 명예로운 관중석인 스튜어드 인클로져에는 유명 인사들이 경기를 관람하러 와 있었고, 타일러와 캐머런이 시상식을 위해서 배에서 나와 둑에 올라섰을 때에는 그 유명 인사들이 이미 스튜어드 인클로져를 빠져 나와 시상대 근처에서 서성대고 있었다. 시상식은 알버트 왕자가 진행하기로 되어 있었다. 알버트 왕자는 생각했던 것보다 훨씬 작았다. 하지만 왕자가 자신의 이름을 부르며 악수를 할 때, 타일러는 묘한 감동을 느졌다. 이번에는 운 좋게 왕자가 직접 왔지만, 평소에는 그보다 서열이 낮은 왕족이 시상식을 거행한다. 하지만 이번에는 젊었을 때 최고의 조정경기 선수였던 그의 할아버지 잭 켈리를 기리며 알버트 왕자가 모나코에서부터 직접 와서 시상식을 거행했다. 아이러니한 것은 그의 할아버지 잭 켈리는 전에 벽돌공이었다는 이유로 이 헨리에서의 조정 경기에 참여하지 못했다는 점이다. 물론, 알버트가 이 행사를 주관하면서 그 한을 풀어드린 셈이지만.

하지만, 타일러와 캐머런이 이 멋진 왕자에게 받은 것은 악수가 전부였다. 트로피의 영광은 네덜란드 팀에게로 돌아갔다. 다른 팀이 머리 위로 트로피를 올리는 모습을 바라보자니 씁쓸하기는 했지만, 타일러는 훌륭한 스포츠맨이었다. 다른 군중들과 함께 네덜란드 팀에 박수를 보내주었다.

그들을 초대한 가족이 회원이어서 입장 배지를 얻을 수 있었던 타일러와 캐머런은 시상식이 끝나고 스튜어드 인클로져로 들어갔다. 처음 몇 분 동안은 이상한 패션 감각을 가지고 있는 영국 조정경기 팬들의 복장에 정신이 팔렸었다. 밝은 색 재킷과 넥타이, 길게 흘러내리는 드레스, 여름 모자와 장식들. 7월 첫째 주였고, 태양이 내리쬐고 있었는데 아무도 더위에 신경을 쓰는 것 같지 않았다. 아마도 인클로져 안에 있는 식당과, 차를 대접하는 곳, 그리고 무엇보다도 네 개의 바 덕분이 아니었을까 싶다.

"항상 이길 수는 없지. 잘했어. 간발의 차이였잖아."

타일러는 인클로져 안쪽에서 그들을 초대한 변호사를 보면서 간신히 미소를 지었다. 그는 친구들에게서 떨어져 나와 캐머런과 타일러를 향해 걸어오고 있었다. 50대 중반에 통통한 체형, 파란 눈과 들창코에 붉은 볼이 두드러져 보이는 외모였다. 이 성격 좋은 사람은 여기서 56킬로미터 떨어진 런던에서 변호사를 하고 있었다. 그는 25년 전 옥스퍼드 대학에 다닐 때 조정경기를 했었고, 그 때부터 지금까지 한 번도 헨리 경기를 빠진 적이 없었다. 또한 지난 10년 동안 미국에서 오는 조정경기 팀 선수들을 초대해서 돌봐주고 있었다.

"감사합니다." 하고 가능한 기분 좋은 목소리를 내려고 노력하면서 타일러가 말했다.

"어려운 경기였어요. 하지만 네덜란드 팀이 더 열심히 했으니까 이긴 거겠지요."

타일러는 진심이었다. 보통 그렇게 막상막하인 조정경기를 보기란 드물었다. 네덜란드 팀이 2초 차이로 경기를 이겼다는 것은, 진부하게 들릴지는 모르지만, 그들이 승리를 더 원했다는 얘기다.

"우리 딸이 좋은 사진을 꽤 찍었어." 하고 변호사는 말했다.

"하지만 불행히도 집에 가버렸네."

"나중에 이메일로 보내주면 되겠네요." 하고 캐머런이 거들었다. 알지도 못하는 사람이 연기를 쐬어 까맣게 만든 유리잔에 미지근한 맥주를 건네주었다. 참 익숙해지기 어려운 전통이었지만 타일러와 캐머런은 적응하려고 노력 중이었다.

"아. 너희 더페이스북에 계정 있지?"

타일러는 맥주잔을 그의 입술에서 떼지 못한 채 잠시 멈췄다. 그 사람이 하는 얘기를 제대로 들었는지 확신이 서지 않았다. 지난 몇 개월 동안 그 망할 놈의 웹사이트에 대한 얘기는 수도 없이 들었다. 하지만 영국 사람이 영국 악센트로 그 웹사이트를 언급하다니. 템즈 강둑에 자리 잡은 영국의 중세 도시에서 그 웹사이트에 대한 얘기를 듣게 되리라고는 상상도 하지 못했다.

"네?" 하고 그는 자기가 잘못 들었기를 바라면서 물었다.

"있잖아. 그 웹사이트. 우리 딸이 그러는데 미국 대학생들은 다 한다고 하던데. 걔가 외국에서 생활을 했지. 미국 앰허스트에서. 요즘은 그 웹사이트에 거의 붙어살다시피 해. 거기에서 찾아볼 수 있을 거야. 그럼 걔가 이메일로 사진 보내 줄 거야."

타일러는 그의 동생을 쳐다보았다. 캐머런의 눈에서 그의 심정을 읽을 수 있었다. 심지어 여기, 하버드에서 수천 미터 떨어진 대서양 건너편에서조차 더페이스북에 대한 얘기가 돌고 있다. 미국 대학생들만 가입할 수 있는 서비스인데도 말이다. 전 세계 몇 개의 대학에 그 사이트가 알려졌는지 알 수는 없다. 하지만, 누구도 예상하지 못한 속도로 퍼지고 있는 건 사실이었다.

그에 반해 커넥트유는 출발선에서 멈춰 있었다. 커넥트유에는 더페이스북에 비해 다른 기능이 굉장히 많고 동시에 여러 대학에 오픈 했음에도 불구하고 바이러스처럼 급속도로 퍼져나가는 더페이스북의 경쟁상대가 되지 못했다. 선발자 이익 때문인지 사람들이 더페이스북을 더 좋아해서인지, 커넥트유는 소셜 네트워크 시장에 아주 작은 점을 찍는 수준에 불과했다. 더페이스북은 그에 비해 괴물 같았다. 그가 가는 길 앞에 있는 것은 모두 밟아 부숴버리는 고질라 같았다.

타일러는 억지로 입가에 웃음을 지으면서 화제를 돌렸으나 그의 마음속에는 지난 4주 동안 그를 괴롭혔던 생각으로 심란했다.

그와 캐머런과 디비아는 이 나쁜 상황에서도 분노와 좌절감을 넘어서 긍정적으로 대처하려고 노력했지만, 잘 되지 않았다. 그들의 웹 서비스를 오픈 했고, 여러 가지 방법으로 더페이스북의 사용자를 대상으로 자신들의 서비스를 알리려 노력해보았으나 성과가 없었다. 대학생들은 친구들이 이미 사용하고 있는 소셜 네트워크에 가입하려 했고, 들어본 적도 없는 새로운 서비스에 가입하지는 않았다. 더페이스북은 모든 경쟁 사이트를 철저히 짓밟아 나가고 있었다.

사실은 그들의 명백한 패배였다. 하버드 대학은 그 상황에서 손을 떼었다. 마크는 그들의 이메일과 정지명령을 무시했다. 이제는 정말 한 가지 방법 밖에 남지 않았다. 래리 서머스 총장이 사실상 구체적으로 설명해 준 것이나 마찬가지였다. 하지만 지금까지 최후의 방법으로 남겨두었었다.

타일러와 캐머런은 그의 아버지 사업을 통해 법정투쟁이 어떤 것인지 조금 알고 있었다. 월가에는 변호사들이 많았고, 기업들이 법적으로 어떤 싸움을 벌이는지에 대해서 많이 들었다. 그들은 승패와 상관없이 법적 투쟁은 할 일이 못 된다는 것을 잘 알고 있었다. 소송은 그야말로 최후의 수단으로만 사용되어야 할 방법이다. 하지만, 그들에게 지금 최후의 수단 말고 남은 것이 있던가? 타일러는 이번

게임도 단 2초 간격으로 졌는지 모른다. 그리고 마크는 전혀 뉘우침이 없다. 그들에게 선택의 여지를 남겨주지 않았다.

타일러는 추잡하게 전개될 것이 법정 투쟁만은 아니라는 것도 알고 있었다. 여론에서 어떤 식으로 다루어질 지 쉽게 상상할 수 있었다. 그와 그의 동생을 마크 주커버그와 비교해서 어떤 식으로 표현할지 이미 예상하고 있었다. 벌써 크림슨지에서는 여러 차례 사설을 통해서 그들을 공격했었다. 한 편집자는 그들을 네안데르탈인이라고 부르기까지 했었다. 알고 보니 그 글을 쓴 편집자는 옛날에 타일러의 포실리안 형제와 데이트를 했었고, 데이트를 하는 동안 그 형제에게 파이널 클럽이 얼마나 나쁜 존재인지 계속해서 불평을 했었다고 한다. 그녀의 사설은 자신들이 마크 주커버그를 상대로 소송을 제기했을 때 여론이 어떻게 반응할지를 보여주는 맛보기에 불과했다.

1980년대 할리우드 영화로 치면 타일러와 캐머런이 전형적인 악역을 맡게 될 것이다. 해골 패턴이 있는 옷을 입고 학교 파티에서 가라데 키즈를 쫓아다니는 역할이 그들의 역할인 것이다. 그들은 부유하고 좋은 집안의 아이들이다. 그에 비해 마크는 안절부절 못하는 어색한 괴짜로, 해킹을 통해서 명성을 얻은 스타인 것이다. 신분 계층 간의 싸움이다. 기자들이 기사화하지 않고 그냥 놔둘 리가 없다. 기성세대가 그들의 권리를 보호해줄 것으로 믿는, 혜택을 받고 자란 부잣집 아이들과 규칙을 어기려는 해커와의 싸움. 명예 코드와 해커 코드와의 격돌.

타일러는 그와 그의 동생이 어떻게 보일지 잘 알고 있었다. 하지만 정의를 구현하기 위해서, 공정한 싸움을 할 기회를 얻을 수 있는 방법이라면 악역을 맡을 각오가 되어있었다. 마크 주커버그가 그들에게 다른 선택의 여지를 남겨놓지 않았다.

24
2004년 7월 28일

눈을 감았다. 심장은 세게 뛰고 있었다. 그의 등줄기를 타고 땀이 흐르고 있었다.

에듀아르도는 화가 났다. 누가 봐도 알 수 있었다. 그가 몽롱한 상태로 뉴욕의 거리를 방황하고 있었는지, 엄청난 속도로 달리고 있었는지, 끈적끈적한 크롬 손잡이를 꽉 쥐고 있었는지, 사방에서 이리 밀치고 저리 밀치는 사이에 있었는지는 알 수는 없지만, 그의 인생을 뒤 바꿔 놓을 만한 일을 저지르기 일보 직전이었다.

3일전의 일이었다. 그 당시 에듀아르도는 감정적으로 꽤 격앙된 상태였다. 캘리포니아에서 돌아와 바로 켈리와 헤어지고 더 이상 그녀의 드라마틱한 행동들을 참지 않아도 되었고, 뉴욕에서의 일도 잘 진행되고 있었다. Y2M 외에도 다른 광고주와도 많은 진척이 있었다. 그래서 캘리포니아에 있는 마크에게 보고하러 전화를 했다. 그 때부터 상황은 나빠지기 시작했다.

마크가 뉴욕에서 그렇게 열심히 노력한 에듀아르도의 공로를 크게 사지 않았던 정도가 아니다. 마크는 에듀아르도가 이룬 성과를 귀담아 듣지 않았고, 바로 그 전날 숀 파커가 데리고 갔던 파티에 대한 얘기를 했다. 그 파티에는 스탠포드의 여학생클럽과 독주인 야거마이스터가 엄청나게 있었다고 했다.

그 이후에는 마크가 늘 반복하는 얘기를 늘어놓았다. 컴퓨터 프로그램, 잠재 투자자들, 벤처투자자들과 소프트웨어 회사의 책임자들이 모두 캘리포니아에 있고, 캘리포니아가 사업의 본고장이므로 에듀아르도가 캘리포니아로 와야 한다는 얘기. 마크는 더페이스북이 필요로 하는 모든 것이 바로 그곳 실리콘 밸리에 있고, 에듀아르도는 뉴욕에서 시간낭비를 하는 셈이라는 식으로 얘기를 했다.

에듀아르도는 성장하는 신규창업 회사에 필요한 광고주나 은행들이 뉴욕에 있고, 따라서 중요한 곳이라는 점을 알리고 싶었지만 마크는 그의 의견을 들을 의사가 전혀 없었다. 그리고는 설상가상으로 숀 파커가 수화기를 넘겨받았다. 그리고는 바로 마크에게 두 명의 투자자를 소개시켜 줄 것이라고 얘기했다. 마크가 그들을 마음에 들어 하고 그들도 마크가 마음에 들면 바로 현금을 댈 준비가 되어있다고 했다. 아주 빠르게 일이 진행될 수 있다고 했다.

에듀아르도는 수화기에 대고 버럭 화를 냈다. 그는 숀 파커에게 더페이스북의 사업상 의사 결정권은 자신에게 있으며 투자자들과의 만남에는 자신이 참석해야 한다고 말했다. 도대체 왜 숀 파커가 그런 회의를 주선한단 말인가? 에듀아르도의 생각에는 투자자를 찾는 일은 마크의 일도 아니었다. 마크는 컴퓨터 관련된 일만 맡고 있었다. 그리고 숀 파커는 전혀 상관도 없는 사람이다. 그는 단지 마크의 집에 묵고 있는 손님일 뿐이었다. 그것도 재수 없는 손님. 그게 다였다.

그 동안 느꼈던 에듀아르도의 좌절감은 그 첫 번째 전화 통화 이후 분노로 바뀌었다. 결국 그는 충동적으로 일을 저질렀다. 화가 나서였는지, 아니면 그 당시에는 그게 적절한 일이라고 생각했었는지 알 수 없다. 그의 감정을 가라앉히기 위해서, 그리고 마크에게 자신을 빼놓고 일을 추진하는 것은 유대교인으로서 할 일이 아니라는 것을 알려주기 위해서였을 것이다.

그는 바로 그와 마크와의 사업상 관계를 재차 설명하는 편지를 썼다. 맨 처음 더페이스북을 시작했을 당시 그들이 합의했던 내용에 대해 다시 구체적으로 나열했다. 에듀아르도가 회사의 경영을 책임지기로 했고, 마크는 컴퓨터 프로그램을 위해서 캘리포니아에 가 있는 것이라는 점. 더 나아가, 에듀아르도가 회사 지분의 30%를 소유하고 있기 때문에 그가 동의하지 않는 투자 협상은 관철될 수 없다는 점도 분명히 했다. 마크는 현실을 직시해야 했고 에듀아르도는 그 자신이 원하는 대로 경영을 할 수 있다는 사실을 서면으로 확인하고 싶었다.

마크가 그런 편지에 좋은 반응을 보이지 않을 것은 알고 있었다. 하지만 에듀아르도는 가능한 명확히 해두고 싶었다. 물론 숀 파커가 마크를 멋진 파티에 데리고 다니고 빅토리아 시크릿 모델과 잠자리를 같이 할 수 있도록 도왔는지는 몰라도, 그는 더페이스북의 경영과는 아무 관계도 없는 사람이었다. 에듀아르도가 재무관리이사인 CFO였고 그의 자금으로 처음 더페이스북을 오픈할 수 있었다. 캘리포니아에서의 작업에 필요한 비용도 그의 주머니에서 나왔다. 그가 뉴욕에 있어도, 여전히 의사결정권은 그에게 있어야 했다.

에듀아르도의 편지를 받은 마크는 그의 음성사서함에 메시지를 몇 차례 남겼다. 다시 한 번 에듀아르도가 캘리포니아로 와주기를 바란다는 간청과 함께, 캘리포니아가 좋고 회사 일은 잘 진행되고 있으며 중요하지도 않은 일을 가지고 다툴 필요가 없다는 얘기였다. 마크의 기괴한 세계관으로 볼 때에는 중요하지 않은 일이었는지 모르겠다. 마침내 에듀아르도가 마크에게 전화를 했고, 그 이후 상황은 더 악화되었다.

마크는 에듀아르도에게 숀 파커가 말했던 그 두 투자자들을 만났다고 했다. 그들은 더페이스북이 지금까지 성장해온 속도로 성장할 수 있도록 엔젤투자 방식으로 투자를 하고 싶다고 했다. 더페이스북에 자금이 필요한 것은 사실이었다. 부채가 심각한 수준으로 불어나고 있었으니까. 더 많은 사람들이 더페이스북을 사용하면 할수록, 그 트래픽을 감당하기 위해서 더 많은 서버용량이 필요했다. 그리고 곧 몇 명 더 고용하지 않으면 제대로 된 서비스를 제공하기 힘든 상황이었다.

하지만 그런 것들은 지금 중요하지 않았다. 에듀아르도가 볼 때에 마크가 자신의 편지에 담긴 자신의 감정을 완전히 무시하고, 자기를 빼고 그 투자자들을 만나러 나간 것이다. 마크와 숀 파커가 자기의 발등을 찍는 수준이 아니라 자기의 발을 잘라내려 하는 것 같았다.

어쩌면 마크는 에듀아르도가 그렇게 심각하게 생각하는 줄 몰랐을 수도 있다. 단지 화풀이로 편지를 썼다고 생각했을 수도 있다. 사실 어떻게 보면 화풀이 방법 중 하나이기는 했다. 하지만 에듀아르도는 마크의 태도에 더욱 화가 났다. 어떻게 보면 그들은 에듀아르도의 돈으로 캘리포니아의 생활을 즐기고 있는 것이다. 캘리포니아의 집, 컴퓨터 장비, 서버. 이 모든 것들이 에듀아르도가 개설한 은행 계좌로 지탱되고 있었다. 에듀아르도가 그의 개인자금을 담아놓은 그 은행 계좌 말이다. 그야말로 에듀아르도가 모든 자금을 대고 있는데 마크는 그를 무시하고 있었다. 마치 더 이상 관심이 없어진 여자 친구가 화가 났을 때 행동하듯이 말이다.

어쩌면 에듀아르도가 과잉반응을 보이고 있는 건지도 모른다. 하지만 3일이 지난 지금, 뉴욕 어디에서인가 열이 받아있는 에듀아르도는 마크에게 자기가 어떻게 느끼고 있는지 명확히 보여 주어야 한다고 확신했다.

그는 마크가 무시할 수 없는 메시지를 보내야 했다. 그 뒤의 일련의 사건들은 가히 짐작할 수 있다.

에듀아르도가 맨해튼 미드타운에 있는 뱅크 오브 아메리카의 지점으로 회전문을 통해 들어가는 모습. 큰 결심을 한 듯한 얼굴에 지하철을 타고 왔건, 차도 막히는데 택시를 타고 왔건, 그의 옥스포드 셔츠가 땀으로 흥건히 젖어 있는 모습.

에듀아르도는 길게 한 쪽으로 늘어서있는 은행 창구를 지나서 우대고객 코너로 갔다. 머리가 살짝 벗겨진 중년의 은행직원이 그를 향해 앞의 의자에 앉으라는 손짓을 하고, 무엇을 도와주었으면 하는지 물었다. 그는 벌써 그의 주머니에서 통장을 꺼내어 그 직원 앞의 책상에 내려놓고는 어른스럽고 심각한 표정으로 그 직원을 쳐다보았다.

"제 은행 계좌 거래를 일시 중단했으면 합니다. 모든 당좌수표와 통장에 연계된 신용카드의 사용도 취소해주세요."

그 직원이 처리하는 동안 에듀아르도는 그의 몸 전체에 아드레날린이 퍼져나가는 것을 느꼈다. 그가 선을 넘고 있는 것은 잘 알고 있었지만 마크에게 자신이 이 사안을 얼마나 심각하게 받아들이는지 어떻게든 메시지를 보내야 했다. 어찌 보면 에듀아르도가 이런 행동을 하게 된 것도 마크의 잘못이었다. 에듀아르도가 더페이스북 명의로 뱅크 오브 아메리카에 은행 계좌를 개설했을 때, 그는 마크에게 캘리포니아에서 쓸 당좌수표와 함께 공동서명인 자격을 부여하는 양식을 보냈었다. 하지만 마크는 그 양식을 작성하지 않았다. 또한 마크 자신의 돈은 한 푼도 회사에 대지 않았다. 그는 편안하게 에듀아르도의 자금으로 먹고 자고 쓰고 있었다. 마치 에듀아르도가 그가 소유한 은행인 것처럼 말이다. 그 파트너가 이제는 에듀아르도를 빼고 의사결정을 하기 시작했고, 그에게 결코 용납할 수 없다는 것을 알려야 했다. 에듀아르도는 더페이스북 웹사이트 모든 페이지에 마크 주커버그의 이름만 쓰여 있는 것은 전혀 개의치 않았다. 하지만,

회사는 둘이 함께 노력해서 만든 것이다. 에듀아르도는 사업가였고, 이것은 사업에 관한 사안이었다.

에듀아르도가 직원이 은행 계좌를 동결하느라 시스템의 자판을 두드리는 모습을 보면서 잠깐 자신의 행동이 지나치지는 않은지 생각을 했다. 하지만, 그 생각은 바로 마크와 숀이 캘리포니아에서 숀의 BMW를 타고 돌아다니면서 투자자들을 만나고, 자기의 입장을 비웃는 모습이 상상되자 바로 없어졌다.

다음 당좌수표를 쓸 때에는 자기를 비웃지 못할 것이라는 것은 확실했다.

25
샌프란시스코

이번에는 커다란 굉음과 함께 혁명이 시작되지는 않을 것 같았다. 그 대신 샌프란시스코에 있는 대형 고층 건물에 최신 엘리베이터가 올라가는 소리와 함께 혁명이 시작될 것이라고 숀 파커는 생각했다. 비록 음질이 나쁜 스피커를 통해 나오는 비틀즈의 노래와 함께지만 말이다.

지금 이 설정에는 뭔가 시적인 부분이 있었다. 차세대 디지털 소셜 네트워크 시장의 새로운 장이 펼쳐지는 순간이라고도 할 수 있었다. 그런데 이 역사적인 순간을 기리는 것은 건물에서 나오는 이 값싼 음질의 비틀즈 음악이 전부인 것이다.

엘리베이터 안에 있던 숀 파커는 옆에 있는 마크를 보고는 슬며시 미소를 지었다. 엘리베이터는 52층짜리 건물의 9층과 10층 사이로 움직이고 있었다. 너무나 빠른 속도로 상승하고 있었다. 고도가 바뀌면서 숀의 귀가 먹먹해 졌다. 다행이었다. 잠깐이나마 귀가 막혀서 그 녹음된 음악이 들리지 않았고 그 사이에 정신없이 돌아가는 그의 두뇌는 잠시나마 생각을 정리할 수 있었다.

고층을 오르는 이 엘리베이터처럼 일이 너무나 빨리 진행 되었다. 숀이 기대했던 것보다도 훨씬 더 빨랐다. 단지 몇 주 전에 이 괴짜 컴퓨터 천재의 집에 들어갔는데 지금은 그와 함께 엘리베이터를 타고 회의실로 가고 있는 것이다. 이 회의의 결과로 인터넷을 재편하게 될 파트너쉽을 맺을 수도 있다. 또한 숀이 스탠포드 캠퍼스의 기숙사에서 처음 더페이스북을 보았을 때 느껴졌던 수십 억 달러가 현실화 될 가능성이 훨씬 커진 것이다.

숀은 자기 옆에 서있는 스무 살짜리 아이를 쳐다보았다. 마크가 긴장을 했는지는 전혀 알 수 없었다. 보다 정확히 말하자면 평소와 마찬가지로 여전히 불편해 보이고 불안해 보인다는 것 외에는 별다른 점이 없었다. 그의 얼굴은 표정 없는 가면과 같았다. 그의 눈은 엘리베이터 문 위 전광판의 숫자를 바라보고 있을 뿐이었다.

샌프란시스코에 있는 팔로알토의 거리에서 우연히 마주친 이후로 이 괴짜에 꽤 익숙해졌다. 그리고 이 아이가 정말로 좋아지기 시작했다. 물론 마크는 이상한 아이였다. 사교성이 부족하다는 것만으로 그의 무관심한 태도를 설명하기에는 불충분했다. 분명 마크는 스스로를 벽으로 둘러싸고 있었지만, 숀은 자기가 이 아이에 대해 가졌던 첫 인상이 틀리지 않았다는 것을 알고 있었다. 마크는 훌륭했고 야심 있는 아이로 냉소적인 유머감각도 가지고 있었다. 전반적으로 마크는 조용한 스타일이었다. 숀이 마크를 여러 파티에 데리고 갔으나 어느 파티에서도 그렇게 편안해 보이지는 않았다. 오히려 그의 컴퓨터 앞에 앉아있을 때가, 어느 때에는 스무 시간 연달아 앉아있었어도, 그 때가 더욱 행복해 보였다. 그는 여전히 그의 대학생 여자 친구와 일주일에 한 번씩 만나고 컴퓨터에 지치면 장거리 드라이브를 즐기고는 했다. 하지만 그때를 빼고는 프로그램 기계나 마찬가지였다. 그에게는 그가 창조해낸 회사가 음식이나 공기와 같은 존재였고, 그의 인생이었다.

숀이 이 초짜 기업가에게 더 이상 바랄 것은 없었다. 사실 가끔은 자기 옆에 서있는 이 아이가 스무 살을 갓 넘었다는 것을 스스로 상기시켜야 할 때가 있었다. 그의 생활 방식이 여전히 어린 면도 없지 않았지만, 그의 집중력만큼은 놀라웠다. 숀은 마크가 그의 웹사이트의 성장을 위해서라면 어떠한 희생도 감수할 것이라고 확신했다. 그렇기 때문에 지금 그들의 선택이 옳은 것이라고 믿었다. 그가 두 번의 창업 성공에도 불구하고 벌지 못했던 수십억을 이제 그들이 참석할 회의 덕분에 손에 쥐게 될 수도 있다. 오늘의 만남이 그 촉진제 역할을 하게 될 것이다. 실리콘 밸리에서 우여곡절을 겪은 지난 5년을 보상받을 기회가 온 것이다.

아이러니컬하게도 에듀아르도 세버린 덕에 이렇게 일이 빨리 진행되었다. 숀은 그에게 감사히 생각하고 있었다. 몇 주 전 에듀아르도가 저지른 행동이 아니었다면 거의 여름 내내 마크를 설득하고 있었을 것이다. 하지만 에듀아르도 덕분에 너무나 이상하고 전혀 예상치 못했던 방식으로 마크가 숀에게 손을 내밀게 되었다.

처음에는 그 바보 같은 편지였다. 신문과 잡지책에서 잘라낸 단어들을 붙이지 않았다 뿐이지, 협박과 감언이설, 요구 내용 등 마치 납치범이 몸값을 요구하는 편지나 마찬가지였다. 숀이 볼 때에 에듀아르도는 주제파악을 못하는 아이였다. 그의 동료들이 전부 캘리포니아에서 웹사이트를 만들고 있는데 자기는 뉴욕에서 이 인터넷 회사를 경영하겠다는 것 자체가 참으로 어리석은 생각이었다. 그리고는 마크를 상대로 무슨 큰 무기나 되는 양 자기 지분 30%를 들이미는 것이 확실히 제정신이 아니었다.

그래도 마크는 그의 친구에게 합리적으로 대응하려고 했다. 숀이 마크를 꿰뚫어 봤었던 것이 바로 이 점이었다. 마크는 부드럽게 넘어가려고 했다. 그 편지는 단순히 회사에서 돌아가는 일에 좀 더 참여하게 해달라는 간절하고도 유치한 애원에 불과했고 마크는 당연히 이 애원을 들어주려고 했다.

그렇지만 마크와 그의 친구들이 해결방안을 모색하기도 전에 에듀아르도가 선을 넘어버린 것이다. 그가 회사의 계좌 거래를 동결하고 마크와 더스틴의 목을 조른 것이다. 에듀아르도의 그 행동은 회사의 영혼을 겨냥한 것이었다. 그가 알고 있었는지는 모르지만, 그의 행동으로 마크가 지금까지 일해 온 모든 것을 일순간에 망가뜨릴 뻔했다. 돈이 없이 회사가 돌아갈 수 없었기 때문이다. 서버가 하루라도 다운된다면 더페이스북의 평판에도 금이 갈 것이다. 어쩌면 다시는 돌이킬 수 없을 만큼 아주 나쁜 평판을 받게 될 수도 있었다. 사용자들은 변덕이 심하다. 프렌드스터가 그 점을 입증해주는 좋은 예였다. 사람들이 웹사이트를 떠나기 시작하면 아주 순식간에 망하는 것이다. 모든 사용자들이 서로 연결이 되어 있기 때문에, 소수의 사용자들만 떠나더라도 전체 사용자의 숫자에 커다란 파장을 일으킨다. 대학생들은 친구들이 그 웹사이트를 사용하기 때문에 자기도 사용하는 것이다. 하나의 도미노가 넘어지면 수십 개의 도미노가 같이 쓰러진다.

에듀아르도는 자기가 무슨 일을 저지르는지 몰랐을 수도 있다. 화가 나서, 답답한 마음에 그랬을 수도 있다. 누가 그의 맘을 알겠는가. 하지만 숀이 볼 때에는 그의 유치한 행동으로 더 이상 회사에 주요 인물로 남아있을 수 없게 되었다. 에듀아르도가 스스로를 늘 사업가인 양 내세웠지만, 숀이 볼 때에 이번 행동은 정말 아이 같은 행동이었다. 놀이터에서 놀던 어린 아이가 그의 친구들에게 '너희들 내가 원하는 대로 안 하면 내 장난감 가지고 집에 가버릴 거야' 하고 얘기한 것과 마찬가지였다. 에듀아르도는 정말로 장난감을 가지고 가 버렸고, 이제 마크는 에듀아르도가 상상하지도 못했던 식으로 더페이스북을 바꿀 결심을 했다.

먼저 숀의 조언에 따라 델라웨어에 유한회사 형태로 회사를 세웠다. 에듀아르도가 어떤 변덕을 부려도 대응할 수 있도록 하기 위해서였다. 또 앞으로 자금을 끌어 모으기 위해서 필요한 구조조정을 시작했다. 알고 있는 한도에서 숀이 조언을 해 주었다. 동시에 마크는 그가 가지고 있는 재원을 모두 모아 당분간 회사를 운영하는데 필요한 자금을 마련했다. 대학교 등록금으로 모아두었던 통장을 깨서 간신히 당장 서버를 돌리는데 필요한 자금은 구했다. 그러나 오래지 않아 회사가 심각한 자금난에 빠지게 될 것이고, 마크가 이렇게 손을 놓고 있을 수는 없는 상황이었다.

그리고 단순히 서버나 새로운 직원을 고용하는 것만이 문제가 아니었다. 설상가상으로 며칠 전 커넥트유 창립 멤버들이 고용한 법률 사무소에서 편지를 한 장 받았다. 커넥트유 창립 멤버에는 무슨 데이트 사이트 개발을 위해서 학교 다닐 때 마크를 고용했었다는 윈클보스 쌍둥이들이 포함되어 있었다. 그 편지는 소송제기를 알리는, 숀이 볼 때는 더페이스북을 향해 쏜 경고탄 같은 것이었다.

법률사무소에서 그 편지가 날아오기 전에 이미 숀은 마크에게 커넥트유에 대한 얘기를 자세히 들었고, 그 내용에 대해 별도로 상황 파악도 해 두었었다. 숀은 윈클보스 쌍둥이가 골칫거리임에는 틀림 없지만, 이 회사의 미래에 정말 위험한 존재는 아니라고 판단했다. 약간 우려가 된다는 점이 있다면 그들의 주장이 근거 없고 터무니없이 부풀려져 있다는 것이었다. 적어도 숀이 볼 때는 그랬다. 마크가 더페이스북을 만들기 전에 그들의 사이트 일을 좀 했다는 것이 뭐 대단한 일인가? 이미 수백 개의 소셜 네트워크 사이트가 있고 기숙사 방마다 컴퓨터 좀 한다는 아이들이 더페이스북과 같은 사이트를 만들고 있다. 그렇다고 그들이 모두 소송에 휩쓸려야 하는 것은 아니지 않는가. 그리고 이 모든 소셜 네트워크는 기본적으로 같은 콘셉트이다. 의자 만드는 것으로 치면 무수히 많은 디자인이 있는데, 의자 하나를 만든다고 다른 사람의 것을 빼앗는 것은 아니라는 마크의 주장이 숀에게는 설득력 있었다. 그렇게 치면 그들도 프렌드스터의 아이디어를 도용한 것이 아니겠는가. 커넥트유를 창설한 그 쌍둥이 형제가 소셜 네트워크의 콘셉트를 창조한 것은 아니었다. 그것만은 확실했다. 마크는 잘못한 것이 없다. 실리콘 밸리의 사업가라면 수십 번도 더 했을 법한 일을 한 것뿐이다.

그럼에도 불구하고 이 쌍둥이가 계속 물고 늘어진다면, 이 법률 사무소의 편지를 봐서는 그럴 것이 확실해 보이는데, 마크의 변호비용으로 20만 달러는 족히 필요할 것이다. 즉 자금을 끌어 모아야 했다. 그것도 아주 빨리. 회사를 파는 것은 상상도 할 수 없는 일이다. 숀이나 마크에게 있어서 그것만큼은 확실했다. 그렇다면 이 모든 재정적인 문제들이 하찮은 정도로 느껴질 만큼 회사의 가치가 높아질 때까지 엔젤투자자를 통해서 재원을 확보하는 것이 유일한 방법이었다. 숀은 그 자신에게 그 정도 돈이 있었으면 했다. 하지만 냅스터나 플락소에서 그가 번 돈으로는 더페이스북의 운영을 유지할 만큼 충분하지 않았다.

그래서 숀은 그가 가장 잘 하는 일을 했다. 연결을 해 준 것이다. 더페이스북이 그의 잠재력을 다 발휘하여 성장할 수 있도록 하기 위한 다음 단계로 올라서기 위한 가장 중요한 일이었다.

엘리베이터의 전광판 숫자가 그들이 가려는 층수에 가까워지는 것을 바라보며 숀은 자기가 옳은 일을 했다고 다시 한 번 확신을 했다. 마크가 이 회의만 잘 해 내면 되는 것이다. 그리고 다시 한 번 곁눈질로 이 천재소년을 바라보았다. 여전히 무표정이었다. 그는 마크가 조용히 있다고 해서 별다르게 해석할 필요는 없다고 스스로 상기시켰다. 이 아이는 필요한 시점에서는 잘 해낼 것이다. 숀은 이 아이가 자기에게 15분만 할애해주면 된다고 확신했다.

"이 빌딩에서 영화 타워링을 촬영했던 거 알고 있어?" 하고 숀이 엘리베이터 안의 분위기를 가볍게 해 보려는 시도를 했다. 마크의 입가에 가볍게 미소가 지나가는 것을 보았다.

"안심이 되네요." 하고 마크는 기계적으로 답했다. 숀은 재난 영화를 찍은 빌딩이라 안심이 된다는 비꼬는 농담을 마크가 하고 있다는 것을 알았고, 덕분에 참고 있던 웃음을 터트렸다.

이곳은 이번 모임에 적합한 장소였다. 영화 때문이 아니라 샌프란시스코의 주요한 랜드마크였기 때문이다. 전에는 뱅크 오브 아메리카 센터였던 캘리포니아가 555번지에 위치한 이 건물은, 샌프란시스코 금융센터의 발원지로 수천 개의 돌출된 유리창이 약 230미터 높이로 우뚝 솟아 있는 경이로운 건축물이었다. 수 천 미터 떨어져서도 눈에 띄는 주요 지형지물이었다. 그리고 그들이 만나러 가는 사람도 이 건물만큼이나 주요한 인물이었다. 사생활이나 그가 이미 이뤄낸 업적이나 여러모로 대단한 명성을 가지고 있었다.

"피터가 너를 정말 맘에 들어 할 거야." 하고 숀은 말했다.

"딱 15분만 들어갔다가 나오면 돼. 그 정도면 충분해."

숀은 마음속 깊은 곳에서 자신이 옳다는 것을 확신하고 있었다.

페이팔의 성공을 있게 한 사람, 수십 억 달러의 벤처 자금을 운영하는 클라리움 캐피털의 대표, 전 체스대회 우승자, 그리고 미국에서 가장 돈이 많은 사람 중 한 명. 피터 티엘은 말을 무척 빨리 하고 사람을 주눅 들게 하는 면이 있는, 천재 중 천재였다. 하지만 그는 또한 더페이스북의 잠재성을 알아보고 더페이스북이 얼마나 중요한 지, 이 사이트가 역사에 획을 그을 것을 내다 볼 수 있는 배짱과 안목을 가진 엔젤 투자자이기도 했다. 왜냐하면 피터 티엘도 숀 파커나 마크 주커버그와 마찬가지로 단순한 사업가는 아니었다. 그도 그 자신이 혁명가라고 생각하고 있었다.

스탠포드 졸업생이자 전 변호사였던 피터 티엘은 잘 알려진 자유주의자였다. 티엘은 법대생 시절, 스탠포드 리뷰지를 창간하고 자유로운 정보공유를 주창했다. 더페이스북은 소셜 네트워크 내에서 자유롭게 정보를 공유하게 해 준다. 비밀이 많고 질릴 정도로 경쟁심이 강하지만, 티엘은 항상 다음의 큰 변화를 찾고 있었다. 그리고 숀은 티엘이 소셜 네트워크 시장에 관심이 있다는 것을 잘 알고 있었다.

숀은 피터 티엘과 직접 일을 해 본 적은 없었다. 하지만 티엘을 영입하여 프렌드스터에 소수 지분 투자를 하도록 연결해 주었었고, 그때 이후로 다음에 기회가 있을 때에는 이 전임 페이팔 CEO를 찾아야겠다는 생각을 하고 있었다.

이제 그 기회가 온 것이다. 그리고 지금 그는 피터 티엘의 사무실에 한 걸음 한 걸음 가까워지고 있다. 유리창과 크롬으로 디자인된 그의 사무실에는 티엘 뿐 아니라 페이팔에서 같이 일을 했었고 링크

드인 *LinkedIn* 의 설립자이자 현 CEO인 라이드 호프만과, 훌륭한 엔지니어이자 실리콘 밸리의 새로운 별로 떠오르고 있는 매트 콜러가 그 기회를 알아보고자 최근 인터넷을 강타한 이 괴짜 아이를 기다리고 있었다.

만약 티엘이 그 기회를 마음에 들어 한다면, 그렇다면, 그야말로 더페이스북이 일으키게 될 차세대 혁명이 본격적으로 시작되는 것이다. 그 외에 다른 어떤 식으로도 표현이 불가능 하다.

50만 달러.

3시간 후, 빠르게 내려오는 엘리베이터에 마크와 함께 서 있는 숀의 머릿속에는 그 숫자만 울리고 있었다. 엘리베이터 문 위의 층수를 알리는 전광판의 숫자가 빠른 속도로 줄어들고 있었고, 마침내 엘리베이터가 캘리포니아가 555번지의 그 거대한 화강암으로 된 건물 로비에 도착하자 그들은 급히 엘리베이터에서 내렸다.

50만 달러.

큰 그림으로 보면 물론 커다란 숫자는 아니었다. 인생을 뒤바꿔 놓을 만한 숫자도 아니었고, 제국을 건설할 만한 금액도 아니었다. 마크가 고등학교 때 만들었던 MP3 플레이어의 add-on을 사겠다고 제시했었던, 하지만 마크가 거절 했던, 그 금액에도 미치지 못한다. 하지만 마크는 회사를 세우기 위해서 친구한테 몇 천 달러를 빌리든, 더 큰 회사에서 수백 만 달러를 거저 던져주든 상관하지 않았다. 그리고 숀이 볼 때에는 마크의 돈에 대한 태도는 지금도 마찬가지이다. 하지만 마크는 그 50만 불이 그가 하버드의 기숙사 방에서 시작한 회사의 미래를 보장한다는 의미는 무시할 수 없었다.

피터 티엘은 숀이 마크에게 미리 설명해 주었던 그대로였다. 무섭기 짝이 없고, 아무도 따라올 사람이 없을 만큼 똑똑했으며 기꺼이 협조할 의사가 있었다. 뿐만 아니라 15분으로 예정되었던 설명회를 점심을 포함하여 오후 시간 대부분을 할애해 주었다. 더페이스북을 확실히 살리기 위한 세부적인 내용 또한 잊지 않고 조언해 주었다. 오후에 피터 티엘과 라이드 호프만, 그리고 매트 콜러가 자기들끼리 논의하는 동안에는 숀과 마크가 건물 밖에 나가 돌아다니다 왔어야 했다. 어쨌든 그 오후가 다 지나갈 무렵에 티엘은 그들에게 좋은 소식을 안겨주었다. 더페이스북이 살 길이 마련된 것이다.

그리고 이제 더페이스북은 페이스북이라고 불리게 될 것이다. 그 동안 웹사이트 이름에 the가 붙어있던 것이 몹시 신경에 거슬렸던 숀이 회사를 재편 할 때 마크를 설득시켜 the를 없애게 했고, 결국 그 덕분에 마침내 엔젤투자자에게 50만 불을 받아서 그들의 사이트를 살릴 수 있게 되었다.

종자돈. 피터 티엘은 종자돈이라고 했다. 다음 몇 달 동안 사이트를 정상적으로 운영할 자금. 그리고 필요하다면 시기를 봐서 더 많은 자금을 대겠다는 약속도 했다. 그 대가로 새로 설립한 회사의 7% 지분과 5명으로 구성되는 이사회의 한 자리를 요구했다. 마크가 여전히 과반수 이사회 자리의 권한을 갖고 회사 주식도 대부분 보유하기로 되었다. 피터 티엘은 숀과 마크를 이끄는 역할을 하기로 했다. 더 이상 좋은 조건은 없었다.

롤링스톤즈의 음악을 엘리베이터 안에서 들으면서 숀은 거의 쓰러질 뻔 했다. 너무나 감격적인 순간이었다. 하지만, 아직도 해야 할 일은 많았다. 회사를 다시 설립하면서 치열한 상황이 벌어질 것이다.

회사의 법인을 다시 만들 필요가 있다는 점은 피터 티엘이나 숀도 동의한 바이다. 페이스북은 새로운 법인으로, 기숙사에서 탄생한 티를 벗고 새로운 장을 열어야 했다. 새로운 지분 소유 구조를 반영하도록 주식을 재발행 해야 한다. 지분의 소유자는 마크 외에 피터 티엘과, 물론 마크의 집에 들어간 이후 마크와 함께 파트너로 작업을 해온 숀 자기 자신도 포함하고, 더스틴과 크리스를 포함하게 될 것이다.

그러면 이제 에듀아르도의 문제가 남아있다. 맨 처음 마크는 에듀아르도가 여전히 지분의 30%를 가져야 한다고 결정했고, 숀도 동의했다. 가능한 최대한 에듀아르도를 포함하고 일에 참여 시켜야 한다는 취지였다. 하지만 새로운 법인에는 다른 규칙이 적용 되어야 했다. 바뀌는 상황에 대응하기 위해서 새로운 주식을 발행할 능력 없이 사업을 운영할 수는 없다. 앞으로는 개개인이 회사에 기여하는 바에 기준하여 지분이 주어져야 한다. 이제는 더 이상 기숙사에서 주먹구구식으로 운영하는 회사가 아니었다. 엄연한 투자자가 있는 법인이었다. 다른 회사와 마찬가지의 보상체계가 마련되어야 한다. 그렇지 않으면 페이스북이 이룬 업적에 근거한 진정한 가치를 창출해 내기가 어렵다.

다시 말해서 이 회사를 더욱 성공적으로 만들기 위한 작업을 마크와 더스틴, 숀이 한다면, 그들은 더 많은 지분을 받아야 한다. 에듀아르도가 뉴욕에서 광고주를 찾는 작업을 하겠다면, 수주 내역에 따라서 지분을 받아야 한다. 하지만 아무런 성과도 없다면 그의 지분은 희석되어야 한다. 다른 사람과 마찬가지로. 차후에 더 많은 자금을 끌어 모으면 그들 모두의 지분이 희석될 것이다.

숀은 에듀아르도가 아주 끔찍한 일을 저질렀다고 생각했다. 회사가 가장 중요한 시점에 회사에 대해 협박을 한 것이다. 마크는 그 점에 대해 에듀아르도를 그리 미워하고 있는 것 같지 않았다. 마크는 다른 누구를 싫어할 만큼 관심이 있지도 않았고, 싫어할만한 능력도 없었다. 하지만 숀의 입장에서는 에듀아르도가 그의 입장을 충분히 알린 것으로 보였다. 마크나 더스틴, 숀에게는 페이스북이 전부였다. 그들의 인생이나 마찬가지였다.

사실 마크는 피터 티엘과의 회의에서 여름방학이 끝나도 하버드로 돌아가지 않을 것 같다고 말했다. 마크는 캘리포니아에서의 행로를 계속할 것이라고. 진행 상황을 매달 확인해 보고, 만약 페이스북이 지금처럼 계속 성장한다면 당분간은 하버드에 돌아가지 않을 것이라고 했다. 마치 빌 게이츠가 '마이크로소프트가 잘 안되면 언제든 하버드에 돌아갈 수 있다'고 말했듯이.

당연히 페이스북이 잘 안되면 마크는 학교에 돌아갈 수 있겠지만 숀은 마크가 정말 학교로 돌아갈지 의구심이 생겼다. 마크의 여름은 끝나지 않고 계속 될 것이고, 아마도 더스틴도 캘리포니아에 남으려고 할 것이다.

하지만 에듀아르도는? 숀이 아는 에듀아르도라면 그는 결코 학교를 그만 두지 않을 것이다. 이미 다른 모든 것을 위해 페이스북을 포기할 수 있다는 것을 보여주었다. 페이스북이 그의 인생의 전부는 아닌 것이다. 그는 다른 관심사가 많았다. 예를 들어 숀이 알고 있기로 에듀아르도는 하버드 피닉스의 회원이었고, 뉴욕에서는 인턴자리를 찾았었다. 물론, 일주일 만에 그 인턴직을 내동댕이치기는 했지만.

에듀아르도는 학교로 돌아갈 것이다. 하지만 마크 주커버그는 이제 세상으로 나와 그의 자리를 찾았다.

엘리베이터가 내려오면서 이제 서서히 흥분도 가라앉기 시작했다. 그의 맥박이 정상적으로 돌아가기를 기다렸다. 컴퓨터 하드 드라이브에서 처리되는 바이트와 비트처럼 안정적으로 돌아오기를.

아직도 장애물이 있다는 것을 알고 있었고 해야 할 일이 많았다. 먼저 마크가 에듀아르도의 법적 동의를 받아야 한다. 법적으로 깔끔하게 처리해야 하기 때문이다. 매정하게 들릴지는 모르지만 에듀아르도는 현실을 받아들여야 했다. 개인적인 감정이 있어서가 아니라 비즈니스일 뿐이다. 그리고 에듀아르도는 그 자신이 사업가라고 항상 주장하지 않았는가.

숀과 피터 티엘은 성공한 경험이 있는 기업가였고 마크에게 어떤 식으로 회사가 꾸려져야 하는 지 설명을 했다. 페이스북과 같은 신규 창업 회사에는 초기에 두 가지 특징이 있다. 첫 번째 특징은 대부분 아이들이 기숙사에 모여서 컴퓨터 해킹으로 시작한다는 점이다. 그리고 두 번째 특징은 여기 샌프란시스코의 고층건물로 옮겨온다는 것이다.

기숙사에서의 창립 멤버라면 흥미롭고 재미있는 얘깃거리를 가지게 된다. 멋지고 천재성이 번뜩이는 어떤 것을 창조하는데 일원이었다는 뿌듯함, 어디선가 갑자기 연기가 나고 상상의 번개가 치는 기분을 즐기는 것이다.

하지만 이곳 고층건물에서는 얘기가 다르게 흘러간다. 진지한 기업이 시작되는 것이다. 법인으로써 진정한 비즈니스가 생기고, 이때가 바로 두 번째 번개가 치면서 승승장구하게 되는 것이다.

정말로 이 점을 에듀아르도는 이해해야 했다. 이제는 기숙사의 두 학생들만의 얘기가 아닌 것이다. 만약 에듀아르도가 그 점을 알아듣지 못한다면? 이해하지 못한다면? 이해하려 하지 않는다면?

여러 가지 정황을 살펴볼 때 만약 에듀아르도가 이해하지 못한다면 페이스북에 애착이 그들만큼은 없는 것이다. 그렇다면 그도 마크의 발목을 잡고 앞길을 막는 윈클보스 쌍둥이나 다를 바가 없었다.

어쨌든 마크는 그의 회사를 위해서 옳은 결정을 했다는 것을 깨달아야 했다. 숀과 피터 티엘이 정확하게 설명했다. 어린아이가 뉴욕을 돌아다니며 자기가 회사의 경영을 담당하고 있다고 하면서, 30%의 지분을 가지고 마치 무기처럼 휘두르면서 직원들의 목을 언제든지 조를 준비가 되어 있다고 하면, 어느 누구도 그들에게 투자를 하지 않을 것이라는 점을 말이다.

은행 계좌의 거래를 중지하고, 그들을 위협하고, 페이스북의 존재를 위협했다.

가장 중요한 것이 그것이었다. 페이스북. 회사. 혁명. 숀은 마크가 지금 중요하게 생각하는 것은 페이스북 뿐이라는 것을 알 수 있었다. 마크는 자기가 뭔가 큰 것을 만들어냈다는 것을 알고 있었다. 마크 주커버그의 제작팀이 이 세상을 바꿀 것이다. 냅스터처럼 말이다. 하지만 냅스터보다 더 대대적인 변화를 가져 올 것이다. 페이스북은 정보의 공유를 보장하는 서비스였다. 진정한 디지털 소셜 네트워크. 세상을 인터넷에 옮겨놓는 서비스였다.

에듀아르도는 그 점을 납득해야만 했다. 하지만 그가 이해하지 못한다면? 그렇다면 그는 큰 그림에서 사라지게 될 것이다.

엘리베이터 안에서 숀은 피터 티엘이 협상을 마친 후에 마크에게 했던 마지막 말을 생각했다. 페이스북 회원이 3백만 명을 돌파하면 피터 티엘의 페라리 스파이더 360을 시운전하게 해 주겠다고 했다. 마크가 원하는 방식대로, 원하는 만큼 페이스북을 크게 키울 수 있는 종자돈으로 50만 불을 제공하겠다는 서류를 작성하고 난 다음에 한 얘기였다.

피터 티엘이 그의 책상에 기대어 마크의 눈을 바라보면서 말했다. "망치지만 말아라."

숀은 엘리베이터 문 위쪽에서 반짝거리면서 바뀌는 층수를 보면서 웃었다.

티엘이 걱정할 일은 아무것도 없었다. 숀은 그의 새로운 친구를 안다. 마크 주커버그는 다른 누구도 페이스북에 해를 입히도록 하지 않을 것이다. 그는 어떠한 대가를 치르더라도 이 혁명을 이뤄내고 말 것이다.

26
2004년 10월

에듀아르도는 노트북 컴퓨터를 가지고 열심히 작업하는 친구의 모습을 보면서 커크랜드 하우스에 있는 마크의 지저분한 기숙사 방에 돌아와 있다는 착각을 했을 정도였다. 캘리포니아 로스 알토스에 페이스북의 새 보금자리로 빌린 사무실 가구도 마치 하버드에서 옮겨온 것 같았다. 벽 없이 펑 뚫린 사무실에 할인마트와 구세군에서 구해온 듯한 상처가 잔뜩 난 의자하며 푸통(역자주: 일본에서 유래된 방석 겸 요의 명칭으로 침대 겸 소파를 의미), 책상과 소파가 여전히 기숙사 방 같은 분위기였다. 집 밖 현관에는 칠하다만 페인트 자국이 남아있었고 마분지 상자가 여기저기 늘어져 있는 것이 본격적으로 시작한 창업 회사라기 보다는 길거리 노숙자들이 모여 있는 곳 같았다. 물론 컴퓨터는 여기 저기 깔려 있었다. 책상에도, 바닥에도, 시리얼 상자와 감자 칩 봉투가 늘어져 있는 부엌의 선반에도 컴퓨터가 있었다. 하지만 이 많은 하드웨어에도 불구하고 대학교 기숙사의 느낌은 남아있었다. 마크와 다른 아이들이 원하던 바였다. 24시간 쉬지 않고 작업하고 있고, 지금 이 순간에도 마크와 더스틴이 컴퓨터 앞에서 열심히 작업하고 있었다. 부엌으로 가는 문 앞에 양복을 입은 두 명의 젊은 변호사들이 왔다 갔다 하고 있었다. 이 젊은 변호사들은 새로운 법인 설립에 관련된 계약서 등의 서류를 처리하기 위해 회사에서 고용한 변호사들이었다. 아무리 법인이 설립 되었어도 대학에서의 실험이 대박이 되었다는 추억을 간직하고 싶었다. 그래서 그들은 대학교 느낌을 잃고 싶지 않았던 것이다.

약간은 연출된 듯한 느낌이 있기는 했지만 방이 다섯 개 있는 이 집이 전의 팔로 알토 교외의 집보다는 마크와 그의 팀에 더 어울렸다. 물론 마크가 원해서 이사를 한 것은 아니었다. 그들이 지붕 위에 올라가고 음악을 너무 크게 틀고, 뜰의 가구를 수영장에 던지고, 굴뚝에 짚 라인을 설치해서 훼손한 점 등을 들어 팔로 알토의 라 제니퍼웨이의 집 주인이 여러 차례 경고장을 보냈고, 또 찾아와서 불평을 한 이후로 결국 쫓겨나다시피 해서 그 집을 나오게 되었다. 에듀아르도는 그 집 주인으로부터 예치금을 바로 돌려받을 수 있을 것이라는 생각은 아예 하지 않았다.

그래도 크게 문제가 될 것은 없었다. 이제는 페이스북이 자체의 자금 조달 방법을 찾았으니까. 엔젤 투자자 피터 티엘이 이 새 집과 모든 컴퓨터 장비, 그리고 에듀아르도가 생각했던 것 보다 훨씬 더 큰 용량의 서버, 그리고 변호사를 대 주었다. 에듀아르도가 그날 아침 하버드를 떠나 장거리 비행으로 이 도시에 도착해서 택시를 타고 이 집에 도착했을 때 그 변호사들이 웃으면서 악수로 그를 맞아주었다.

에듀아르도는 그 여행길 대부분을 자면서 왔다. 4학년 새 학기가 시작되고 8주가 지난 지금, 그는 벌써 지쳐 있었다. 그가 페이스북 일을 하기 위해서 가능한 수강과목을 적게 신청했어도 하버드에서는 항상 할 일이 많았다. 졸업을 위한 논문 준비만으로도 시간이 부족할 지경이었다. 물론 지금도 그의 주말활동의 핵심은 피닉스 클럽이었다. 특히 켈리와 헤어져 여자 친구가 없는 그에게는 피닉스 클럽의 주말 파티가 중요했다. 그리고 이제 신입회원을 뽑을 시기가 왔다. 이번에는 그가 캠퍼스 사교계의 왕자들을 뽑기 위한 심사위원 역할을 할 차례였다.

이 모든 일과 함께 페이스북 일도 해야 하는 것이다.

에듀아르도는 사무실 가운데를 크게 차지하고 있는 둥근 테이블 앞 의자에 기대앉았다. 마크는 그의 노트북 컴퓨터에서 열심히 작업 중이었다. 모니터 화면의 빛이 마크의 창백한 얼굴을 비췄고, 화면에서 깜박거리는 프로그램 언어가 그의 눈동자에 반사되었다. 에듀아르도가 그 집에 도착했을 때 마크는 에듀아르도에게 인사를 하는 둥 마는 둥 했다. 가볍게 인사를 하고 한두 마디 한 것이 다였다. 하지만 마크는 늘 그런 식이었고 에듀아르도는 크게 개의치 않았다. 사실 에듀아르도가 학교로 돌아간 이후 지난 8주 동안 그들 사이는 꽤 좋아졌다.

험난했던 여름의 사건은 이제 거의 잊혀진 것 같았다. 마크는 은행계좌의 거래를 정지한 것에 대해 꽤 화가 났었고, 에듀아르도가 원했던 바는 아니지만 바로 투자자들과 만났고 피터 티엘로부터 자금을 받았다. 그들이 시작한 것이 전혀 예상치 못했던 규모로 커져 버려 어쩔 줄 모르는 두 친구들이 그러듯이 유선상으로 몇 차례 다투었다. 하지만 결국에는 중요한 것은 회사고 앞으로 계속해서 순조롭게 운영되어야 한다는 점에 동의를 했고, 합의점에 도달했다. 에듀아르도가 은행의 계좌를 동결했던 것은 지나친 과잉반응이었고, 에듀아르도를 더욱 적극적으로 참여시키지 않은 것은 마크가 이기적이고 무관심했기 때문이었다는 것을 서로 인정했다. 에듀아르도는 회사를 위해서 앞으로 이성적으로 일을 하겠다고 했다. 이것은 사업이고, 그들은 친구였다. 어떻게든 둘이 해결책을 찾으려고 노력했다.

그러기 위해서 에듀아르도가 걱정도 줄이고 학업에 충실하기 위해서 한 걸음 물러나 달라고 마크가 요청했다. 마크는 경영에 관련된 모든 일을 한 사람이 하기에는 회사의 규모가 너무 커졌다는 점을 에듀아르도에게 납득시켰다. 이제 75만 사용자를 넘어 백만 사용자를 돌파할 것이다. 마크와 더스틴은 한 학기 정도 휴학을 할 것이고 에듀아르도가 뉴욕에서 했던 일을 맡고 영업을 담당할 사람을 고용할 계획이라고 했다. 또 사이트에 여러 기능을 추가하고 있었다. 놀랄만한 기능도 많았다. '벽'이라고 프로파일에 공개적으로 커뮤니케이션을 하는 기능을 추가 했다. 다른 어느 소셜 네트워크에서도 본 적이 없는 새로운 양식의 커뮤니케이션이었다. 또 그룹을 생성하고 가입할 수 있는 기능도 만들었다. 마크와 에듀아르도가 맨 처음 이 사이트를 만들 때 에듀아르도가 제안했던 아이디어였다. 믿을 수 없을 정도의 속도로 불어가는 사용자 수만큼이나 빠른 속도로 새로운 아이디어가 창조되고 있었다.

7월에 폭발했던 화가 진정되면서 에듀아르도는 결국 마크는 마크의 방식으로 일을 할 것이라는 결론을 내렸다. 그리고 이제 그 여름이 지나 학교에 돌아왔다. 에듀아르도에게는 더 잘된 일이었다. 중요한 것은 회사가 번창하고 있다는 것이다. 피터 티엘이 뒤에 있는 한 에듀아르도는 사재를 털어야 하는 위험도 없었다. 정말로 피터 티엘의 주머니는 마르지 않는 우물 같았다. 회사에 무슨 일이 생겨도 돈이 없어서 해결 못하는 일은 없을 것이다.

에듀아르도는 학교에 돌아와서 기뻤다. 4학년 학교생활의 가장 짜릿한 순간은 첫 번째 주였다. 피닉스의 친구들한테 들은 바로는 서머스 총장이 신입생들에게 자기가 그들을 모두 페이스북에서 찾아봤다고 했다는 것이다. 하버드의 총장이 자기들의 사이트를 통해서 새로 입학하는 1학년생들에 대해 알아봤다는 것이다. 얼마나 멋진 일인가! 10개월 전만 하더라도 마크와 에듀아르도는 아무도 알아주지 않는 두 명의 공부벌레였는데 지금은 하버드 총장이 자신들이 창조한 사이트를 통해서 학생들의 이름을 알아보고 있는 것이다.

그런 상황에 그와 마크 사이의 다툼이 중요하기는 한 건가? 마크가 에듀아르도에게 새로운 법인 설립에 필요한 서류에 서명을 하러 캘리포니아에 와 달라고 했을 때, 에듀아르도는 별달리 생각하지 않았다. 이제 피터 티엘이 이사회에 있기 때문에 회사의 구조를 바꾸는 것이고 대의를 위해서는 필요한 일이라고 생각했다.

그래서 변호사 중 한 명이 사무실을 가로질러 와서 그에게 법률 서류를 잔뜩 건넸을 때 숨을 크게 들이 쉬고 다시 한 번 마크를 쳐다 봤다. 그리고는 서류를 읽어나가기 시작했다.

처음 읽으려니 굉장히 복잡한 서류 같았다. 네 개의 서류였고, 각 서류마다 페이지가 상당했다. 먼저 두 개의 보통주 매매 계약서가 있었다. 그 서류는 이제 가치가 없어진 전의 더페이스북의 옛날 주식 대신에 새로 설립하는 페이스북의 주식을 살 권리를 주는 계약서였다. 두 번째 서류는 옛날 회사의 구 주식을 새로운 법인의 주식으로 바꾸는 주식 교환 계약서였다. 마지막은 이사회 투표권에 대한 협정 서였고 에듀아르도는 정확히 이해하지는 못했지만 새로운 회사를 운영하는데 필요 이상으로 복잡한 법률절차를 밟는 것 같았다.

에듀아르도가 그 서류를 훑어보는 동안 변호사들은 각 서류를 최 대한 열심히 설명해 주었다. 재매수와 교환이 끝난 이후에 에듀아르 도는 새 법인의 주식 1,328,334주를 보유하게 된다. 중간 중간 마크 가 컴퓨터에서 눈을 떼고 새로운 법인의 구조를 설명해 주었고, 변호 사들에 따르면 에듀아르도는 처음의 30%에서 지금은 약 34.4%의 지 분을 가지게 된다고 했다. 앞으로 사람들을 더 많이 고용하고, 다른 투자자들을 필요로 할 것이고 그때 희석될 지분을 고려해서 필요하 다고 했다. 마크의 지분은 51%로 줄었고, 더스틴은 이제 회사의 6.81%를 소유했다. 숀 파커도 6.47%의 지분을 가지게 되었다. 에듀아르도가 볼 때에는 숀에게는 과분한 지분율이었다. 피터 티엘이 약 7%를 소유하는 것으로 되어 있었다.

효력 발생 방식에 대한 서류도 포함되어 있었다. 에듀아르도는 당분간 그의 지분을 팔 수 없었고, 따라서 그의 소유지분은 서류상으로만 효력이 있었다. 마크나 더스틴, 숀의 효력 발생 방식도 마찬가지일 거라고 추측했다. 게다가 마크나 회사에 대한 어떤 소송도 제기할 수 없는 일반적 양도 계약서도 들어있었다. 즉 에듀아르도가 이 서류에 서명을 하면, 이 회사에서 자기의 입지는 새로운 서류에 규정된 내용대로만 적용이 되며, 전에 작성했던 조건들은 모두 무효가 된다는 뜻이었다.

에듀아르도는 기숙사 방같이 생긴 그 사무실에서 더스틴과 마크의 손가락이 컴퓨터 자판을 두드리는 소리를 들으면서 서류들을 읽고 또 읽어 내려갔다. 마음 한 구석에서는 이 서류들이 중요하다는 점을 절실히 깨닫고 있었다. 이 서류에 서명을 함으로써 그들의 회사가 도약할 계기를 얻게 될 것이다. 또 한 편으로는 변호사들이 거기 있었기 때문에 – 페이스북의 변호사들이었으니까, 그의 변호사도 될 것이다 – 그리 걱정은 되지 않았다. 그리고 무엇보다도 그의 친구인 마크가 거기 있었기 때문에 안심이 되었다. 마크가 이 서류들이 필요하기도 하고, 서명해도 괜찮다고 했다. 숀 파커도 이 집 어디엔가 있을 것이다. 지금은 법적으로 한 팀이 되었다. 투자를 끌어온 것도 그이고, 실리콘 밸리에서 가장 똑똑한 사람 중 한 명이다.

중요한 것은 에듀아르도의 지분을 지키는 것이었다. 물론 지분이 희석되기는 하겠지만, 그렇게 되면 모두의 지분이 같이 희석될 것 아니겠는가. 더페이스북이 아니라 페이스북이라고 해서 달라질 것이 뭐가 있겠는가.

그는 마크와 최근에 나누었던 대화내용을 곱씹어 보았다. 학교, 인생, 그리고 마크가 캘리포니아에 있는 동안 그가 하버드에서 해야 할 일들에 대해 얘기를 나누었다. 에듀아르도의 생각에는 커뮤니케이션에 약간의 오해가 있었던 것 같다. 마크는 영업을 담당할 사람을 고용할 것이니까 학교 다니는 동안에는 에듀아르도가 한 걸음 일선에서 물러나서 열심히 페이스북 일을 할 필요가 없다고 하는 듯 했고, 에듀아르도는 페이스북에 필요한 일이라면 뭐든지 할 시간이 있다고 얘기했다.

근데 이 서류들은, 적어도 에듀아르도가 볼 때에는, 그가 전과 같이 중요한 역할을 하는 것으로 되어 있었다. 자금이 들어오고, 더 많은 사람들이 고용되면서 사정이 달라지겠지만 이 서류들은 구조 조정을 위해 필요한 절차일 뿐이다. 그렇지 않은가?

어찌되었건 마크는 사이트 회원수가 백만 명을 넘으면 굉장히 멋진 파티가 있을 거라고 했다. 피터 티엘이 샌프란시스코에 있는 그의 식당에서 그 파티를 열 것이고, 훌륭한 파티가 될 거니까 에듀아르도가 꼭 다시 샌프란시스코에 와야 한다고 했다.

파티를 생각하니 에듀아르도의 입가에 미소가 번졌다. 법인 설립에 필요한 지분 구조 조정에 필요한 서류 절차일 뿐이다. 이제 모든 것이 잘 될 것이다. 백만 회원. 상상을 불허하는 숫자이다.

백만 회원 돌파 파티를 위해서라면 당연히 캘리포니아에 올 것이다. 그 생각을 하면서 변호사에게 볼펜을 받아서 서류에 서명을 하기 시작했다. 어찌되었건 그는 페이스북의 지분 34%를 소유하고 있고, 축하할 만한 일인 것이다.

27
2004년 12월 3일

테크노와 얼터너티브, 록을 믹스한 음악이 에듀아르도의 귀청이 떨어져라 울리고 있었고 그의 눈은 따가웠다. 반구형 돔 모양의 높은 천장에 보라색, 노란색, 오렌지색 등 형형색색의 밝은 조명이 마치 초신성으로 바뀌는 은하계처럼 원형 패턴을 그리면서 빛났고 식당 전체를 사이키델릭한 분위기로 만들고 있었다.

그곳은 프릭슨이라고 샌프란시스코에서 가장 유명한 라운지였다. 인테리어는 지나칠 정도로 현대적이면서 동시에 못 봐줄 정도로 복고풍이기도 했다. 스타트렉에 나오는 우주선 엔터프라이즈와 환각제를 많이 복용하고 즐기던 1960년의 분위기가 접목되어 있었다. 이 라운지에 꽉 찬 사람들 사이를 뚫고 지나왔을 때 이미 에듀아르도는 머리가 빙글빙글 도는 것 같았다. 물론 술을 많이 마신 탓도 있었지

만 그것보다는 춥고 고루한 하버드 캠퍼스에서 금방 날아온 그에게
는 너무나 큰 문화적인 충격이었기 때문이었다.

에듀아르도는 원형으로 구성된 식당의 머리 쪽에 위치한 DJ앞에
서서 이 많은 손님들과 고급 식당을 둘러보았다. 페이스북의 백만 회
원 파티로 아주 적합한 장소였다. 바로 며칠 전에 웹사이트에 백만
번째로 가입된 계정을 축하하기 위해서 마크가 그를 초대한 이 파티.
그들이 마크의 커크랜드 기숙사 방에서 사이트를 연지 10개월이 채
되지 않아 백만 기념 파티가 열리는 것이다. 프릭슨은 현대적이고 멋
진, 아무나 들어갈 수 없는 식당이었다. 페이스북과 공통점이 많았
다. 이 식당은 이 파티의 비용을 대는 깊숙한 주머니를 가진 피터 티
엘의 소유이기도 했다.

에듀아르도는 북 캘리포니아의 젊은이들이 음악에 맞추어 몸을
흔드는 것을 바라보았다. 청바지에 칼라가 달린 셔츠를 입었거나,
유럽 스타일로 검정색으로 잘 빼입은 패션이었다. 파티는 전체적으
로 실리콘 밸리의 분위기가 났고, 샌프란시스코의 세련됨이 배어 나
왔다. 또한 페이스북 스타일이기도 했다. 파티에 온 대부분이 대학
생이거나 대학을 갓 졸업한 나이로 보였다. 스탠포드 학생들과 갓 졸
업한 이들이었다. 모두가 화려한 색깔의 칵테일을 마시고 있었고 파
티를 즐기고 있었다. DJ 부스 근처에 귀여운 여자애들이 모여 있는
것이 에듀아르도의 눈에 들어왔다. 그 중 한 명이 자기를 보고 웃는
것 같았고, 그는 얼굴이 빨개져서 다른 방향으로 고개를 돌렸다. 그
의 인생이 이렇게 바뀌었어도 여전히 그는 부끄러움이 많은 청년이

었다.

지금까지 그도 좋은 시간을 보내고 있었다. 이 파티장에 들어선 이후로 말을 걸어오는 사람들에게 자기가 마크, 더스틴과 함께 페이스북을 창업한 사람이라고 얘기하고 다녔다. 그 얘기를 듣고 웃는 여자애들도 있었고, 어떤 사람들은 미친 소리를 하는 사람 아닌가 하는 표정으로 그를 쳐다보기도 했다. 하버드에서는 모두가 그가 누구이고 무슨 일을 했는지 다 알았는데, 이곳에서는 모두가 마크만 바라보고 있었다. 뭔가 이상했다.

하지만 정말 괜찮았다. 이곳 캘리포니아에서는 무대 뒤의 조연으로 남아 있어도 괜찮았다. 유명세를 타자고 이 일을 시작한 것은 아니니까. 페이스북을 오픈 하던 날, 그 방에 그도 있었고, 회사의 지분 30%를 소유하고 있으며 마크 다음으로 그 백만 명 회원이 있도록 한 주역이라는 것을 사람들이 몰라줘도 상관이 없었다. 사람들이 사이트를 좋아하고 인터넷 역사상 가장 큰 사업으로 번창하게만 된다면 말이다.

그 생각을 하자 절로 웃음이 나왔다. 그리고는 댄스 플로어를 지나 식당 반대쪽의 라운지 테이블을 바라보았다. 방 뒤쪽에 있는 둥근 테이블에 마크와 숀, 피터가 함께 앉아서 열심히 얘기를 나누고 있었다. 우연히 오늘이 숀의 생일이라는 것도 알게 되었다. 이제 숀이 몇 살이 되는 거지? 25살? 그들 쪽으로 가려다가 말았다. 지금은 이 군중 속에서 이름 없이 혼자 서있는 것이 왠지 맘이 편했다. 같은 나라 안에서도 이렇게 다른 문화적 충격을 받을 수 있다니, 하버드와 너무나 동떨어진 이 분위기가 그래서 더 좋았다. 그는 눈을 천천히 깜박였고, 조명등이 그를 감쌌다.

이 곳, 이 식당. 너무나 여러 가지로 적응이 필요했다. 너무나 낯설게만 느껴졌고, 너무나 빠르게 돌아가는 것처럼 느껴졌다. 그가 택시에서 내려 이곳 현관에 섰을 때부터 느꼈던 점이었다. 피터 티엘의 페라리 스파이더가 바깥에 주차되어 있었다. 마크가 크레이그리스트에서 샀던 그 고물 자동차가 시동이 걸리지 않아서 제 시간에 회의에 도착하지 못하자 회사에서 준 인피니티도 그 근처에 주차되어 있었다. 아마 숀 파커의 BMW도 그 옆에 있었을 것이다.

에듀아르도는 아직도 기숙사에서 살고 있었고, 와이드너 도서관의 차가운 그림자에 가려 여전히 눈이 덮인 하버드 야드를 걸어서 강의실에 간다.

그렇다. 그가 틀렸었다. 여름 이후로 모든 일이 극적으로 변했다. 하지만 괜찮았다. 그의 선택이었으니까. 자기 자신 이외에 다른 누구도 탓할 수는 없었다. 캘리포니아로 이사 올 수도 있었다. 휴학을 할 수도 있었다. 어쨌든 그는 이제 4학년, 5개월만 있으면 졸업을 하게 된다. 그러면 다른 이들과 함께 페이스북에 전념할 수 있게 된다. 맨 처음 마크와 그가 페이스북을 시작했을 때처럼.

오늘 저녁에는 파티를 즐길 것이다. 가서 한잔 더 마시고, DJ 부스 옆에 있던 예쁜 여자애에게 말도 붙여볼 것이다. 그리고 내일은 하버드로 돌아가서 학업에 전념할 것이다. 마크가 페이스북은 잘 알아서 하고 있으니까. 에듀아르도는 모든 것이 다 잘 될 거라고 확신했다.

숀 파커는 댄스 플로어 건너편 데코 의자에 기대어 피터 티엘과 마크가 페이스북의 새로운 어플리케이션에 대해 논의하고 있는 것을 듣고 있었다. 네트워크에 있는 대학생들이 더욱 손쉽게 친구를 찾는 방법을 얘기하고 있었다. 공개적으로 정보를 공유하는 '벽' 기능은 지금도 인기가 많았지만, 이를 더 향상시키는 방법에 대해서도 얘기하고 있었다. 앞으로 반 년 후면 어느 누가 내놓았던 기능보다 훨씬 훌륭한 미래형 사진 공유 애플리케이션도 선보일 수 있을 것이다. 혁신에 혁신을 더해서 더 나은 혁신을 내놓는 것이다.

숀은 혼자 미소를 지었다. 모든 것이 계획했던 대로 돌아가고 있었다. 그가 생각했던 대로 피터 티엘과 마크는 환상의 만남이었다.

그는 숨을 들이 쉬고 그의 두 파트너에게서 눈을 떼서 사람들이 있는 곳을 바라보았다. DJ 옆에 서있는 귀여운 동양 여자애와 얘기하고 있는 에듀아르도 세버린이 바로 눈에 띄었다. 에듀아르도는 평소와 다름없이 삐쩍 마르고 어정쩡해 보였다. 여자애는 웃고 있는 것 같았다. 좋은 징조였다. 에듀아르도도 행복해 하는 것 같았고, 여자애도 그래 보였고, 모두가 행복해 보였다.

모든 것이 순조롭게 진행되었다. 에듀아르도는 필요한 법적 서류에 순순히 서명을 했고, 지분구조 변경에도 동의했다. 피터 티엘은 페이스북이 도약할 수 있는 자금을 주었고 페이스북은 이제 회원 수백만 명을 돌파했다. 또한 매주 수 만 명씩 새로 가입을 한다. 조만간 더 많은 학교와 캠퍼스에 서비스가 제공될 것이고, 결국에는 고등학교에도 배포되게 될 것이다. 그리고 나서는 누가 알겠는가? 페이스북을 모든 일반인들이 가입할 수 있도록 할 수도 있을 것이다. 대학생, 특권층만이 누릴 수 있는 권한. 이미 그 효력을 발휘했다. 사람들은 페이스북을 믿었고, 사람들은 페이스북을 사랑했다.

사람들은 페이스북에 수십 억 달러를 쓰게 될 것이다.

28
2005년 4월 3일

"그래, 이거야. 정식으로 선포하지. 뉴잉글랜드에도 봄이 온 거야."

그의 친구 AJ가 도서관 석조 계단 아래쪽에 있는 여학생의 잘 빠진 다리를 가리키면서 얘기하자 에듀아르도는 웃음을 지었다. 그녀의 금발 머리는 아이보리색 아이팟의 이어폰 줄을 감싸면서 늘어져 있었고 얼굴은 경제학 교과서에 파묻혀 있었다.

"그렇군." 하고 에듀아르도는 답했다.

"이번 시즌의 첫 번째 미니스커트. 여기서부터는 계속 짧아져야지."

에듀아르도는 하버드의 긴 겨울에 결코 익숙해지지 못할 것 같았다. 1주일 전만해도 야드에는 눈이 쌓여 있었고, 계단마다 얼음이 깔려 있었으며 숨을 들이 쉬면 아플 정도로 공기가 차가웠다. 하버드에는 3월이 없는 것 같았다. 2월에 2월, 3월에도 또 2월이 계속되는 듯 했다.

하지만 마침내 눈이 사라졌다. 공기는 살아있는 듯 했고, 맑고 구름 한 점 없는 파란 하늘이었다. 이제 여학생들이 옷장을 정리하기 시작했다. 두껍고 보기 흉한 스웨터를 버리고 치마와 귀여운 티셔츠, 발가락이 보이는 신발을 신기 시작했다. 티셔츠가 그렇게 귀엽다고는 하기 어렵겠다. 여기는 하버드이니까. 하지만 적어도 전보다 노출은 있었고, 그것이 희소식이었다.

물론 순식간에 상황이 바뀔 수도 있었다. 내일 갑자기 그 회색 구름이 몰려오고 하버드 야드는 열악한 기후로 순식간에 달 표면과 같이 변할 수도 있다. 하지만 내일은 에듀아르도가 뉴 잉글랜드에 없을 것이다. 다시 캘리포니아에 갈 것이다. 높은 사람이 호출을 했으니까.

AJ는 그에게 손을 흔들고 야드 반대쪽의 세미나에 참석하기 위해서 석조계단을 내려갔다. 에듀아르도도 몇 분 후에 그를 따르겠지만 그렇게 서두르지는 않았다. 이제 졸업까지는 두 달도 채 남지 않았다. 수업에 늦어도 크게 문제가 되지 않았다. 사실 수업을 완전히 빼먹어도 전혀 상관이 없었다. 남은 시험 몇 개만 통과하면 세상에 나가서 유용하게 써 먹을 수 있는 하버드의 황금 졸업장을 가지고 이 캠퍼스를 떠날 수 있는 것이다.

진짜 세상. 에듀아르도는 그 진짜 세상이 의미하는 바가 무엇인지 더 이상 알 수 없었다. 분명 마크가 있는 캘리포니아는 아닐 것이다. 마크는 나무가 많은 교외의 또 다른 곳으로 사무실을 옮겼다. 한 번에 만 명씩 사용자들이 가입해도 문제가 없도록 페이스북을 만들고 있었다. 마크는 새 직원을 고용할 예정이고, 때문에 팔로 알토에 있는 페이스북 사무실을 새 단장하고 있다고 말했다. 지금 있는 사무실은 임시로 세 들어 있는 사무실이었다. 새 직원 고용은 지난 가을, 서류에 서명을 했을 때 이미 거론된 회사의 성장의 일환이었다.

진짜 세상은 결코 페이스북같지는 않을 것이다. 페이스북만큼 빨리 변하는 진짜 세상은 없을 테니까.

백만 회원은 금방 2백만이 되었고 이제 3백만에 육박하고 있었다. 하버드에서 시작한 자그마한 웹사이트가 이제는 전국 방방곡곡 500개의 캠퍼스에 배포되었다. 신문지상이나 TV 뉴스에서도 언급되고 있었다. 그가 아는 모든 이들이 페이스북을 했다. 그의 아버지도 자기의 계정으로 웹사이트에 로그인을 해보고는 무척 마음에 들어 했다. 페이스북은 진짜 세상이 아니었다. 진짜 세상보다 더 큰 세상이었다. 전혀 새로운 우주였고 에듀아르도는 그와 마크가 해 낸 일이 너무나 자랑스러웠다.

물론 최근 2개월 동안 캘리포니아에 나가있는 아이들과는 그렇게 많은 대화가 오고 가지는 않았다. 이상한 전화 통화, 뉴욕의 아는 사람에 대한 정보나 광고주에 대해 조사했던 내용을 달라는 이상한 전화 통화 외에는. 사실 에듀아르도는 지난 몇 개월 동안 마크와 소원해지면서 자부즐*Joboozle*이라는 별도의 웹사이트를 오픈 했다. 학생들이 고용주에 대해 찾아보고, 자기들의 이력서를 보내고 네트워킹하는 취업사이트였다. 자부즐이 페이스북처럼 될 것이라는 생각은 전혀 하지 않았지만, 마크가 다시 자기에게 연락할 때까지 시간을 죽이는 데는 도움이 되었다.

그리고 마침내 마크가 캘리포니아에 와 달라고 며칠 전에 이메일을 보냈다. 중요한 경영회의가 있다고 했고 에듀아르도가 교육시켜야 할 신입사원이 있다고 했다.

이메일 내용 중에 에듀아르도가 우려할 만한 내용이 있었다. 마크는 최근에 대형 벤처 캐피털 회사에서 페이스북에 관심을 보인다고 했다. 숀 파커의 숙적인 마이클 모리츠가 운영하는 실리콘 밸리에서 가장 큰 세쿼이아 캐피털과 엑셀 파트너, 그리고 지난 십 년 동안 이 분야에서 활동이 왕성한 팔로 알토 일류의 펀드라고 했다. 마크는 그 중 한 회사의 투자 제안을 수용할 가능성이 있다고 내 비췄다. 마크는 워싱턴 포스트의 CEO 돈 그래함도 페이스북에 관심이 있다고 했다.

그리고 마크는 이 거래가 성사되면 그와 숀, 더스틴이 자신들의 지분을 조금 팔려고 한다고 했다. 각각 2백만 불 정도가 될 것이라고 했다.

에듀아르도는 그 점이 의아스러웠다. 그가 서명한 서류에는 지금 그의 지분을 팔 권한이 없었다. 아주 오래 동안 그의 지분을 팔 권한이 없었기 때문이었다. 그런데 어떻게 마크와 숀, 더스틴이 200만 달러 정도의 지분을 현금화할 수 있다는 말인가? 지분 구조 조정 때 자기와 같은 서류에 서명을 한 것이 아닌가?

그리고 두 번째로 왜 지분을 판다는 얘기를 하는 것인가? 언제부터 마크가 돈에 관심이 있었다고. 숀 파커는 공식적으로 회사의 지분을 소유한지 10주밖에 되지 않았는데 어떻게 200만 불을 손에 쥐게 된단 말인가? 그에 비해 에듀아르도 자신은 오픈 때부터 있었던 창업 멤버이다. 뭔가 공평하지 않았다.

어쩌면 에듀아르도가 그 상황을 잘 못 이해하고 있는지도 모른다. 캘리포니아에 가서 마크를 만나면 오해가 풀릴 것이다. 어쨌건, 에듀아르도는 지난 여름 화가 나서 한 자신의 행동이 결코 도움이 되지 않았던 것을 기억하고 이번에는 감정을 앞세우지 않기로 했다. 침착하고 합리적이고 이해하는 자세를 보일 것이다. 지금은 봄이고, 치마 길이도 짧아지고 있고, 학교도 끝나가고 있는 시기이니까.

내일 에듀아르도는 6시간 비행기를 타고 가서 공사중인 새 사무실도 보고 경영회의도 참석하고, 누구인지는 모르지만 새 직원을 교육시킬 것이다. 이제 그와 마크 사이가 정상궤도로 돌아가는 시작이 되기를 바랐다. 그래서 그가 졸업하면 마크의 창업 파트너의 자리로 돌아갈 수 있도록 말이다. 기분 좋은 생각이었다. 그의 대학 생활을 연장하는 것이나 마찬가지였다. 페이스북이 아무리 커진다고 해도 에듀아르도에게는 항상 대학같이 느껴졌다. 페이스북에서는 마크가 하는 것처럼 진짜 세상과 맞닥뜨리는 일을 일어나지 않을 것이다.

내일이면 마크랑 다시 함께 할 것이고, 마크가 모든 상황을 설명해 줄 것이다. 하버드 야드를 향해 도서관 계단을 내려가는데 마크의 마음이 포근해졌다.

29
2005년 4월 4일

에듀아르도는 그 순간을 평생 기억할 것이다.

그가 들어서자마자 변호사가 건네어 준 문서를 바라보면서 아직은 텅 빈 그 사무실에 서서 몸을 떨기 시작했다. 이번에는 다른 변호사였고, 문도 달랐다. 나무가 많은 교외의 기숙사 같은 사무실이 아니라 팔로 알토의 시내 유니버시티 애비뉴에 위치한 유리벽과 단풍나무 책상, 새 컴퓨터와 모니터, 카펫 등이 깔린 제대로 된 사무실이었다. 심지어 계단의 그래피티도 이 지역 예술가에게 위탁해서 작업하고 있었다. 진짜 사무실에 또 진짜 변호사가 이 사무실 어딘가 컴퓨터 작업을 하고 있을 마크와 에듀아르도 사이에 서 있었다. 마크는 여느 때와 마찬가지로 그 망할 놈의 컴퓨터 화면 앞을 은신처 삼아 있을 것이다.

맨 처음 에듀아르도가 이곳을 둘러보기도 전에, 마크에게 새로운 직원에 대해서, 또 200만 달러 지분 판매에 대해, 이메일에 썼던 내용에 대해 물어보기도 전에 이 서류를 내밀며 서명하라고 했을 때 이 변호사가 농담을 하는 것은 아닌가 생각했다. 하지만 에듀아르도가 그 난해한 법률 용어로 가득한 그 서류를 읽었을 때, 자신이 경영회의를 위해서 이곳에 온 것이 아니라는 것을 깨달았다.

이것은 매복이었다.

몇 분이 지나서야 에듀아르도는 자신이 읽고 있는 서류가 무엇인지 깨달았다. 그리고 그의 얼굴이 차가워지면서 하얗게 변했다. 마치 가슴 한 가운데 총상을 입고, 그의 몸이 터지는 느낌이었다. 그는 그 때 잃어버린 그의 일부를 다시는 찾을 수 없을 것이라는 것도 깨닫고 있었다. 어떤 말도 행동도 그 때의 그 느낌을 설명할 수 없다. 사실 그런 일이 일어날 것이라는 것을 예상은 했어야 했다. 충분히 알아챌만한 일이었고 여러 징후를 포착했어야 했는데 에듀아르도는 그렇지 못했다. 완전 눈이 멀어 있었던 것이다. 바보 멍청이었다.

그는 그의 친구가, 하버드의 사교 생활의 일부가 되려고 노력하던 두 명의 공부벌레 괴짜로 만난, 언더그라운드 유태인 남학생 사교클럽에서 만난, 바로 그 친구가 이렇게 하리라고는 전혀 꿈도 꾸지 못했었다. 문제가 있기는 했고, 마크가 냉정하고 거리감을 둘 때가 있지만 이것은 정말 너무했다.

에듀아르도에게는 배신이었다. 간단했다. 마크가 그를 배신하고 그를 파괴했으며 그에게서 모든 것을 빼앗아 갔다. 아주 명백하게 서류에 쓰여 있었다. 아이보리색 백지에 시커먼 글씨로 적혀있었다.

먼저 2005년 1월 14일 날짜로 페이스북의 주식 발행 수를 보통 주로 1천9백만 주까지 늘린다는 주주들의 동의서가 있었다. 그리고 3월 28일 다시 2천 89만주까지 발행한다는 동의서, 그리고는 세 번째 서류에는 마크 주커버그에게 3백30만주, 더스틴 모스코비츠에게 2백만 주, 그리고 숀 파커에게 2백만 주를 추가 발행한다고 적혀 있었다.

에듀아르도는 주식수를 쳐다보며 급하게 암산을 했다. 마크와 더스틴, 숀에게 발행한 신주만으로 그의 지분은 34%에서 10%도 안 되게 줄어들게 되고, 그 밖에 승인된 신주가 발행되면 그의 지분은 거의 없는 것이나 마찬가지가 되는 것이었다. 그들이 자기의 지분을 희석해서 회사에서 그를 몰아내고 있는 것이다.

에듀아르도가 서류를 보고 있는 동안 변호사가 말을 하기 시작했다. 에듀아르도는 마크가 자기가 어떻게 반응할 것이라고 예상했을지 궁금했다. 마크는 에듀아르도가 전혀 기분 나쁘게 반응하지 않을 것으로 생각했는지도 모른다. 마크는 에듀아르도가 이미 오래 전, 작년 가을에 이 모든 것이 가능하도록 한 서류들에 서명을 했을 때에 이미 이 회사에서 떠났다고 생각했는지도 모른다. 아니면 그 보다 더 이른 작년 여름에 그가 은행 계좌 거래를 중지시켰을 때였을지도 모른다. 전혀 다른 사고방식과 관점이었다.

변호사는 관심 있는 벤처캐피털 회사에서 투자를 하려면 신주 발행이 필요하고 에듀아르도의 서명은 요식행위에 불과하며 이미 주식 발행은 승인이 되었고, 회사를 위해서 잘 된 일이라고, 그리고 이미 결정된 사안이라고 줄줄이 설명했다.

"안돼!"

에듀아르도는 자신의 목소리가 자신의 머릿속에 울려 퍼지는 것을 들었다. 그의 목소리가 유리벽을 치고 그래피티가 있는 계단을 지나 빈 사무실에 울려 퍼졌다.

"안돼!"

에듀아르도는 페이스북의 소유지분을 넘겨주지 않을 것이다. 그의 성공을 그렇게 서명 하나로 넘겨줄 수는 없었다. 그는 처음부터 그 기숙사 방에 있었고, 페이스북의 창업 멤버였다. 그는 그의 지분 30%를 받을 자격이 있었다. 그와 마크가 합의한 내용이었다.

변호사가 침착하게 다시 말을 했다. 에듀아르도는 더 이상 페이스북의 일부가 아니며 경영진도 아니고 직원도 아니라고 설명했다. 더 이상 페이스북과는 관련이 없으며 이 기업의 역사에서 말소 될 것이라고.

마크 주커버그와 페이스북에게 에듀아르도 세버린은 더 이상 존재하지 않았다. 그를 둘러싼 벽이 좁아져 오는 것 같은 느낌이었다. 에듀아르도는 그곳을 빠져 나와야 했다. 하버드로, 캠퍼스로, 집으로 돌아가야 했다. 자기 귀에 들리는 내용을 믿을 수 가 없었다. 하지만 선택의 여지가 없다고 변호사는 말했다. 이미 결정된 내용이고, 창업자이자 CEO 그리고 페이스북의 새로운 사장이 결정한 일이라고 했다.

이 끔찍한 뉴스를 들으면서 한 가지 생각이 스쳐갔다. 도대체 누가 페이스북의 사장이란 말인가? 하지만 다시 생각해보니, 이미 그는 누가 사장인지 알고 있었다.

30
잘못한대로 돌려받기

숀 파커는 힘차고 박력 있게 그의 BMW에서 내렸다. 그의 두뇌는 평소보다 더 빠르게, 10,000rpm 정도로 움직이고 있었다. 굳이 은유법을 쓰자면 그는 지금 그의 인생에서 가장 달콤한 사막으로 가고 있는 길이었기 때문이다.

그는 자동차 문을 세게 닫고 팔짱을 끼고 자동차 한 쪽에 기대어 섰다. 그리고 외벽이 유리와 크롬으로 되어있는 세쿼이아 캐피털의 본사 건물을 올려다보았다. 젠장, 정말 싫은 곳이었다. 그는 기억을 되새겨 보았다. 아이러니하게도 그때와는 전혀 다른 기분이었다. 그때는 자금과 동업자, 관심을 구하려고 여기에 왔었다. 그리고 원하던 관심을 얻었지만 결국은 자기의 땀과 눈물로 세운 회사에서 쫓겨나고 다시 땅바닥에 주저앉아야 했었다.

지금은 얼마나 상황이 다른가. 이번에는 세쿼이아에서 구걸을 하고 있는 셈이었다. 회의를 하게 해 달라고, 마크와 통화를 하게 해달라고, 마크와 만남을 주선하게 해달라고 계속되는 러브 콜은 물론, 거의 페이스북 사무실에 와서 살다시피 했다. 그레이락, 메리텍, 메세머, 스트롱 등 이름 있는 벤처 캐피털 회사들은 이미 모두 연락을 해 왔다. 벤처 캐피털뿐만이 아니었다. 벌써부터 마이크로소프트와 야후가 페이스북을 주목하고 있다는 소문이 돌았다. 프렌드스터는 이미 비공식적으로 천만 달러를 제안을 해왔다. 마크와 숀에게는 쥐똥만한 금액이었다. 물론 손쉽게 거절했다. 마이스페이스도 관심을 표명해 왔다. 이제는 모두가 관심을 보였다. 물론 가장 큰 손인 세쿼이아도 빠질 수는 없었다.

숀은 일부러 시간을 끌었다. 모리츠가 그의 은신처에서 그의 하수인들에게 악당 같은 웨일즈 억양으로 소리를 질러대며 속을 끓이는 모습을 상상하면서. 지금쯤이면 모리츠도 페이스북에서 그들을 만나지 않으려고 하는 주된 이유가 자기였다는 것을 알고 있을 것이다. 그리고 그 과대망상증 환자는 숀이 조만간 자신들의 제의를 받아들일 것이라고 생각했을 것이다. 그들이 입에 거품을 물 정도가 되었을 때, 숀은 만나주겠다고 동의했다. 그들의 생각대로 되어가는 것 같았을 것이다.

숀은 마치 미친 원숭이처럼 웃고 있었다. 그의 자동차와 마찬가지로 검정색으로 빼 입고 있었다. 달라 붙는 DKNY 바지와 악어가죽 벨트를 하고 있었다. 배트맨이 정의를 구현하기 위해서 샌프란시스코의 거리에 나타난 것이다. 드디어 잘못을 시정할 시기가 왔다.

그는 운전석의 문이 닫히는 소리를 듣고 마크가 차 앞쪽으로 돌아오는 것을 쳐다보았다.

"맙소사."

숀의 미소는 호탕한 웃음으로 퍼졌다. 마크는 아주 밝은 색의 잠옷을 입고 노트북 컴퓨터를 그의 팔에 끼고 있었다. 머리는 엉망이었다. 하지만 여전히 얼굴은 진지한 표정이었다.

"이래도 돼? 괜찮은 거 확실해?"

숀은 더 크게 웃었다. 물론이지, 지금까지 했던 어떤 일도 이것만큼 확실한 것은 없었다.

"완벽해"

그리고 숀은 그의 시계를 보았다. 정말로 완벽했다.

마크가 실리콘 밸리 최대 벤처 캐피털과의 회의에 10분이나 늦은 것뿐 아니라 완전 미친 놈처럼 차리고 나타나는 것이다. 숀은 그 회의에 참석하지 않을 것이다. 그건 숀이라고 해도 지나친 것이니까. 하지만 마크 혼자서도 충분히 감당할 수 있다. 마크는 회의에 나타나서 늦잠을 자서 늦었다고, 옷을 갈아입을 시간조차 없었다고 미안하다고 정중히 사과를 할 것이다. 그리고는 바로 그의 발표를 할 것이다. 그의 발표가 끝날 때 즈음에 세쿼이아를 위해서 특별히 준비한 파워포인트 자료를 열 것이다. 그 파워포인트 내용은 그들에게 꽂은 칼을 더욱 깊이 쑤시는 역할을 할 것이다. 그리고는 마크가 그 회의실을 빠져 나올 것이다.

세쿼이아 캐피털은 절대로, 절대로 페이스북에 투자할 기회를 얻지 못할 것이다. 숀이 그 점은 확실하게 할 테니까. 마크는 모리츠와 세쿼이아 사람들이 숀에게 무슨 일을 했는지, 숀을 플락소에서 내 쫓고 목을 조른 일을 아주 잘 알고 있었다. 그리고 피터 티엘도 그들과 생각이 같았다. 페이팔 사업 때 세쿼이아 캐피털에서 피터 티엘에게도 몹쓸 짓을 했었다. 이제는 이 작은 동네에서 남에게 잘못하면 그대로 돌아온다는 것을 세쿼이아에 한 수 가르쳐 줄 때가 온 것이다.

마크와 숀이 손해 볼 것은 전혀 없다. 지금은 모두가 페이스북에 투자를 하고 싶어하니까. 프렌드스터의 제안은 이미 거절했지만 다른 제안이 기다리고 있었다. 가장 인지도 있는 벤처 캐피털 회사인 엑셀 파트너가 지난 몇 주 동안 그들과 협상을 하고 있었다. 이 업계에서 가장 훌륭한 벤처 캐피털 투자자인 엑셀의 선임 파트너 짐 브레이어가 전화를 해 올 때마다 숀은 전화에 대고 허황된 숫자를 소리쳐 댔다. 기업 가치로 1억 달러가 아니면 말도 꺼내지 마라! 2억 달러 아니면 다시는 연락하지 마라! 브레이어는 무슨 의미인지 알아듣는 듯했다.

동시에 마크는 워싱턴 포스트 컴퍼니의 돈 그래함과 얘기를 진행 중이었다. 워싱턴 포스트 컴퍼니의 수뇌인 돈 그래함은 마크의 친구이자 멘토와 같은 존재로 발전했다. 재미있는 한 쌍이 될 수도 있을 것이다. 정보의 교환을 기반으로 사교계의 혁명을 일으킨 천재와 미디어 재벌과 만남. 마크는 그래함과 워싱턴 포스트와 협상을 추진할 생각이었고, 이에 엑셀은 더욱 몸이 달았다. 어느 쪽으로 바람이 불지는 곧 확실해 질 것이다.

엑셀은 페이스북의 소수지분에 천 3백만 불 정도를 투자할 것이다. 그렇게 되면 페이스북의 기업 가치는 거의 1억 달러에 가까워 질 것이다. 14개월 만에 1억이라니. 그것도 이제 시작에 불과한데. 숀은 6개월 만에 기업 가치가 3배로 뜰 것이라고 확신했다. 그러면 2005년 말에는? 그때 즈음에는 얼마가 될지 누가 알겠는가? 지금과 같은 속도로 가입자가 는다면 1년 내에 사용자 수가 5천만 명에 육박하게 될 것이다. 숀은 페이스북이 곧 10억 달러 정도의 가치를 갖게 될 것이라는 자신감을 갖게 되었다.

그는 마크가 자기 옆을 지나 천천히 세쿼이아 빌딩으로 걸어 들어가는 모습을 보면서 크게 미소 지었다. 속으로는 자기도 그 회의에 마크와 함께 들어가고 싶었지만, 그냥 어떻게 회의가 진행되는지 상상 하는 것만으로도 충분했다. 그는 마크에게 손을 흔들어 잘 하라는 격려의 표시를 보냈다.

"진짜 잘 될 거야."

그리고 숀은 다시 한 번 마크의 잠옷을 바라보고는 크게 웃었다. 대단히 끝내줄 것이다.

31
2005년 6월

"만 명의 하버드 학생⋯⋯."

에듀아르도는 앉아 있던 조그만 나무 의자에서 어떻게든 조금이라도 편안한 자세를 취해보려고 무거운 검정색 폴리에스터 졸업가운 안에서 그의 삐쩍 마른 몸을 비틀자, 그의 무릎이 삐긋하면서 통증이 느껴졌다. 사방으로 같은 의자에 둘러싸인 조그만 공간에 그의 기다란 몸을 끼워 넣기란 여간 힘든 일이 아니었다. 게다가 터무니없이 더운 졸업 가운에, 사각모가 그의 머리 크기에 비해 두 사이즈는 작아서 머리카락이 뿌리부터 뽑히는 듯 했고, 그의 이마를 조이고 있었다.

그래도 에듀아르도는 웃고 있었다. 그 많은 일들이 있은 후에도 여전히 그는 웃고 있었다. 오른쪽을 바라보았다. 졸업생들이 검정색 가운에 바보 같은 사각모를 쓰고 긴 줄로 늘어 앉아 있었다. 그의 뒤쪽에도 비슷하게 차려 입은 4학년 졸업생들이 하버드 야드 중간, 학부형과 가족들이 서있는 곳까지 즐비하게 앉아있었다. 학부형들과 가족들은 여름 재킷과 카키 바지를 입고 자랑스럽게 카메라와 비디오 촬영을 하고 있었다.

"만 명의 하버드 학생……."

에듀아르도는 연단을 바라보았다. 그가 앉아 있는 곳에서 약 10미터 정도 떨어져 있었다. 서머스 총장은 강단 뒤편에서 학장들을 양옆에 끼고 서 있었다. 그의 오른쪽에는 졸업장이 잔뜩 쌓여 있었다. 곧 총장 앞 연단에 있는 마이크에서 첫 번째 이름이 불려질 것이다. 그 소리는 아이비가 뒤 덮인 오래된 벽돌 건물과 와이드너 도서관의 돌계단을 지나 그리스 양식으로 지어진 기둥을 타고 파란 하늘로 울려 퍼질 것이다.

아침 내내 바빴지만 에듀아르도는 여전히 기운이 넘쳤다. 그의 동창들도 작은 나무의자에 앉아 안절부절 못 하는 모습이 그와 마찬가지로 기운이 남는 듯 했다.

그날은 아침부터 리버 하우스에서부터 졸업생 행진이 있었다. 검정색 졸업 가운을 입은 4학년생들의 긴 행렬이 하버드 스퀘어와 하버드 야드를 지나 행진을 했다. 날씨는 꽤 더웠지만 에듀아르도는 가운 아래에 양복과 넥타이를 입고 있었다. 그 행사가 끝난 이후에 오후에는 가족들과 함께 시간을 보낼 계획이다. 그의 가족들이 어디에 서있는지는 정확히 알 수 없었지만, 졸업생 뒤 쪽에 모여 있는 청중

속에 있다는 것은 확실했다.

사실 하버드 야드 전체가 사람들로 가득 찼다. 에듀아르도가 고등학교 때 어쩌다 가게 된 록 콘서트 이후로 한 곳에 이렇게 많은 사람들이 모여 있는 것은 처음 보았다. 하루 종일 그렇게 사람이 많을 것이다. 그날 오후에는 하버드 졸업생이자 영화 배우인 존 리스고우의 연설이 있고, 그 전에 졸업생들이 와이드너 도서관의 돌계단 앞에서 기념사진 촬영도 할 것이다. 그리고 졸업생들은 가족들과 피크닉을 하거나 친구들에게 작별인사를 할 것이다. 많은 학생들이 그들의 학사모를 하늘로 던질 것이다. 텔레비전에 항상 나오는 상투적인 졸업식 장면이니까. 사실 학사모가 바보스러워 보이는 것은 사실이다.

에듀아르도는 다시 강단으로 관심을 돌렸다. 진행 요원, 교수, 명예 졸업생 등, 총장 뒤에 줄지어 있는 그들은 아주 밝은 형형색색의 가운을 입고 에듀아르도 주변에 있는 검정색 졸업가운 바다와 대조를 이루고 있었다. 에듀아르도의 눈길은 졸업장으로 옮겨졌다. 그 산더미같이 쌓인 졸업장 속에 자기의 이름도 있을 것이다. 라틴 글자가 엠보싱으로 찍혀 있는 둥글게 말린 종이를 위해 졸업생 부모들이 12만 달러를 지불했던 것이다.

에듀아르도의 경우에는 그 보다 훨씬 더 많은 비용이 들은 셈이었다.

"하버드의 만 명이……"

에듀아르도 왼쪽에 있는 누군가가 오래된 대학 응원가의 가사를 따라 부르고 있었다. 그 노래를 알다니. 그 아이는 그 노래를 콧노래로 따라 불렀다. 에듀아르도는 일 학년 때 하버드와 예일 대학 경기에서 응원단 밴드가 그 노래를 불렀기 때문에 가사를 알고 있었다. 그 당시에는 자기가 이 대학교, 역사의 일부가 되었다는 것이 너무나 자랑스러워 '크림슨'에 관련된 것은 열성적으로 따랐다. 그의 아버지가 너무나 자랑스러워했고 고등학교 시절에 열심히 공부한 보람이 있는 것 같아 기뻤었다. 새로운 언어를 배우고, 새로운 문화를 배워서 이 아름다운 역사적인 건물들이 있는 학교까지 온 것이었다. 그 순간은 자신의 성과를 인정받는 순간이었고, 자랑스러운 마음에 그는 그 응원가를 배웠었다.

> 하버드의 만 명이 오늘의 승리를 염원하네,
> 그들은 공정한 하버드가 오래된 엘리를
> 한 손에 쥐고 있다는 것을 알고 있네.
> 우리는 오래된 엘리를 정복할 것이네.
> 그리고 경기가 끝나면 다시 노래할 것이네.
> 하버드의 만 명이 오늘 승리를 얻었다고.

*엘리: 예일 대학을 지칭함

에듀아르도는 다시 강단으로 관심을 돌렸다. 서머스 학장이 연단 위에 서 있었다. 아래턱이 늘어진 커다란 얼굴이 마이크에서 몇 인치 정도 밖에 떨어져 있지 않았다. 에듀아르도는 그의 이름이 불릴 때까지는 시간이 걸릴 것이고, 자기 차례가 왔을 때 분명 자기 이름을 잘

못 발음할 것을 예상하고 있었다. 처음 'O'는 빼먹을 것이고, 뒤에서 두 번째 음절에다가 억양을 줄 것이다. 그는 이제 익숙해져 있었고 상관없었다. 그는 당당하게 강단에 올라가 그의 졸업장을 받을 것이다. 그는 졸업장을 받을 만큼 노력했으니까. 노력한 만큼 성과를 인정받는 것, 그것이 세상 돌아가는 이치이다. 공정하게.

마이크에 첫 번째 이름이 불리자 에듀아르도 뒤쪽 어딘가에서 플래시가 터졌다. 전문가용 카메라가 첫 번째 졸업생이 강단에 올라가는 것을 찍고 있었다.

에듀아르도는 이 사진이 언젠가 페이스북의 프로파일에 올라갈 것이라는 생각을 했다. 분명 조만간 올라갈 것이다.

그 순간, 그날 처음으로 그의 얼굴에 미소가 사라졌다.

새벽 2시. 18시간 후.

하루 종일 가족들과 보내고, 찌는 듯이 더웠던 날씨에 비싼 스카치위스키를 4분의 1이나 마신 에듀아르도는 그의 재킷 주머니에 손을 깊숙이 찔러 넣고 피닉스 클럽의 3층 가죽 의자에 깊이 기대어 앉았다. 앞에 있는 커피 테이블에는 산더미같이 쌓인 술병이 달빛에 반짝반짝 반사되면서 작은 유리의 성 같이 보였고, 그가 모르는 금발의 여학생들이 그 유리의 성을 둘러싸고 춤을 추고 있었다.

아래층에는 파티가 한창이었다. 1층의 댄스 플로어에서 나오는 음악에 3층 건물 전체가 울렸다. 힙합과 빌보드 차트 톱 40의 팝송이었다. 에듀아르도는 아이들이 바깥에 피운 모닥불 연기를 마시면서 나무 바닥을 짓밟으며 음악에 맞추어 흔들어 대는 모습을 상상할 수 있었다. 또한 '퍽 트럭'에서 방금 내린 예쁜 아이들과 어린 피닉스 회원들이 시간이 정지한 것 같은 그 날 밤의 근사한 추억을 만들기 위해서 특별한 만남을 찾아 헤매는 것도 상상해 보았다.

하지만 여기 3층은 조금 조용한 편이었다. 춤추고 있는 금발 머리 여학생들을 빼고는 고급 VIP 룸 같은 느낌을 주는 방이었다. 실내장식이 VIP 스타일로 되어있기는 했다. 붉은 카펫에 진한 나무 톤의 벽과 천장, 가죽 소파, 비싼 술병이 쌓인 테이블. 3층은 벨벳으로 된 로프로 막아져 있고 초대받은 사람들에게만 그 로프가 열리는 그런 분위기였다.

마크의 배신이라고 부르는 그 캘리포니아의 여행에서 돌아온 이후로, 그는 이 방에서 많은 시간을 보냈다. 생각하고 고민하고 그의 미래를 구상했다.

대학은 이제 끝났고 에듀아르도는 하버드 야드의 안전지대를 떠나게 된다. 그는 아직 보스턴으로 갈 지 뉴욕으로 갈 지 결정하지 못했지만 그가 더 이상 애가 아니라는 것은 알고 있었다. 더 이상 애라고 느끼지도 않았다.

에듀아르도는 그의 몫이라고 생각되는 지분을 찾기 위해서 벌써 법적 소송절차에 들어갔다. 변호사를 선임하고 마크와 다른 페이스북 팀에 자기가 소송을 제기할 것이라는 의사를 정확히 밝히는 편지를 보냈다. 법정에 나타나야 하는 것, 판사나 배심원 앞에서 친구랑 싸워야 하는 것이 마음에 들지는 않았지만 그 밖에 다른 방법이 없다는 것을 잘 알고 있었다. 이제는 마크와 그와의 문제만은 아닌 것이다.

이 가죽 소파에 앉아서 에듀아르도는 마크가 이런 식으로 일이 풀린 것에 대해 조금이라도 후회를 할까 궁금했다.

아마도 후회가 없을 것이라고 생각하며 얼굴을 찌푸렸다. 마크는 아마도 자기가 잘못을 저질렀다고 생각하고 있지도 않을 것이다. 마크의 입장에서는 회사를 위해서 해야 할 일을 한 것 뿐이라고 생각하고 있을 것이다.

어찌되었건 페이스북은 처음부터 마크의 아이디어였다. 그의 시간과 노력으로 만들어졌다. 그의 기숙사 방에서 시작하여 회사를 키운 것이다. 그가 프로그램을 직접 작성했고 웹사이트를 오픈했으며, 캘리포니아에 가서 대학을 포기하고 자금을 마련했다. 마크 주커버그의 생각에는 처음부터 자기의 작품에 다른 사람들이 매달린 것뿐이었다. 윈클보스 형제나 에듀아르도, 아마 숀 파커도 매달린 사람 중 하나로 생각하고 있을지도 모른다.

사실 마크는 에듀아르도가 부적절한 행동을 했다고 생각할지도 모른다. 그와의 우정을 배반하고 은행 계좌를 동결해서 회사에 위기 상황을 초래할 뻔 했다. 에듀아르도가 경영총책임이라는 직함을 주장해서 벤처 캐피털로부터 자금을 지원받기 어렵게 만들었다고 볼 수도 있다. 자부즐과 같은 다른 웹사이트를 시작해서 페이스북에 누를 끼치려 했다고 볼 수도 있다. 같은 광고주를 대상으로 광고를 요구할 수도 있었고, 마크가 페이스북의 영업비밀이라고 생각되는 페이스북과 비슷한 모델의 사업을 하는 광고주에게 접근했을 수도 있으니까. 에듀아르도가 당했다고 생각하는 것처럼 마크도 에듀아르도에게 당했다고 생각할 수 있는 이유는 많았다.

하지만 에듀아르도는 마크와는 관점이 전혀 달랐다. 그는 그가 페이스북의 초기 구상 단계부터 함께 일을 했다고 진정으로 믿고 있었다. 페이스북의 성공에 중요한 인물이었고 초기자금을 대었으며, 그의 시간도 투자했다. 그들이 처음 동의했던 것을 얻을 자격이 충분히 있는 것이다. 아주 간단했다.

마크와 한 가지 동의한 것은 있었다. 페이스북이 더 이상 우정에 대한 것이 아니라 사업이라고. 비즈니스일 뿐이었다. 단순한 비즈니스.

에듀아르도는 그가 마땅히 받아야 한다고 생각되는 몫을 얻으려 노력할 것이다. 그는 마크를 고소해서 마크가 스스로 설명하게 할 것이다. 또한 마크에게 공정하게 행동하도록 할 것이다.

여자애들이 음악에 맞추어 몸을 흔들자 금발 머리가 물결쳤다. 그 모습을 보면서 마크가 처음에 어떻게 페이스북을 시작했는지는 기억할까 궁금해졌다. 머쓱한 두 공부벌레가 뭔가 특별한 것을 해서 눈에 띄고자, 사실은 여자애들을 꼬드겨서 잠자리나 같이 하고자 시작했던 것 아닌가. 그 이후로 얼마나 많이 바뀌었는지 마크가 알고 있을까.

어쩌면 마크는 전혀 바뀌지 않았을 수도 있다. 어쩌면 처음부터 에듀아르도가 그를 잘못 봤을 수도 있다. 윈클보스 쌍둥이처럼 그 표정 없는 얼굴에 그가 원하는 성품을 나름대로 집어넣어서 그것이 마크라고 생각했을지도 모른다. 어쩌면 그는 지금까지 마크 주커버그를 제대로 몰랐는지도 모른다.

마크 주커버그 자신은 스스로를 알고 있는지 궁금해졌다. 숀 파커는? 숀 파커도 마크 주커버그를 안다고 생각할 것이다. 하지만 에듀아르도는 숀 파커의 착각도 오래가지 못할 것이라고 확신했다.

에듀아르도가 볼 때, 숀 파커는 대기를 지나가면서 산산조각 나는 작은 혜성에 불과했다. 벌써 두 개의 창업 회사를 말아 먹었다. 그가 페이스북도 말아 먹을 것인가의 문제가 아니라 언제 말아 먹을 것인가의 문제일 뿐이었다.

32
3개월 후

이상한 일은 아무도 사이렌 소리를 듣지 못했다는 것이다.

파티가 한창이었다. 교외의 주택에 선남선녀들이 신나게 즐기고 있었다. 행복하게 파티를 하고 있었다. 여대생들과 대학원 남학생들, 세련된 도시인들과 멋진 20대의 젊은이들, 배낭과 야구 모자를 쓴 아이들이 딱 붙는 청바지에 칼라가 있는 셔츠를 입은 프로페셔널들과 함께 어울리고 있었다. 여느 대도시의 나이트클럽과 같은 분위기였다. 다만 어딘가 촌스러운 분위기가 약간 섞여 있을 뿐이었다. 마치 대학교 사교클럽의 '사' 자도 모르는 아이들을 위한 파티 같았다. 술이 넘쳐흐르고 시끄러운 음악 소리에 마룻바닥과 휑한 벽이 울리고 있었다.

그리고는 '땅' 하는 소리와 함께 눈 깜짝할 사이에 분위기가 어수

선해졌다. 누군가 소리를 쳤고, 현관문이 쾅하고 열렸다. 어둡고 사람들로 가득 찬 댄스 플로어와 벽에 손전등이 어수선하게 비쳐졌다. 마치 황량한 평야를 공격하는 UFO같았다. 그리고는 그들이 들이닥쳤다. 망할 게슈타포의 앞잡이들처럼 소리치고 짖어대면서, 손전등을 스타워즈의 광선검인 양 휘두르면서 밀려들어왔다.

군청색 유니폼, 야광봉에 배지, 그리고 수갑까지. 총이 보이지는 않았지만 권총집은 보였다. 두껍고 짙은 고무 집에서 금속이 두툼하게 삐져나와 있었다. 사이렌이 있었건 없었건 이 파티는 끝났다.

숀 파커는 누군가 착각을 한 것이라고 생각했을 것이다. 대학교 캠퍼스 밖에서 열리는 파티에 불과했다. 페이스북의 대학생 직원들과 함께 그 파티에 갔었다. 물론 순수하게 친구가 된 예쁜 여학생과 함께. 지금까지 수 천 번도 더 갔던 파티와 다를 것 없는 합법적인 파티였다.

물론 집에 술이 있기는 했다. 음악 소리가 너무 컸을 수도 있다. 그 파티에 온 아이 중에 코카인을 한 아이가 있을 수도 있고, 대마초를 피운 아이가 있을 수도 있었다. 하지만 그 파티에 도착한 이후에 화장실에 가지 않았기 때문에 그 점은 숀이 알 수 없는 일이었다. 그는 댄스 플로어에서 춤을 추느라고 바빴다. 바지 주머니에 흡입기와 셔츠 주머니에 에피네프린이 가득 들어있는 에피펜(역자주: 에피네프린 아드레날린을 자동 주입하는 주사기 같은 장치의 상표)을 제하면 숀 파커는 교황만큼이나 깨끗했다. 그의 만성 천식과 알레르기 종합선물 때문에 향정신성 약물 근처에는 가보지도 못했다. 어쨌든 무슨 상관인가? 파티일 뿐이었다. 대학생들이 많았고, 실험정신이 대학생들의 덕목이 아니었던가?

혁명?

자유?

경찰이 조금 더 이해심을 가지고 지역 주민들의 입장을 고려해야 하는 것 아닌가?

하지만 경찰들의 얼굴에서 이해심이라고는 찾아 볼 수 없었다. 오늘은 우리의 배트맨에게 운이 나쁜 날인 것 같았다. 그리고는 갑자기 행운하고는 상관이 없을 수도 있다는 생각이 들었다. 숀 파커는 항상 잘못된 시점에 잘못된 장소에 있는 듯 했다. 단순히 파티가 너무 시끄러워서의 경찰이 온 것이 아니라 다시 한 번 자기가 목표물이 된 것은 아닐까 하는 생각이 들었다.

페이스북은 이제 더 이상 기숙사에서 운영되는 회사가 아니었다. 숀 자신이 그렇게 만들었다. 이제는 주요 기업이고 기업가치가 10억 달러에 달하고 있었다. 그리고 그와 마크는 더 이상 컴퓨터 프로그램을 가지고 노는 아이들이 아니었다. 기업을 운영하는 임원이었고, 둘 다 그 회사를 팔 생각은 조금도 없었다. 머지않아 기업가치가 10억 달러 이상 가게 될 것이라고 확신했다.

지난 몇 달 동안 괄목할만한 성장을 이루었다. 숀은 페이스북이 진정한 변모를 했다고 믿었다. 훌륭한 아이디어가 열의 있고 능력 있는 임자들을 만나서 절정을 이룬 것이었다.

무엇보다도 가장 최근의 변모는 사진을 공유할 수 있는 어플리케이션이었다. 페이스북이 사교생활에 맞추어 사진을 공유하고 친구들의 사진을 볼 수 있는 장소로 변모한 것이다. 실제 생활을 그대로 디지털화한 것이었다. 요즘에는 파티에 맨손으로 가는 경우는 없다. 디지털 카메라는 파티의 필수품이 되었다. 요즘 아이들은 파티에서 사진을 찍어서 다음날 친구들과 함께 전날의 파티를 되새겨 본다. 아니면 그 사진을 새벽 3시에라도 페이스북에 올려서 다른 사람들과 공유한다. 그렇게 할 수 있게 만든 어플리케이션에는 태그 기능이 있어서 사진에 있는 얼굴에 태그를 하면 다른 사람들이 그 파티에 누가 왔었는지 알 수 있었다. 말 그대로 자신의 소셜 네트워크를 디지털 형태로 가시화해서 볼 수 있는 것이다. 정말 천재적인 발상이었다. 그리고 이 어플리케이션 덕분에 사용자가 폭발적으로 늘었다. 아마 팔백만, 아니 천만 명의 사용자가 가입했다. 아, 정말 페이스북은 급성장하고 있었다.

그리고 그 성장의 끝은 보이지 않았다. 사진 어플리케이션 만큼이나 혁신적인 서비스가 기다리고 있었다. 뉴스 피드였다. 숀과 마크가 각각 따로 또 같이 생각해낸 아이디어이다. 뉴스 피드는 소셜 네트워크에 있는 사람들에 대한 정보를 계속해서 업데이트해 주는 서비스이다. 한 사람의 프로필이 바뀌면 그 내용을 그의 친구들에게 알려주는, 살아있는 디지털 로그이다. 그들의 페이스북 페이지를 통해서 사람과 사람의 연결고리를 강하게 해 주는 어플리케이션이다.

이 어플리케이션은 더스틴과 마크가 해결해야 하는 컴퓨터 엔지니어링의 정수가 될 것이다. 제한된 그룹의 친구들에게만 제공되어야 하면서도 실시간으로 중계방송이 되어야 하는, 따라서 기하학적으로 복잡한 작업이었다. 숀은 사람들이 페이스북에 로그인 하자마자 제일 처음 하는 일을 보고 이 아이디어를 고안해 내었다. 그들은 제일 처음 친구들이 그들의 프로파일을 바꾸지는 않았는지, 그들의 사진을 바꾸지는 않았는지 확인하는 것으로 페이스북을 시작했다. 뉴스 피드 아이디어는 유레카의 순간과 같았다. 친구의 프로필이 업데이트 되는 것을 자동으로 알 수 있다면 페이스북의 경험을 사진공유나 태그 기능만큼이나 혁신적으로 바꿀 수 있겠다고 생각했다.

사진공유나 태그 기능, 자동 프로파일 업데이트 기능은 단순한 어플리케이션 이상이었다. 기숙사에서 시작한 회사가 수십억 가치를 가진 회사로 성장하는 과정에서 중요한 단계였다. 가장 성공적인 소셜 네트워크이자 동시에 가장 성공적이면서 가장 큰 사진 공유 사이트를 만든다고 생각해보라. 거기에 뉴스 피드와 같은 혁신적인 서비스를 부가한다면?

페이스북은 다른 어느 사이트보다 더 크게 성장할 것이다. 숀은 확신했다. 언젠가 일반인에게도 오픈할 것이다. 그리고는 다른 국가로 진출 할 것이다. 그리고 나면 어느 누구도 페이스북을 따라올 수 없을 것이다. 프렌드스터나 마이스페이스를 얘기하는 것이 아니었다. 숀은 구글이나 마이크로소프트를 생각하는 것이었다. 페이스북이 그들을 능가할 바로 뭔가가 될 것이다.

그 다음에 일어나게 될 일은 다른 누구보다 숀 파커가 잘 알고 있었다. 사람들은 다르게 행동하게 된다. 우정은 깨지고 난데없이 문제가 발생하게 된다. 아마, 아마도 페이스북이 대기업보다 더 크게 되면, 그래서 자금이 여기저기서 쏟아지고 벤처 캐피털 회사들이 회사의 가치로 수십억을 언급하기 시작하면 숀 파커가 더 이상 필요하지 않다고 느끼는 사람들도 생길 것이다.

이미 두 번이나 일어났던 일이다. 똑같은 일이 다시 일어나지 말라는 법은 없다. 아니면 그가 피해망상에 빠진 걸까? 어쩌면 그냥 너무 시끄러워 파티에 경찰이 단속을 나온 것이고, 그가 우연히 그 자리에 있게 된 것일 수 있다. 운이 나빴던 것이다. 타이밍이 나빴던 것뿐이다.

그가 체포되면서 전화를 해야 한다는 생각이 들었다. 추측기사가 야광봉이나 수갑보다 더 많은 타격을 입힐 수 있다. 숀이 결백했건 아니건 상관없다. 세상의 판도를 바꾼다는, 수십 억 달러 가치의 잘나가는 회사의 사장이 파티에서 대학생 직원과 함께 체포되는 것은 보기 좋은 일이 못 된다.

결백의 유무를 떠나서, 누군가가 함정에 빠뜨렸건 단순히 운이 나빴건, 마크 주커버그는 심히 화를 낼 것이다.

33
CEO

그날 저녁, 아니면 그 다음날 마크 주커버그는 전화를 받았을 것이다. 회사 법무팀 변호사였을 수도 있고 숀이 직접 전화를 했을 수도 있다. 아마도 마크는 페이스북 사무실에 있었을 것이다. 그는 항상 사무실에 있었으니까. 혼자서 책상의 청록색 컴퓨터 화면 앞에 앉아있는 모습을 상상해 볼 수 있을 것이다. 낮인지 밤인지 마크에게는 시간개념이 딱히 없었다. 그에게 시간이란 어떤 내재된 가치도 없고 특별한 목적도 없는 똑딱거리는 기계에 불과했다. 그보다는 정보가 훨씬 중요했다. 그리고 마크가 방금 받은 정보는 빨리 처리되어야 했다. 최대한 효율적으로.

숀 파커는 천재였고 오늘의 페이스북이 있도록 촉진제 역할을 한 사람이었다. 숀 파커는 마크의 영웅 중 하나였고 멘토이자 조언자,

그리고 친구였다.

하지만 경찰이 현장을 급습한 파티에 대한 얘기를 들은 마크가 무슨 생각을 했는지는 짐작할 만 하다. 숀 파커를 정리해야 한다.

이유가 어쨌든, 숀이 재판을 받거나 법정에 출두하는 일이 없더라도, 이번 일로 숀이 페이스북에 위험인물이라는 생각을 하는 사람들이 있을 것이다. 그를 탐탁지 않게 여기는 사람들은 숀이 예측 불허에 광기가 있다고 생각했다. 모든 사람들이 그를 이해하는 것은 아니었다. 또한 그의 넘쳐나는 에너지를 부담스러워하는 사람들도 많았다. 하지만 이번 건은 그의 성격에 관한 것과는 달랐다. 옳고 그름이 분명했다. 왜 그런 일이 생겼는지, 운이 나쁜 것이었는지 다른 이유가 있었는지 데이터가 들어가고 데이터가 나오는 컴퓨터처럼 명확했다.

숀 파커가 나가야 했다.

에듀아르도도 그랬고 윈클보스 형제도 그랬다. 어떤 의도에서건 위협이 되는 사람들은 정리되어야 한다. 중요한 것은 페이스북 뿐이니까. 마크 주커버그의 창조물이고 작품이자 그의 인생의 전부였다. 처음에는 재미있고 흥밋거리로 시작했을지도 모른다. 고등학교 때 만든 리스크 게임이나, 마크를 하버드에서 퇴학시킬 뻔 했던 페이스매쉬처럼 또 하나의 게임, 장난감이었을 수도 있다.

하지만 지금은 페이스북이 마크의 세상-그의 얼굴에 비치는 컴퓨터 화면-에서 유일하게 진정한 사랑이었다. 마크의 아이돌인 빌 게이츠가 인류에 가져다 준 역사적인 소프트웨어 덕분에 개인용 컴퓨터가 해방된 것처럼, 페이스북도 소셜 네트워크 전체에 정보의 자유를 보장하고 세상을 디지털화 하는, 세상을 바꾸는 혁명인 것이다.

마크는 어떤 것도, 어느 누구도 페이스북의 앞길을 막도록 놓아두지 않을 것이다.

마크 주커버그는 간단하고 우아하게 명함 한 가운데에 적힌 한 문장으로 해결했다. 그 명함은 분명 컴퓨터 화면에 얼굴을 비추며 컴퓨터에 앉아서 만든 것일 것이다. 어디를 가던 가지고 다녔을 명함.

어찌 보면 마크 주커버그의 개인적인 유머감각이 돋보이는 명함이었다. 하지만 또 다른 한편으로 이 명함은 농담 이상의 의미를 지녔다. 사실이 그랬다. 누가 어떻게 믿고 싶던, 누가 어떤 시도를 하려하건, 명함에 적힌 것은 엄연한 사실이었다.

절대적으로 사라지지 않는 진실.

마크는 큰 소리로 그 명함에 적힌 글을 읽었다. 평소에는 표정 없는 얼굴에 약간의 냉소를 띄우면서.

"쌍~내가 바로 CEO야."

34
2008년 5월

젠장, 오늘도 또 그런 밤이 되겠군.

에듀아르도는 그 클럽의 이름이 뭐였는지, 어떻게 거기에 도착했는지 가물가물 했다. 뉴욕이었다는 것과 미트패킹 지역에 있다는 것은 알고 있었고, 택시가 있었고 대학 동창 두 명이 있었고, 어떤 여자애도 있었던 것 같다. 항상 여자가 문제다. 분명 예쁜 동양 여자였을 것이다. 어쩌면 그녀에게 키스를 했었는지도 모른다.

근데 택시하고 클럽 사이에서 그 여자는 사라지고 지금은 혼자서 밝은 파란색 가죽 소파에 대자로 늘어져서 위스키 글라스에 비친 자신의 모습을 보고 있다. 글라스 안의 얼음이 녹으면서 자신의 얼굴도 녹아내리는 것처럼 보였다. 놀이동산에 있는 거울 같았다. 핵심 과목 시간에 배웠던 살바도르 달리의 그림 같았다. 현대 미술을 전혀 이해

못하는 아이들에게 현대미술은 점과 점이라고 불렸었던 것 같다.

그는 혼자였고, 만취상태였다. 하지만 그렇다고 인사불성은 아니었다. 복잡한 여러 가지 이유로 시선의 초점을 맞추기가 어려웠을 뿐이고, 술은 그 이유에 속하지도 못했다. 첫 번째 이유는 잠이 부족했다. 새벽 4시 이전에 잠자리에 든 것이 한 3주 전이었던 것 같다. 의료, 소셜 네트워크와 이것저것 관련된 업무, 요즘 그의 시간 대부분을 할애하는 소송, 그리고 물론 사교 생활이 그 이유였다. 그는 보스턴, 뉴욕, 그리고 때때로 캘리포니아에서 놀았다. 하지만 역시 피닉스였다. 클럽에서는 자기가 나이가 많아도 개의치 않았다. 모두가 형제였으니까. 그리고 피닉스에서는 아직도 그가 누구인지 잘 알고 있었다. 그리고 그가 무엇을 했는지 알고 있었다. 세상 사람들 모두가 페이스북하면 딱 한명, 천재 소년의 이름만을 떠올린다고 하더라도 그들은 에듀아르도를 알고 있었다.

그랬다. 에듀아르도는 피곤했다. 몇 주째 잠을 자지 못했다. 소파에 기대어 스카치위스키 잔을 바라보고 있는데 갑자기 옛날의 일이 떠올랐다.

오늘 밤과 비슷한 밤이었다. 그가 입을 열었던 날이. 2004년 뉴욕에서 여름을 보낼 때였다. 정확한 날짜를 기억할 수 없었지만 에듀아르도가 은행 계좌를 동결하고 마크랑 전화통화를 하고 난 이후였다. 지금 생각해보면 그때가 끝의 시작이었다. 그때 삐꺗했던 것이 복합 골절로 발전한 것이었다. 에듀아르도는 화가 나 있었고, 상처를 입었다. 그래서 오늘처럼 정신없이 술을 마셨고 오늘처럼 이렇게 클럽에 있었다.

그때는 어떤 여자애를 꼬드기려고 댄스 플로어에 있었다. 클럽 건
너편 구석에서 에듀아르도를 쳐다보고 있는 사람이 있었다. 에듀아
르도는 그 아이를 바로 알아보았다. 그 아이는 눈에 띄는 스타일이었
으니까. 커다란 덩치에 잘 발달된 근육, 영화배우의 얼굴에 올림픽
선수 같은 체구였다. 에듀아르도는 캠퍼스에서 여러 차례 그를 본 적
이 있었다. 그의 쌍둥이 동생과 함께. 사실 에듀아르도는 자기를 보
고 있는 사람이 형인지 동생인지 알 수는 없었다. 하지만 이름 없는
뉴욕의 클럽, 바로 열 발자국 앞에 그 쌍둥이 형제 중 한 명이 서 있
는 것이었다.

그때 에듀아르도는 감정과 술의 힘을 빌었다. 아마도 마음 깊은
곳 어디에선가 그와 마크 사이에 어떤 일이 일어날 것이라는 예감이
있었는지도 모른다. 아니면 많이 취했었거나. 이유야 어쨌건, 그는
거기 서 있는 윈클보스 형제 중 한 명에게 다가가서 손을 내밀었다.

당황한 아이가 에듀아르도를 쳐다보는 동안, 그는 나오는 대로 말
을 했다.

"미안해. 너희를 엿 먹인 것처럼 걔가 나도 엿 먹였다."

그리고는 한 마디도 더 붙이지 않은 채, 그는 돌아서서 댄스 플로
어로 사라졌다.

그들은 지금 어디에…

숀 파커〉 페이스북을 떠난 이후에도 여전히 실리콘 밸리의 영향력자로 남아 있다. 최근 피터 티엘이 만든 벤처 캐피털 회사 Founders Fund의 임원급으로 취임했다. 테크놀로지 회사에 대한 초기 투자를 주로 하는 Founders Fund에서 피터 티엘이 페이스북의 초기에 투자했던 50만 달러 정도 규모의 투자대상을 주로 물색하고 있다. 당시 50만 달러의 투자는 지금 10억 달러 이상의 가치가 되었다. 최근에는 인터넷을 통해 대규모 정치 활동을 지원하는, 신비한 이름을 가진 소셜 네트워크 '프로젝트 아가페' 라는 회사를 차렸다.

타일러와 캐머런 윈클보스〉 2004년 말 이후로 타일러와 캐머런 윈클보스는 마크 주커버그와 페이스북을 대상으로 끈질기게 법정 투쟁을 벌인 끝에 2008년 여름 말에 합의를 보았다. 합의내용은 판사의 명령에 따라서 밝혀지지 않았으나 윈클보스와 커넥트유를 대표했던 법률사무소에서 최근에 누출된 정보에 따르면 합의금 규모가 6천5백만 달러에 달하는 것으로 추산된다. 합의금 액수가 큰 것으로 보이지만 타일러와 캐머런은 합의내용에 만족하지 못했던 것으로 보이고 마크와 페이스북을 상대로 한 소송을 계속할 것으로 보인다. 좋은 소식은 타일러와 캐머런이 올림픽 대표 선수로 선발되어 2008년 베이징 올림픽 경기에 참가하여 남자 2인 조정 경기에서 6등을 차지했다는 것이다. 그 이후로도 그들은 계속해서 훈련하고 있으며 2012년 런던 올림픽에 참가할 지의 여부를 고민 중이라고 한다.

에듀아르도 세버린〉 에듀아르도 세버린은 여전히 보스턴과 뉴욕을 오고 가고 있으며 피닉스의 위층을 자주 방문한다. 그가 마크를 상대로 낸 소송이나 마크가 맞고소한 소송의 결과는 비밀에 둘러싸여있다. 하지만 2009년 1월에 페이스북 명단에 에듀아르도의 이름이 '공동창업자'로 다시 명기되었다. 이는 에듀아르도가 페이스북 창설의 역할을 어느 정도 인정받은 것이라는 증거일 수 있다. 법적인 문제와 별도로 에듀아르도와 마크의 우정이 회복될 수 있는지는 두고 봐야 할 일이다.

페이스북과 마크 주커버그〉 페이스북은 2007년, 구글과 마이크로소프트가 공개적으로 경쟁을 한 끝에 마이크로소프트가 1.6퍼센트의 지분을 2억 4천만 달러에 인수했다. 이로써 페이스북의 기업가치는 150억 달러에 달하게 되었다. 연 매출액 1억 5천만 달러의 10배에 달하는 가치였다. 그 이후로 경기가 나빠지면서 페이스북의 가치도 줄어들었으나 매출은 계속해서 늘고 있다. 기업가치가 어찌 되었건 괄목할만한 성장을 지속하고 있다. 올해 말, 페이스북의 회원수가 2억 명(역자주: 2010년 현재 5억 명 돌파)을 넘을 것으로 예상되고 있고, 최근 보고에 따르면 일주일에 500만 명씩 페이스북에 가입하고 있다고 한다. 사용자 컨텐츠 보유에 관련된 문제와 광고활동을 위한 '개인정보'의 오용과 같이 잘 알려진 스캔들에도 불구하고 사교의 혁명은 늦춰지지 않았다. 페이스북은 앞으로도 많은 이들의 삶을 바꿀 것으로 보인다. 마크 주커버그의 작은 기숙사 방에서 생긴 창조물이 인터넷에서 가장 영향력 있는 회사 중 하나로 성장했다. 마크 주커버그의 재산 가치가 얼마인지 정확히는 알 수 없으나 지구상에서 가장 부자인 26살 청년임에는 틀림이 없으며 지금까지 자수성가해서 수십억 달러의 재산을 소유한 최연소 부자라고 한다.

편집자주: 역자후기에 페이스북의 최근현황이 언급되어 있습니다.

　이 책은 이런 일들이 그렇듯이 새벽 두 시에 도착한 뜻밖의 이메일에서부터 시작됐다. 그 첫 발을 내디뎠던 윌 맥머런*Will McMullen*에게 그만이 알려줄 수 있는 방식으로 내게 이 이야기를 소개 해준 점에 대해 감사 드린다. 닥 펭겔리*Daryk Pengelly*, 알라스데어 맥린*Alasdair McLean*과 하버드와 피닉스 SK에서 나의 리서치를 도운 다른 모든 이들께 깊은 감사의 뜻을 표한다. 아이비 대학의 캠퍼스에서 일어나는 일을 알 수 있도록 도와주었다.

　나의 훌륭한 편집자인 빌 토마스*Bill Thomas*와 더블데이출판사 편집 팀에게도 대단히 감사하게 생각하고 있다. 또한 훌륭한 에이전트인 에릭 시모노프*Eric Simonoff*와 매튜 신더*Matthew Snyder*에게도 많은 도움을 받았다. 헐리우드에 있는 친형제 같은 친구들, 다나 브루네티*Dana Brunetti*와 케빈 스페이시*Kevin Spacey*에게도 대단히 고맙다. 마이크 델루카*Mike DeLuca*, 스캇 루딘*Scott Rudin*, 그리고 아론 소킨*Aaron Sorkin*도 이 작업에 많은 도움을 주었다. 또한 니엘 로버트슨*Niel Robertson*과 올리버 룹*Oliver Roup*에게 실리콘 밸리에 대한 식견을 제공해 준 점에 대해 감사 드린다. 배리 로젠버그*Barry Rosenberg*에게도 많은 감사의 뜻을 표한다. 그의 분야에서는 최고이다.

더 나아가 이 책은 페이스북 내부인의 정보가 없었다면 완성되지 못 했을 것이다. 때로는 자상하게, 때로는 꺼려하면서 도움을 주었던 익명을 요청한 내부인들께 감사 드리고 싶다. 그들의 협조에 감사하는 마음으로 가능한 이 이야기를 정직하게, 존중하는 태도로 썼다. 이 책의 모든 주인공들이 마음에 든다. 그들의 천재성에 깊은 존경심을 표명하며, 내가 몰랐던 새로운 세상을 보여준 데 대해 그저 고마울 뿐이다.

나의 훌륭한 부모님, 형제들과 그들의 가족들에게 감사 드리고, 토냐와 벅시에게도 감사의 뜻을 전한다. 그들이 없었다면 이 책은 나오지 않았을 것이다.

  역자가 페이스북을 처음으로 접하게 된 것은 2007년 4월. 어느 모임에서 만난 영국인 친구가 페이스북 초대 메일을 보낸 것을 계기로 가입하게 되었다. 당시에 프렌드스터*Friendster*에도 가입했었지만 적극적으로 사용을 하지 않았던 터라, 페이스북 역시 잠깐 떴다가 사라지는 수많은 소셜 네트워크 서비스*SNS: Social Network Service* 중 하나일 것이라고 생각했었다. 다만, 브랜드 전략을 하는 사람으로서 비즈니스나 사회적인 메가트렌드를 꾸준히 파악해 둔다는 차원이라 생각하며 가입했었다.

  그 당시 우후죽순으로 생기고 있던 SNS를 두고, 사교의 장이 온라인으로 옮겨지면서 인간적인 만남이 사라지고 인간 고립이나 개인화가 더욱 심화될 것이라는 예측을 내놓는 회의론자들도 있었다. 하지만 페이스북의 사용자가 5억 명 이상으로 늘어난 지금, 페이스북에 대한 평가는 달라지고 있다.

  첫 번째로, 온라인 사교 생활로 오프라인에서의 인간관계가 두절될 수 있다는 우려는 기우로 판명되었다. Wall 기능을 통해서 친구들, 지인들이 어떻게 지내고 있는지 수시로 파악할 수 있고, 바로 벽에 글을 쓰거나 페이스북의 이메일을 통해서 안부를 전하며, 이벤트 초대 기능 등을 통해서 오프라인에서의 회식이나 만남이 주선되고 있다. 특히 실시간으로 사진을 올릴 수 있는 모바일 통신의 발달로, 친구가 경험한 바를 거의 같은 시간대에 시각적으로 공유할 수 있게 되었다. 또 오프라인에서 만났을 때에는 그동안 친구나 지인들의 신상에 무슨 변화가 있었는지 이미 잘 알고 있기 때문에 오랜만에 만나도 서먹함 없이 더 많은 얘기를 나눌 수 있으니, 오히려 인간관계를 더욱 돈독히 해주는 서비스가 되고 있다.

또한 지금과 같은 글로벌 시대에 해외에 사는 친구나 친척 한 명 없겠는가. 굳이 시차 계산해가면서 전화 통화를 하거나, 개인적으로 부담 가는 이메일을 쓰지 않아도, 친구나 친지들에게 자신의 근황을 알리고 그들이 시간이 날 때에 확인해 볼 수 있도록 해주는 고마운 서비스이다.

두 번째로, 사교의 장으로 시작되었던 페이스북은 이제 정치·사회운동이나 이해집단의 의견을 표출하는 주요한 도구가 되고 있기도 하다. 미국 44대 대통령인 오바마 대통령이 선거 운동 당시, 페이스북 등의 소셜 미디어를 훌륭히 활용하여 투명한 정치, 쌍방향 커뮤니케이션을 하는 이미지로 지지율을 높인 사례는 잘 알려져 있다. 뿐만 아니라, 페이스북을 통한 소비자들의 이익옹호 운동도 늘어가고 있다. 2007년 HSBC 은행이 대학 졸업생들에게 적절한 통보 없이 부과했던 마이너스 통장 수수료에 대한 항의 운동을 비롯하여, 영국 최대 백화점 체인인 막스 앤 스펜서 *Marks & Spencer*에서 속옷 사이즈가

클 경우 2파운드 씩 추가 요금을 받는데 대해, 만 4천명의 소비자들이 그 부당함에 항의했고, 결국 막스 앤 스펜서에서 큰 속옷들에 대해서도 같은 가격을 받기로 했다.

세 번째로, 기업들의 주요 마케팅 툴로서 그 역할이 중요해지고 있다. 2008년 그래픽 소프트웨어 회사인 어도비에서 학생용 할인 패키지에 대한 인지도가 낮아 판매가 저조하자, 페이스북에 학생들을 대상으로 '진짜와 가짜' 캠페인을 벌여 어도비 학생용 할인 패키지에 대한 인지도를 높이고, 판매율도 향상시킨 사례는 잘 알려져 있다. 요즘 웬만한 다국적 기업이면 대부분 페이스북에 페이지를 만들어 고객들과의 쌍방향 커뮤니케이션을 모색하고 있다.

6년 전 하버드 대학 기숙사에서 친구 간의 대화와 정보교환을 위해 시작된 페이스북은 현재 전체 이용자가 작년 1월에 1억 5천명이었는데, 올해 2월에는 2배가 넘는 4억 명으로 급성장했으며 현재는 약 5억 명이 넘는 것으로 추산된다. 이렇게 급성장하는 서비스를 대비하여 페이스북은 최초의 자체 데이터 센터를 건설중인데, 그 규모가 약 13,600여 제곱미터라고 한다. FIFA의 국제규격 축구장 넓이가 7,140제곱미터이니, 축구장 2배 정도의 규모인 것이다. 올해 26세의 페이스북 최고경영자CEO 마크 주커버그는 '페이스북 이용자가 10억 명에 도달할 것'으로 장담했다고 한다. 그 시기가 언제일지는 언급한 바 없으나 그럴 것이라는 사실에 이의를 제기하는 사람은 없는 상황이다.

이제 페이스북은 단순한 온라인 사교의 장이 아니라 정치 및 사회

운동, 기업의 마케팅 툴로서 그 역할이 더욱 중요해지고 있다. 미국 동부의 한 대학에서 시작된 페이스북이, 이제는 그 가입자 중 70% 이상이 미국 외 다른 국가의 거주자들이다. 실로 전 세계를 엮는 서비스가 된 것이며, 디지털 통신 및 서비스의 발달로 남녀노소, 직업을 불문하고 더 많은 사용자들에게 확산될 것이며, 그돌 생활의 일부가 될 서비스가 될 것으로 믿는다. 이런 훌륭한 서비스가 어떻게 시작했는지를 소개하는 흥미 있는 내용을 번역하게 되어서 더욱 더 뜻 깊은 작업이었다.

끝으로 이 프로젝트를 기획하고 IT분야의 경험을 바탕으로 함께 작업해준 김동규 대표와, 최대한 오역이 없도록 원작의 비유법에 대한 해석을 재차 확인해준 스튜어트 코비*Stuart Corby*씨에게 감사를 드린다.

역자 엄현주

옮긴이 엄현주

한국외국어대학교 동시통역대학원 졸업 후 국내에서 동시통역사로 활동하다가 경영컨설팅 회사 올리버와이먼의 홍콩 사무소에서 컨설턴트로 근무하고 있다. 지금은 뉴욕에 본사를 둔 글로벌 브랜드 컨설팅 회사 리핀컷의 전략부문 파트너로 구내외 유수 기업들의 브랜드 및 마케팅 문제를 함께 고민하고 풀어나가고 있다.

감수 김동규

서울대학교 및 동 대학원에서 전산과학을 전공하였고, 스탠포드 경영대학원 최고경영자과정인 SETT 프로그램을 이수하였다. 대기업, 외국계 컨설팅 회사, 벤처기업 등에서 다양한 경력을 쌓았고, 현재는 모바일 전문기업인 (주)네오위즈모바일의 대표이사로 재직중이다. 새로운 기술과 새로운 사업들의 생태계, 기업탄생 과정 및 기업가 정신에 관심을 두고 있다. 역서로는 실리콘밸리의 유명 벤처캐피탈리스트인 가이 가와사키의 〈The Art of the Start〉를 번역한 〈당신의 기업을 시작하라〉가 있다.

소셜 네트워크

초판 1쇄 발행 2010년 11월 2일
초판 2쇄 발행 2010년 12월 15일

지은이 | 벤 메즈리치
옮김이 | 엄현주
발행인 | 정상우
기획편집 | 김영훈, 김두완
마케팅 · 관리 | 현석호, 이상구, 김정숙
책임편집 | 기획출판 서재(070-8853-8840)

발행처 | 오픈하우스
출판등록 | 2007년 11월 29일 (제13-237호)
주소 | 서울시 마포구 서교동 465-18번지 (121-841)
전화 | 02-333-3705 팩스 | 02-333-3745

ISBN 978-89-93824-45-2 (03840)